# 帕斯捷尔纳克
# 自传体随笔

［俄罗斯］鲍里斯·帕斯捷尔纳克 著

汪介之 译

文化藝術出版社
Culture and Art Publishing House

本书版本依据：Пастернак Б.Л. Полное собрание сочинений: В 11 т. Т.Ⅲ. Москва: Слово / Slovo, 2004.

图书在版编目（CIP）数据

帕斯捷尔纳克自传体随笔 /（俄罗斯）鲍里斯·帕斯捷尔纳克著；汪介之译. -- 北京：文化艺术出版社，2024. 12. -- ISBN 978-7-5039-7729-9

Ⅰ. I512.65

中国国家版本馆CIP数据核字第2024L1P704号

## 帕斯捷尔纳克自传体随笔

| 著　者 | （俄罗斯）鲍里斯·帕斯捷尔纳克 |
|---|---|
| 译　者 | 汪介之 |
| 责任编辑 | 柏　英 |
| 责任校对 | 董　斌 |
| 书籍设计 | 悉　闻 |
| 出版发行 | 文化艺术出版社 |
| 地　址 | 北京市东城区东四八条52号（100700） |
| 网　址 | www.caaph.com |
| 电子邮箱 | s@caaph.com |
| 电　话 | （010）84057666（总编室）　84057667（办公室）<br>84057696—84057699（发行部） |
| 传　真 | （010）84057660（总编室）　84057670（办公室）<br>84057690（发行部） |
| 经　销 | 新华书店 |
| 印　刷 | 国英印务有限公司 |
| 版　次 | 2024年12月第1版 |
| 印　次 | 2024年12月第1次印刷 |
| 开　本 | 889毫米×1194毫米　1/32 |
| 印　张 | 8.125 |
| 字　数 | 178千字 |
| 书　号 | ISBN 987-7-5039-7729-9 |
| 定　价 | 68.00元 |

版权所有，侵权必究。如有印装错误，随时调换。

国家社会科学基金重大项目
"俄国文学批评通史编撰"阶段性成果

# 译者序

鲍里斯·帕斯捷尔纳克（1890—1960）既是一位优秀的诗人，又是一位卓越的散文家。他曾以自己"在现代抒情诗和伟大俄罗斯叙事文学传统领域所取得的卓越成就"而荣获诺贝尔文学奖。如果说，他的诗歌成就早已为世人所知晓，那么在一个长时期中，他在叙事文学领域的建树，则未引起人们足够的重视。直到《日瓦戈医生》横空出世，人们对他的认识才得以刷新。但是除了这部长篇小说外，帕斯捷尔纳克还写有哪些叙事文学（散文）作品，一般读者仍不十分清楚。为了让广大读者了解他的散文创作成就，笔者曾主持翻译了《最初的体验：帕斯捷尔纳克中短篇小说集》（译林出版社，2014）一书，其中包括除《日瓦戈医生》之外作家的全部小说；现在推出的《帕斯捷尔纳克自传体随笔》，则由《保护证书》和《人事与世情》构成。这样，帕斯捷尔纳克的散文作品，就得以全面呈现于我国读者面前。

《保护证书》的第一部分最初刊载于《星》1929年第8期；第二、第三部分则分别发表于《红色处女地》1931年第4期和第5—6期合刊。1931年，列宁格勒作家出版社出版了经书刊检查机关删节的该书单行本。1982年苏联作家出版社出版的帕斯捷尔纳

I

克散文作品集《空中线路》在收入《保护证书》时，恢复了被删节的内容。俄文版11卷本《帕斯捷尔纳克全集》第3卷所收《保护证书》的文本，与1982年文本相同。中译本即根据全集第3卷所收文本翻译。

创作《保护证书》的时期，帕斯捷尔纳克正处于紧张进行思考与艺术探索的重要阶段。艺术和艺术家在历史进程和现实生活中的作用与意义，人文知识分子与时代的关系，个人命运与历史情势之间的相互影响，这类问题一直萦绕于作家的心头，此时更处于他的持续思虑中。"保护证书"本是苏联时期为了保护居民住房、文化珍品或私人收藏品不致被收归公有而发放的证书。帕斯捷尔纳克以此为随笔的标题，意在表明有必要在艺术日益变得易受伤害和缺乏保护的年代致力于保护艺术。随笔的副标题"纪念莱内·马利亚·里尔克"，则说明了写作的缘起。奥地利诗人里尔克曾享誉欧洲文坛，既是作家的父亲、著名画家列·奥·帕斯捷尔纳克的朋友，又对作家本人诗学观的形成产生过重要影响，一度成为他的崇拜对象。随笔三个部分（小标题为译者所加）的叙事，即以1900年初识里尔克为起点，继而缕述作者的另一崇敬对象、天才音乐家斯克里亚宾给自己留下的深刻印象，1908年考入莫斯科大学后的校园生活，"谢尔达尔达""缪斯革忒斯"诗人小组的聚会，1912年去德国马尔堡大学师从柯亨教授学习哲学的经历，作者从报考法学、迷恋音乐、转攻哲学到告别哲学而选定文学的转变，在异邦土地上对俄国姑娘伊达的初恋，在威尼斯水城旅游的观感；还述及回国后的文坛状况，特别是未来主义运动的景象，它的代表者之一马雅可夫斯基的个性，两次革命前后的文学生活，特别是作者本人与马雅可夫斯基关系的变化，然后跳到1930年——"诗人的最后一年"，以马雅可夫斯基的自杀结束全篇。

可见，"保护证书"和"纪念莱内·马利亚·里尔克"的正副标题都不能涵盖这篇随笔的丰富内容；而且，作者个人的经历在整个文本中也不占有主要篇幅，只起到了叙事线索的作用。作品跳跃式勾画的个人生活，只是为其中所描述的人物、事件和场面等提供了必要的背景。颇具特色的是，作者并没有把主要笔墨倾注在描绘这些人物和事件本身，而是着重表现了外部世界给自己留下的鲜明印象，呈示出他对里尔克、斯克里亚宾、柯亨和马雅可夫斯基等人的心灵感受。除了这些人物之外，作者还写到同时代的一系列俄国诗人当初给自己留有的不同印象，如"别雷和勃洛克的深邃与魅力"，茨维塔耶娃身上的那种"于我而言很亲切的性格特征"，马雅可夫斯基和作家的从结识、争论、趋同到分道扬镳的相互关系演变过程，等等。帕斯捷尔纳克与马雅可夫斯基两人年龄相近，都有着对诗歌艺术的创新性追求，这使他们俩一度颇为亲近，而后来的逐渐疏离并非源于两人性格和气质上的鲜明差异，而是因为不同的诗学理念。帕斯捷尔纳克赞赏马雅可夫斯基的早期诗作，却始终"不能习惯"他的后期诗歌，于是他"放弃了浪漫主义风格，这样就形成了《越过壁垒》的非浪漫主义诗风"。帕斯捷尔纳克发现，在浪漫主义风格之下，"隐藏着一种完整的世界观。这种世界观把生活作为诗人的生活来理解。……它那不适合我的华丽风格会限制我的技艺，我担心任何形式的、会将我置于尴尬处境和不恰当位置的矫饰美化"。

不难看出，在回顾自己和马雅可夫斯基关系演变的过程中，帕斯捷尔纳克事实上说明了自己的诗学观念和诗歌风格选择与形成的过程。诗人马雅可夫斯基的评传和作者本人的精神自传在这里融为一体。同样地，在对诸多人物、事件和场面的描述中，作者也以抒情性插笔的形式表达了自己的一系列见解，如艺术的产生与实质，艺术与生活、与爱、与权力的关系，艺术作品中的形象和象征的意义，艺术天才和真实的人生经验的关系，等等。这样，当"斯克里亚宾、勃洛克、科米萨尔热夫斯卡娅和别雷的新兴艺术——一种前沿的、引人入胜的、独创性的艺术"涌动于俄罗斯时，帕斯捷尔纳克及其所属的一代人怎样接受其影响，随后又卷入和参与其中，进而在不同方向上推动了艺术（特别是诗歌艺术）发展的图景，就得以生动地呈现。

《保护证书》通篇显示出帕斯捷尔纳克的历史意识，作者一再谈到时间、年龄、童年记忆对人的整个一生的影响，谈到他那一代人和历史的联系等，甚至认为"圣经与其说是一部拥有稳妥经文的典籍，不如说是人类历史的记事簿"。作者写道："和我年龄相近的男孩在1905年约为13岁，而到第一次世界大战爆发前则快到22岁了。他们生命中的两个转折性时刻恰逢祖国历史上的两个火红的日子。他们童年的早熟和应征服役的成年都一下子成为过渡时代的连接器。我们的时代是由他们以自己兴奋的神经穿透全部厚重积层加以缝合的，也是由他们殷勤地提供给老人和儿童享有的。"正是由于《保护证书》涵纳着如此丰富的内容，俄罗斯域外文学中的出色批评家阿尔弗雷德·贝姆才认为它是"我们这个复杂时代的文化—文学纪念碑……这是已包含在自身和全部历史结果中的历史"。

帕斯捷尔纳克的《保护证书》是否可以被视为作者的自传？对此，他在第一部分中就有所交代："我并不是在写自己的传记。我是在别人的传记需要它时才着手书写的。我和它的主角一起认为，只有英雄才值得写生平传记，而诗人的经历采用这种样式是不现实的。……不能按诗人的名字找到他的传记，应当在别人的名下、在他的追随者们的传记长卷中寻找。"事实也正是如此。在这篇随笔中，读者所看到的主要不是作者个人的经历，甚至也不仅是他个人心灵史的片段，而是里尔克、斯克里亚宾、柯亨和马雅可夫斯基等人精神生活的片段掠影，是作者和这些人物之间思想交往和情感联系中的珍贵记录。因此，任何一位尝试为帕斯捷尔纳克或他的父亲——画家列·奥·帕斯捷尔纳克、里尔克或斯克里亚宾、柯亨或马雅可夫斯基写传记的作家，都可以在这篇随笔中找到自己所需要的可靠资料。

上述特点同样体现在帕斯捷尔纳克的另一篇随笔《人事与世情》中。这篇随笔写于1956年5—6月。当时，苏联国立文学出版社准备出版由尼·瓦·班尼科夫（1918—1996）编选的帕斯捷尔纳克诗集。班尼科夫请帕斯捷尔纳克自己写一篇随笔，作为诗集的前言。随笔初稿完成后，出版社要求作者对其中涉及马雅可夫斯基、别雷和茨维塔耶娃的部分进行删改。为了消除出版社对随笔初稿的不满意见，班尼科夫又建议帕斯捷尔纳克补写一章《我的姐妹——生活》，表达他对革命的态度。1957年春，诗集编成，纳入其中的这篇随笔被冠以"代前言"的标题。11月间，它以《人事与世情》为标题被推荐给《新世界》杂志，作者还为

v

此重写了"结语"。但是，诗集的出版和随笔的发表，当时都未能落实。1959年，这篇随笔才以《自传体随笔》为题，第一次发表于1月12—26日《新俄罗斯话语报》(纽约)。《新世界》则在1967年第1期发表了这篇随笔。中译本根据全集第3卷所收文本翻译。

创作《人事与世情》之际，帕斯捷尔纳克所处的文化语境和《保护证书》问世前后已有很大的不同。"解冻"的时代氛围使作者进一步感到自己多年的思想和艺术探索是有益的，《日瓦戈医生》的完成更让他觉得有必要再一次对自己的心灵发展过程做一番宏观的书面回顾，以便和《保护证书》形成一种互为补充和彼此呼应的结构。《人事与世情》虽以"自传体随笔"为副标题，其实并不是一部自传。如果说《保护证书》的写作源于纪念里尔克以及马雅可夫斯基，那么《人事与世情》在很大程度上则是为了纪念作者的父亲——画家列·奥·帕斯捷尔纳克，恢复茨维塔耶娃、格鲁吉亚诗人季齐安·塔比泽和帕奥洛·亚什维利的声誉。作者以此为契机，高屋建瓴地勾勒出自19世纪90年代到20世纪50年代中期俄罗斯生活的生动图景，不仅呈现出这半个多世纪的时代风云、人事沧桑和世情冷暖，而且以饱含诗意的笔触表达了他在这一整个历史变动时代的复杂感受与丰富体验。黑格尔关于"以人类精神发展的线索来书写历史"的主张，科林伍德认为"一切历史都是思想史"的见解，在这篇随笔中得到了清晰的体现。

阅读《人事与世情》，读者可以像在浏览《保护证书》时一样，看到帕斯捷尔纳克的个人感受、心理体验和艺术观点的独特表达，看到他对自己所经历过的各种文学运动，特别是诗歌流派的评价，看到一系列大艺术家、大诗人给予他深刻影响的印记。有所不同的是，作者是在20世纪中期俄罗斯和整个人类历史发展的新水平上，也在自己精神发展的新层次上回望往昔的，这就决定了他的描述和表达也达到了前所未有的高度。作者的父亲——俄罗斯著名画家列·奥·帕斯捷尔纳克所在的莫斯科绘画、雕塑和建筑学校(今列宾美术学院)，是作者成长的令人羡慕的精神文化摇篮。在老一辈艺术家当中，音乐家斯克里亚宾对作者的影响最大。作者折服于斯克里亚宾音乐的魅力，在他的心目中，"正如陀思妥耶夫斯基不只是一位小说家，勃洛克不只是一位诗人那样，斯克里亚宾也不只是一位作曲家，而且是俄罗斯文化值得永远祝贺的根据，是这种文化的盛况与节庆的化身。"在俄国象征主义者的缪斯革忒斯出版社周围曾形成一个研究团体，安德烈·别雷、费·斯捷蓬等年龄稍长的学者和一些有思想共鸣的年轻人一起研究诗歌格律、古希腊哲学、德国浪漫主义史、歌德与瓦格纳的美学、波德莱尔与法国象征主义以及俄国抒情诗。帕斯捷尔纳克指出："安德烈·别雷是所有这些创举的灵魂，那个岁月里这个圈子中无可置疑的权威，一流诗人，更是散文体《交响曲》、长篇小说《银鸽》和《彼得堡》的令人倾倒的作者，这些散文作品完全改变了革命前同时代人的审美趣味，苏联时代初期的散文创作也是由此而产生的。"除了对别雷的肯定性评价之外，帕斯捷尔纳克评价最高的还有勃洛克和茨维塔耶娃。

《人事与世情》还详略有别地对列夫·托尔斯泰等俄国伟大作家进行评说，坦率地表达了对马雅可夫斯基、谢维里亚宁和叶赛宁的看法，忆及自己的诗友帕奥洛·亚什维利、季齐安·塔比泽等。帕斯捷尔纳克本人当年在缪斯革忒斯出版社的研究小组中，曾做过题为《象征主义与永恒》的报告。在回顾当时的情景时，他不仅扼要说明了自己对象征和象征主义运动的理解，还谈及自己曾怎样"致力于避免浪漫主义的故作姿态和额外附加的趣味性"，强调自己"一直牵挂和关注的是诗的内涵"，始终梦想着让诗歌自身包含崭新的思想和崭新的画面，希望诗歌以自己的全部独创性镌刻在书中。从帕斯捷尔纳克诗歌创作的卓越成就和鲜明特点来看，他的心愿无疑已经实现。

帕斯捷尔纳克是一位优秀的诗人，他的散文作品也像诗歌那样诗意盎然。所以，俄国形式主义批评家罗曼·雅各布森早在《保护证书》等作品刚问世不久就撰文指出："帕斯捷尔纳克的散文是属于伟大诗歌时代的诗人的散文：它的全部独特性都是由此而来的。"英国思想家、批评家以赛亚·伯林也认为，帕斯捷尔纳克的语言之所以有感染力，"是因为它包含着在西方早就消失了的某种传统的崇高气质，它让人伤感地想起什么才是真正的伟人"，"他的散文不是散文作家的散文，而是诗人的散文"。

相较而言，在写作《保护证书》的时期，帕斯捷尔纳克早期创作的余痕仍然随处可见——叙事进程中过多的跳跃式联想，景色描写中经常使用的转喻性手法，频频出现的隐喻和象征，因省略主语、主语暗换、超越通常语言习惯的语词自由搭配等所造成的特殊句式，大量运用生涩冷僻的词汇，等等，因此，这篇随笔中存在不少语言难解的地方。这就无疑增加了这篇随笔翻译的难度。到写作《人事与世情》之际，这种情况已有根本的改变。

一种清澈、明净的诗意语言出现在作者的笔下。因此，读者读完这篇随笔，也许会淡忘很多内容，但是却能记住这样的文字："列车消失于地平线之外，这地平线含蕴着人们相互关系的完整历史，含蕴着一次次相逢与送别及其前前后后的无数事件。""我至今记忆犹新：秋阳西沉，它的缕缕光线纵横交错地布满了房间和我正在翻阅的书本。傍晚在书中归结为两种形态。一种是以柔和的玫瑰色平躺在书页上的暮霭，另一种则是留痕于书中的诗歌的内涵与灵魂。"余音袅袅不绝，令人回味无穷。译者在翻译过程中，致力于呈现出这两篇随笔既有许多相近，又有很大差别的语言风格，这时往往难免遇到这样的矛盾：如果以尽量准确地再现原文的语言风格为目标，就势必造成读者理解上的障碍；而若是尽量考虑到读者的语言习惯，则不能较好地传达出原文的语言风格。因此，译者只能在这两者之间思量再三，反复权衡，争取做到既不改变原作的风格，也让读者易于接受。至于译者的努力究竟取得了什么样的效果，那只有请专家和读者们去评判了。译者期待着来自各方面的意见，并在此预先表示由衷的谢意！

**2024 年 3 月于秦淮、扬子之间**

# 目　录

**保护证书：纪念莱内·马利亚·里尔克**

003　一　始于库尔斯克车站的记忆
039　二　从马尔堡到威尼斯
097　三　时代与诗人
145　后记

**人事与世情：自传体随笔**

151　幼小年华
160　斯克里亚宾
171　20世纪第一个十年
197　第一次世界大战之前
223　《我的姐妹——生活》
227　三诗人身影
240　结语一
242　结语二

## 保护证书：纪念莱内·马利亚·里尔克

## 一　始于库尔斯克车站的记忆

### 1

1900年盛夏的一天早晨，一列特别快车即将从库尔斯克车站驶出。就要发车前，车外有一位身披黑色蒂罗尔[1]斗篷的人走近车窗。和他在一起的是一位身材颀长的女性。看样子她是他的母亲或姐姐。[2] 他们两人和我父亲在谈论一件什么事情，这件事让他们全都感到同样的温暖亲切，那女人有时也时断时续地用俄语和我母亲交谈几句，而那陌生男人则只讲德语。虽然我完全通晓德语，但是像他所讲的这种德语我却从未听人说过。所以在这熙熙攘攘的站台上，在铃声两遍响起之间，这位外国人在我看来似乎是许多人中间的一幅剪影，或是并非虚幻的密集人群中的一个虚幻形象。

列车行驶途中，靠近图拉时，这两人又出现在我们的包厢

---

[1] 蒂罗尔：奥地利的一个州。——译注
[2] 这里所描写的里尔克和作者的父亲列·奥·帕斯捷尔纳克的相见，时在1900年5月17日。在里尔克和他的旅伴、德国女作家露·安德列亚斯-莎乐美（1861—1937）去图拉拜访列夫·托尔斯泰时，列·奥·帕斯捷尔纳克帮他们打听到，托尔斯泰何时会住在亚斯纳亚·波利亚纳。

里。他们说在科兹洛夫卡-扎谢卡[1]没有让特快车停靠的位置，也不敢保证列车长是否会及时告诉司机在托尔斯泰的故乡稍作停留。从随后他们的交谈中，我断定他们是要去找索菲娅·安德列耶夫娜[2]的，因为她要去莫斯科听交响音乐会。不久前她还去过我们家。同样地，以"列·尼·伯爵"[3]这几个字来象征的无限重要性，在我们家中也发挥着隐蔽的、却被烟草味熏得令人费解的作用，这种重要性在得到任何体现时都不会走样。这一点我在幼年时代就过早地意识到了。托尔斯泰的斑斑白发，后来历经家父、列宾和其他多位画家的素描画作得以重现，而在我童年的想象中，这样的白发早就为更经常遇见、也可能稍晚碰到的另一位老者——尼古拉·尼古拉耶维奇·盖伊[4]所拥有。

后来两位外国人告辞，回到自己的车厢。过了一会儿，列车一下子被刹在好似飞奔着的路基上。一株株白桦匆匆闪过。路基因最大滑速而发出哧哧声，车厢之间的连接装置彼此碰撞。积云的天空轻快地从如歌般飞旋的沙尘中露出脸来。一辆未载客的双套马车在小树林边转了半个弯，像俄罗斯人那样笑逐颜开地向刚下车的旅客们款款驶来。对我们一无所知的会让站一瞬间出现了令人不安的寂静，如同刚响过枪炮声那样。我们不用在这里停留。他们挥动头巾同我们告别，我们也予以回应。我们还看到车夫扶他们登上了马车。只见他戴着红袖套，递给那位太太一条小布毯，

---

[1] 科兹洛夫卡-扎谢卡：靠近亚斯纳亚·波利亚纳的一个火车站。
[2] 索菲娅·安德列耶夫娜·托尔斯塔娅（1844—1919）：列夫·托尔斯泰的夫人。——译注
[3] 列·尼·伯爵："列夫·尼古拉耶维奇·托尔斯泰伯爵"的缩写。——译注
[4] 尼古拉·尼古拉耶维奇·盖伊（1831—1894）：俄国著名画家。

又欠起身子整一整腰带，撩起自己紧腰外衣长长的下摆。他马上就要动身了。这时我们的列车正向弧形转弯处疾驰，小车站像读过的书页缓慢地翻过去，从视野中消失。人们的面影和发生的事情也可能像是假设的那样，永远被遗忘。

## 2

三年过去了，又一个冬季降临。暮色与雪被似乎把街道缩短了三分之一。四轮轿式马车和路灯的立方形剪影沿着马路无声疾驶。以往就屡次中断的对通常礼仪的继承，如今已终结。这些礼仪已被更强大的个人化礼节的浪潮卷走。

我将不再详细描述冬季来临前所发生的那些事情。大自然好像在令人想起古米廖夫"第六感觉"[1]的体验中，向十年制学校的学生展现出来。植物学课本对植物五花瓣聚集的回答，显得仿佛是对这种感觉的最初迷恋。根据植物图鉴查找到的名称，给抑制的目光带来安慰，这种目光曾不容争辩地投向林奈[2]，恰如从昏聩中奔向荣誉。

好像是在1901年春天，有人领着我们在动物园里参观了达

---

[1] 《第六感觉》是诗人尼·斯·古米廖夫（1886—1921）的诗集《火柱》（1921）中的诗篇。帕斯捷尔纳克在这里所说的"第六感觉"指一种美好的感觉。
[2] 卡尔·冯·林奈（1707—1778）：瑞典生物学家，动植物双名命名法的创立者，写有《自然系统》（1735）、《植物种志》（1753）等重要著作。

荷美[1]女骑手的队列。我对女性的最初感觉，似乎是和对于过多裸露的队伍、密集式的痛苦及鼓声中热带游行检阅的感受相联系的。我仿佛比适当的时间更早一些成了形体的奴隶，因为我过早地在她们那里目睹了奴隶的形体。大约是1903年夏季在奥布连斯克，斯克里亚宾[2]一家在那里与我们为邻，而住在普罗特瓦河那边的熟人家的一个女孩在游泳时沉入水中。好像有一位大学生跳到河中救起她，自己却遇难了；随后，这位少女在好几次从同一陡岸上跳河自杀未遂后发疯。后来我摔伤了一条腿，一个晚上就得以脱离未来的两次战争，打着石膏绷带一动不动地躺着，这时河那边的这个熟人家发生火灾，村庄里尖刺的警报声疯狂地响起，就像是因热病而发抖。带斜角的火光活像一条被放掉的蛇，全身绷紧，疾速游走，突然间把栅栏的板条卷成筒状，翻着跟头钻入馅饼夹层般的灰红混杂的浓烟中。

　　大约就在那天夜间，我父亲在去接小雅罗斯拉韦茨的医生疾驰回来时，看见从林间道路上方两俄里处腾起团团火光，直上云端，便相信他最亲近的女人和三个孩子失火了，情况紧急；其中一个孩子的腿还打着三普特[3]重的石膏，即使不担心他会终身残疾，怕也是不能治愈了，于是父亲一下子愁白了头。

---

[1] 达荷美：非洲国家贝宁的旧称。达荷美的国王警卫队系由放弃婚姻的800名女兵组成。据1901年4月间莫斯科多家报纸报道，这支卫队中有48名来自野蛮部落的俘虏被达荷美公主亲自除名，这些人曾到莫斯科动物园等公众场合进行歌舞表演。

[2] 亚·尼·斯克里亚宾（1871—1915）：俄国作曲家、钢琴家，其作品对20世纪欧洲音乐产生了重大的影响，成为俄罗斯典范音乐作品的一部分。——译注

[3] 普特：沙皇时期俄国的主要计量单位，1普特约合16.38千克。——译注

我不再描述这件事了，让读者代替我去做吧。读者爱好的是具体情节和恐怖事件，喜欢把历史视为一个永不终结、绵延不断的故事。不知他是否愿意历史的结局是合乎情理的。他的漫步并未继续延伸到他的心仪之地。他全身心地沉浸于前言和引论中，可是对于我而言，生活只有在人转向进行总结的时候才能得以展现。且不说在我的理解中，历史的内在划分是以无可回避走向消亡的方式强加给它的，就是在生活中，也只有在这种情况下——当令人烦腻的烧煮炖熬按部就班地完成，餐饮全部结束后，配备齐全的感情挣脱束缚、获得各方面的自由时，我才整个地振作起来。

就这样，户外已是冬季景象，街道被暮色截短了三分之一，且整天都处于奔波忙碌中。路灯看上去在旋风似的追逐街道，却还是落在飞舞的雪花后面。在从学校回家的路上，斯克里亚宾的名字全都为雪花所裹挟，从海报上掉落到我的肩膀和后背上。我把落在书包盖上的他的名字带回家中，因此窗台上就有了积水。这种崇拜使我直打哆嗦，毫不夸张地说，比得了寒热病还要厉害。即便远远地看见他，我也会脸色发白，随后又恰恰因为这样发白而满脸通红。他对我说话时，我往往会失去思考能力，我能听见自己在他人的一致哄笑中应答得牛头不对马嘴，唯独听不见自己说了些什么。我知道他把一切都想到了，但他一次也没有向我伸出援手。这意味着他并未给我留情面，而这正是我所渴望的那种得不到回应和同情的感受。只有这种感受，只有它越强烈，才越能更有力地让我避免他那不可言传的音乐所造成的空虚感。

斯克里亚宾在去意大利之前，到我们家来辞行。他演奏钢琴——这是无法描述的,和我们共进晚餐,谈论哲学,直抒胸臆,笑声不断。我一直觉得他好像因寂寞而苦闷。告别的时刻正在临近。祝愿的声音响起。我的祝福像一个鲜红的小块落入成堆的临别赠言中。所有这些祝词都是在动身时说出来的,呼唤声在房间门口彼此交集,随后渐渐转移到前厅。在那里,这一切又伴随总括性的激情再度重现,而斯克里亚宾的大衣领钩却久久扣不上缝得很紧的风纪扣环。敲门声响起,钥匙转动了两次。妈妈从还让人感到他仍在演奏的钢琴和整个被环形灯光照亮的乐谱架旁走过,坐下来翻阅他留下的练习曲。在这组练习曲中,仅仅是一开始的16个小节就构成一个乐句,并充满一种令人惊异的完备与娴熟,那是大地上任何东西都不足以褒奖的。我没穿大衣,也没戴帽子,突然间就顺着楼梯跑下去,继而在夜色中的米亚斯尼克街上奔跑,要把斯克里亚宾喊回来,或者再次看看他。

每个人都有这样的体验。传统向着我们所有人呈现,答应赋予大家、赋予每个人一副各不相同的面貌,并履行自己的诺言。我们每个人只是在爱他人并有机会去爱的时候才成为人。传统以环境的化名遮蔽自己,从来不满意于给它编造的混成性形象,但总是把自己某种不足道的最明显的例外打发给我们。究竟为什么大多数人都藏进说得过去的、仅仅可以容忍的共同性中?他们认定无个性优于有个性,害怕传统从童年起就要求他们付出的牺牲。趁我们还是孩童时,舍己而忘我地、以等于双倍的力量去爱——这是我们心灵的事业。

# 3

当然，我没有追上斯克里亚宾，而且也未必想过这样做。过了六年，在他从国外返回时，我们又见面了。这期间我整个地处于少年时代。每个人都知道，少年时代似乎是看不到边际的。无论后来我们再增加几十岁，岁月都无法填满这座飞机库，它们会单独地或成堆地、不分昼夜地飞进库中寻找记忆，正如教练机飞进去补充燃油那样。换句话说，这段岁月在我们的一生中构成了胜过整体的一个部分。曾两番经历少年时代的浮士德，度过了真正不可思议的、只有用数学上的悖论才能衡量的生活。

斯克里亚宾回国后，立即就开始《狂喜之诗》的排练。[1] 现在，我是多么希望以随便哪一个更合适的标题，来取代这个通常用于裹得很紧的肥皂包装纸的名称！排练在每天早上进行。通往排练场的道路要穿过浓重的烟雾，穿过沉浸在冰雪泥泞中的富尔卡索夫胡同和库兹涅斯克桥。沉寂的道路旁，教堂大钟悬挂的钟垂隐没于雾霭中。每次都只有一座钟发出哐啷一声响。其余的钟则像斋戒冥想似的一齐沉默，屏息敛声。从报刊胡同到尼基金大街的十字路口，犹如用鸡蛋加白兰地搅拌而成的嘈杂的泥潭。有人扯着嗓子把包着铁皮的雪橇赶进了一片水洼，而石铺路面则在前来演奏者的手杖下嗒嗒作响。音乐学院在这样的时分近似于早晨清扫时的马戏场。半圆形阶梯演播厅中方格似的座位上空无一人。池座中慢慢坐满了听众。曾被指挥棒强行束缚了半个冬季的

---

[1] 斯克里亚宾的第三交响曲和《狂喜之诗》的排练在1909年2月举行。

列·奥·帕斯捷尔纳克为斯克里亚宾画的弹钢琴素描（1909）

音乐，又在它的控制下沿着管风琴的木质外壳发出声来。听众突然间如同平缓的水流纷至沓来，好像城市要给自己的对手腾空地方。音乐演奏开始了。五彩缤纷、丰盈充溢、闪电般繁衍的旋律急剧变化着散落在舞台上。演奏被调整就绪，由狂热激奋的急促之音渐渐转向和谐悦耳，在达至前所未有的融为一体的轰鸣后，沿着台前的脚灯变得从容不迫，随后突然在完全低音部的旋风中戛然而止，整个地停顿下来。

这是瓦格纳[1]为诸多想象和庞然大物而开辟的大千世界中人

---

[1] 理查德·瓦格纳（1813—1883）：德国作曲家、指挥家，欧洲浪漫主义音乐达到高潮和走向衰落时期的代表性作曲家，不仅在欧洲音乐史上占有重要地位，而且在欧洲文学史和哲学史上也有一定的影响。——译注

类的第一村落。虚拟的抒情住所在某一地段建造起来，其建筑材料和它完全一样，用的是宇宙微粒制成的墙砖。交响曲围障的上方燃起凡·高[1]绘出的太阳。它的窗台上则出现了肖邦的落满灰尘的历史文献。对于这些灰尘，居民们没有多管闲事，却以自己的各种方式实现了先驱者的珍贵遗愿。

我聆听这部交响曲，不能不热泪盈眶。早在它印制成锌版的最初校样之前，就已刻入我的记忆中。这种现象并不出乎意料。谱写这部交响曲的妙手，六年前就颇有分量地压在我的心头。

这段时光如果不是听凭个人意愿发展的鲜活印迹而进一步转化，又会怎么样？毫不奇怪，我仿佛在交响曲中遇见了一位令人羡慕的幸福的同龄女性。与她为邻，不能不对我的亲人、我的学业和我的全部日常生活产生影响。下面就要述及这种影响是怎样发生的。

在世界上我最爱的是音乐，在音乐领域我最爱的人是斯克里亚宾。与他结识前不久，我刚开始音乐上的牙牙学语。在他回国前，我曾是一位如今仍健在的作曲家的学生。[2] 我只要学完管弦乐法课程即可。不过，人们各执一词，而重要的只是，即便大家都持反对意见，我也同样不能想象排除音乐的生活。

但是我没有绝对辨音力。这就是所谓辨识随意挑出的任何一个音符的音高的能力。缺乏这种与基本音乐素养没有任何联系的

---

[1] 文森特·威廉·凡·高（1853—1890）：荷兰后印象派画家，代表作有《星月夜》、自画像系列、向日葵系列等。——译注
[2] 帕斯捷尔纳克曾师从作曲家、基辅音乐学院院长列·莫·格里埃尔（1874—1956）学习作曲。——译注

能力本来不值得注意，可是我母亲却完全拥有这一品质，这就让我甚为不安。如果音乐于我而言似乎只是一种旁涉的人生舞台，那么我对这种绝对辨音力就会毫无兴趣。据我所知，现代的一些卓越的作曲家就缺乏这种能力，而且人们认为，无论是瓦格纳还是柴可夫斯基都可能没有绝对辨音力。然而，音乐是我的崇拜对象，也即那个具有杀伤力的焦点，那里汇集了我心中最迷信、最愿为之弃绝私利的一切，因此每一次我的心愿为某一晚间的灵感所鼓舞，次日早晨我就一再想到上文提及的那一缺陷，并急忙贬低它的价值。

虽然如此，我已写有几部郑重其事的作品。[1] 现在就要把它们呈送给我的偶像审阅。由于我们两家彼此熟悉，安排一次这样的会面是很自然的，但是我对此却抱有一种习惯性的偏激。这一举动在任何情况下都会让我觉得有些纠缠不休，而这一次在我看来已发展到大不恭敬的地步。在约定的日子里，当我动身前往斯克里亚宾暂住的格拉佐夫胡同时，我给他带去的与其说是自己的作品，不如说是那种早已胜过任何表达形式的爱心，以及在想象中不由自主地意识到的因自己的不适当行为而产生的歉意。人满为患的四号线电车挤压和增添着这些感受，铁面无情地沿着褐色的阿尔巴特街把它们带向正在令人担心地接近的目标，这条街通往斯摩棱斯克大道，毛烘烘汗淋淋的乌鸦、马匹和行人都满不在乎地立在水中。

---

[1] 这里指帕斯捷尔纳克创作的、保存至今的一部钢琴奏鸣曲和两部前奏曲。

# 4

那时我才认清了我们的面部肌肉是怎样练出来的。我激动得倒吸了一口凉气，舌头不听使唤地嘟囔着什么，答话时频频喝茶，以免气喘吁吁，甚或再次把事情弄糟。

我只觉得皮肤顺着颌骨和凸出的前额颤动，于是扬起眉毛，微笑着向斯克里亚宾点头致意。这种面部表情就像蒙上蜘蛛网那样发痒并收紧，每当我触碰到鼻梁边的皱纹时，都会用本来就紧握在手中的手帕一次又一次地擦拭额头上的大粒汗珠。春天虽受到窗帘的羁绊，还是在脑后窗外的整条胡同中弥漫起腾腾烟雾。眼前，男女主人之间的茶杯散发出茶香，他们正以双倍的健谈致力于把我引出窘困状态；茶炊咝咝响，喷发出箭矢般的蒸汽；阳光因水汽和垃圾堆腐败气体而变得模糊朦胧，烟雾缭绕。雪茄香烟的烟头冒着纤维状的轻烟，如同一把玳瑁梳子从烟灰缸向亮处飘移，碰到阳光后，又厌烦地向一边爬去，就像在一小块绒布上爬行。不知道为什么，这种由让人困惑的氛围、美味不减的华夫饼干、冒着冷气的砂糖和白纸般闪闪发光的银器所构成的周转循环，不可忍受地加深了我的惊慌不安。当我转入厅中，坐在钢琴边时，慌乱不安的心情才渐渐平息。

我是焦躁不安地演奏第一部作品的，演奏第二部作品时，几乎已克制了激动的心情，可是到演奏第三部作品时，我又感到一种新的、未预料到的压力。我的目光偶然落到正在听我演奏的先生身上。

在跟踪演奏的渐进过程时，他先抬起头，继而扬起眉毛，最后容光焕发地站起身来,用一种难以捕捉的微笑伴随旋律的变化,循着旋律节奏的强弱配置步履轻盈地朝我走来。这一切他都喜欢。我赶快结束了演奏。他随即开始让我相信,谈论音乐才能是没有道理的,既然我已具备比它大得多的能力,而且在音乐方面也已发出了自己的声音。他在引述我所弹奏的一晃而过的乐曲片段时,已坐到钢琴边,为的是把其中最吸引他的一段重弹一遍。这种转奏是繁难的,我没料到他能准确无误地把它复现出来,但事实上却出现了另一种意外:他在重弹时用的不是原调,于是那个在这几年中仍在如此折磨着我的缺陷,就有如他自己的不足一样从他手底显露出来。

我认为有说服力的事实比推测的变化更好,因此又战栗了一下,并考虑起两种情况。如果他对我承认自己的缺点表示反对:"鲍里亚[1],要知道我也没有绝对辨音力。"那倒是好事,那就意味着并非我硬要纠缠着音乐,而是音乐本身注定就属于我。倘若他的答复之言提及瓦格纳和柴可夫斯基,谈到调音师等——可是我已开始逼近那个让我慌乱不安的话题,话还没说完就被打断,并已一字不漏地听到他的回答:"绝对辨音力?在听过我对您说的这一切之后,还会谈论它吗?那么瓦格纳呢?柴可夫斯基呢?千百个具有绝对辨音力的调音师呢?……"

我们在厅中缓缓踱步。他时而手搭我的肩膀,时而握住我的手。他谈到即兴创作的害处,谈到应当在什么时候、为了什么和应当怎样去创作。他把自己的几部因其高难度而未得到好评的新

---

[1] 帕斯捷尔纳克的名字叫鲍里斯,鲍里亚是他的小名。——译注

奏鸣曲，作为他一向追求的那种质朴风格的范例。他还从最平庸无奇的浪漫曲中举出几例，说明过于复杂是应当受到指责的。离奇的比拟并未让我感到难为情。面目模糊不清比单一面貌更为复杂。无节制的冗长拖沓看上去好像易于理解，那是因为它内容空泛。陈规旧套的空洞无物教坏了我们，而我们恰恰把在长期的不习惯之后呈现于面前的前所未闻的内容充实的作品，误认为是对形式的诉求。

他不易觉察地把话题转到更具有决定意义的引导上来。他询问了我受教育的情况，在得知我选择了较容易学的法律系之后，建议我毫不延迟地转入历史语文系哲学专业，我在第二天就完成了转系手续。在他谈论这一切的时间内，我曾考虑过已经发生的事情。我并没有违反自己与命运签订的契约。我还记得预想过的那条凶多吉少的出路。这一偶然事件是否削去了我的神明享有的桂冠？不，永远不会——它把他从原有的高度提升到新的层次。为什么他拒绝做出我如此期待的最简单朴直的回答？这是他的秘密。未来的某个时候，即便为时已晚，他想必还会赐予我这一错过时机的表白。他在少年时代曾怎样克服了自己的彷徨犹豫？这也是他的秘密，而这一秘密也同样把他提到了新的高度。可是房间内早已暗下来，胡同里的路灯也已亮起，我该告辞了。

我在告别时竟然不知道怎样感激他。我身上有某种东西得到了升华。某种东西挣脱了束缚，获得了解放。不知为什么哭泣不已，也不知为什么欢欣鼓舞。

街头凉意的最初流动全都献给了房舍和远方。整个乱成一团的楼房在莫斯科协调和谐的夜色中从鹅卵石上伸展出来，直指云天。我想到父母双亲，想到他们已准备好的迫不及待的追问。我的汇报无论怎样开始进行，除了最让人高兴的方面之外，不会有任何意义。只有在这时，我才服从即将进行的叙说的逻辑，第一次把白天的幸运之事归结为事实。在我看来，白天的事情并不能列入这样的范畴。这些事情只有在为他人而设时才是真实的。无论我带给家人的消息怎样令人兴奋，我内心还是有所不安。但是，所有意识都更像是一种欣喜，以至我恰恰不会把这种忧郁灌输到任何人的耳中，它也像我的未来那样，和我整个的、此时此刻且始终都驻于我心中的莫斯科一起留在楼下，留在街上。我沿着几条胡同穿行，老是没有必要地横越马路。我完全不知道，前一天似乎还觉得永远保持天生模样的世界，已在我心中渐渐变小并现出裂缝。我就这样走着，每次拐弯时都更明显地加快脚步，但并不知晓在这个夜间已与音乐断绝联系。

希腊已出色地区分出年龄上的细微差别。它避免了把年龄问题搞得混乱不清。它能够封闭而独立地思考童年，把童年作为人生整体的主导核心。它的这种能力从关于伽尼墨德[1]的神话和其他许多类似的神话故事中，已可见出其高超之处。这些见解也已进入它关于半人半神和英雄的概念中。照希腊神话的思维，冒险和悲剧的某些部分想必相当早就已被汇聚成显明的、瞬间可见的小型集合体。一座大厦的某些部分，其中注定要有的主轴线上的拱门，想必从一开始就一次性地被安排停当，以便让未来的大厦保持协调匀称。最后，死亡想必也可能是作为某种储存记忆的类

---

[1] 伽尼墨德：古希腊神话中的特洛亚国王特罗斯和自然女神卡莉罗之子。他曾被宙斯带到奥林匹斯山，极受推举，后来成为司酒神。

似物而被体验的。

古希腊罗马文化虽然拥有完美绝妙、总是出乎意料、童话般引人入胜的艺术,却并不顾盼浪漫主义,原因就在这里。

这种文化是由某种后世不可复现的对于事业和使命的超人的严格要求培育出来的,但它并不承认作为个性激情的超人精神。它由于把世界上所有的全部非凡现象整个地归因于童年而得以回避超人精神。这样,当一个人按它的方式阔步进入宽广的现实时,他的步履和状况就都会被认为是寻常的。

# 5

在那以后不久的一个晚上,我在前往由十位诗人、音乐家和画家组成的醉汉协会"谢尔达尔达"[1]的聚会时,想起曾允诺要给此前朗读过戴默尔[2]诗作出色译文的尤里安·阿尼西莫夫[3]带去另一位德语诗人的作品。我认为这位德语诗人高于他的所有同时代人。正如先前已不止一次出现过的那样,诗集《为我庆贺》[4]再次在我最困难的时期不知不觉地落入我手中,接着又在泥泞中转移到一间木头休闲屋里,转到受潮的古物、遗产和年轻人诺言

---

[1] 关于"谢尔达尔达"(Сердарда)协会名称的含义和来源,参见《人事与世情》中的"20世纪第一个十年"一章第10节。——译注
[2] 理查德·戴默尔(1863—1920):德国诗人。
[3] 尤里安·帕夫洛维奇·阿尼西莫夫(1888—1940):俄罗斯诗人、翻译家和画家。
[4] 奥地利诗人里尔克的诗集《为我庆贺》(*Mir zur Feier*, 1899)。——译注

的混杂交错中，为的是在杨树下的阁楼里被白嘴鸦骗得晕头转向后，心怀新的友情打道回府，也即以灵敏的嗅觉返回到市内的一扇门里，当时那里的书籍还不多。不过，应该讲讲这本诗集怎样落入我手中的事了。

这件事可回溯到六年前的那个 12 月的黄昏——关于这个黄昏，我已连同那条不事喧哗、到处守候着雪花的神秘鬼脸的街道，在本书中描述过两次。那天我曾在地板上爬来爬去，帮妈妈收拾父亲的书架。已用抹布擦拭过的印刷珍藏品排列无误地从四边被插进敞开的书架上，这时好像突然从有些颤动的、特别不听话的一摞书中掉落下一本封面已褪色的灰皮小册子。我从地板上把它拾起来后，完全出于偶然地没有把它放回去，随后就据为己有了。时光匆匆流逝，我不但喜欢这本书，而且很快又爱上了与它相连的、由同样的手笔签赠给家父的另一本书。更多的时日过去后，有一天我才搞清楚它们的作者莱内·马利亚·里尔克，应当就是很久前的某个夏季我们在一个被人忘却的林间小站上徘徊逗留后，在途中与其告别的那位德国人。我跑到父亲那里询问我的推测是否正确，他确认此事无误，却对它为什么让我如此激动而困惑不解。

我并不是在写自己的传记。我是在别人的传记需要它时才着手书写的。我和它的主角一起认为，只有英雄才值得写生平传记，而诗人的经历采用这种样式是不现实的。若是必须写，就要收集一些无关紧要、证明传主让步于怜悯和强制的材料。诗人赋予自己的整个一生以如此陡峭的坡度，以至它不可能存在于传记的垂直线中，而我们却期待在那里遇见它。不能按诗人的名字找到他的传记，应当在别人的名下、在他的追随者们的传记长卷中寻找。创作多产的个人越封闭，他的事迹就越具有集体性，且不用任何寓意手法。天才的下意识领域是不能丈量的。他为读者所做的一切即构成这一领域，但他并不知晓这一点。我不是在把自己的回忆献于纪念里尔克，相反，这些回忆是我本人从他那里获得的馈赠。

# 6

虽然我已讲述过这些事情，却没有提到什么是音乐、什么导致我迷恋音乐的问题。我没有这样做，不只是因为在三岁时的一天夜间醒来后，赶巧碰上整个视野已提前多于15年的时间充满音乐之光，所以就没有机会去体验音乐问题；而且还因为现在音乐已不再属于我们的话题。但是，那个多半属于艺术方面的问题，整体上的艺术方面的问题，换言之——属于诗歌艺术方面的问题，我却不能回避。我既不会从理论上，也不会以相当概括的形式回答这个问题，但是在我拟讲述的内容中，有许多都能当成我为自己和与己有关的诗人所提供的对它的回答。

太阳从邮政总局后边升起，再向基谢尔胡同敏捷地移动，降落到涅格林卡街区[1]。阳光给我们家房子的一侧镀上金色后，从

---

[1] 涅格林卡（Неглинка）：涅格林卡原为克里姆林宫的护城河，曾被称为莫斯科的母亲河。在1812年战争后莫斯科的重建阶段，这条河在市区设施重新规划过程中，被封闭在一个地下管道中。涅格林卡后来成为莫斯科的一个街区和附近商业经营单位的名称。——译注

吃午饭时渐渐向餐厅和厨房转移。这套住房是公家的,几个房间均由教室改建而成。我在大学就读,学习黑格尔和康德哲学。有一个时期,每当和朋友们相会时,往往都感到没有出路,时而有这位、时而有那位朋友表达自己锋芒初露的新发现。

深夜里,同学们常常彼此招呼着在睡梦中醒来,理由总是好像有什么刻不容缓的事情。被叫醒的人往往因为自己的酣睡而感到羞愧,似乎是无意中暴露了自己的弱点。大家就像去隔壁房间那样,前往索科尔尼基公园,前往雅罗斯拉夫铁路道口,把被认为个个都是微不足道的小人物的不幸家人闹得惊恐万分。我曾和一位富家姑娘友好相处。大家都明白我爱她。不过她只是抽象地参与这些再也睡不着,也更适合的同学们的闲游。我还兼上几门报酬很低的课程,为的是不从父亲那里要钱。夏季家里人外出旅游时,我常常留在市内自食其力。独立自主的幻想是以如此节衣缩食的方式实现的,以至在这一切之外又增加了一项饥饿,以及在空空如也的住宅中把夜晚完全变成白昼。只不过我还在拖延着与其告别的音乐,在我这里已同文学彼此交织。别雷和勃洛克的深邃与魅力不可能不向我展现。他们的影响同一种远胜于简单无知的力量独特地结合在一起。我在语言方面为音乐而作出牺牲的长达15年的节制,注定会导致语言的新奇而独特,就像另一种缺陷注定导致某项竞技运动那样。我和我的一些朋友和"缪斯革忒斯"出版社[1]建立了联系。从另一些人那里,我得知了马尔堡的存在:康德和黑格尔为柯

---

[1] "缪斯革忒斯"出版社(Мусагет):俄国象征主义者的出版社(1909—1917)。

亨[1]、纳托尔普[2]和柏拉图所取代。

那些年中的生活我是有意偶尔进行描述的。我本来可以增写一些迹象，或以另一些征兆取而代之。不过，所征引的内容对于达到我的目的而言已足矣。我就像在一张设计图纸上拿它们标出我当时的真实生活，随后马上问自己：诗歌是在哪里、为了什么而从这种现实中诞生的？回答时无须沉思良久。这是拥有全部新鲜性的记忆为我保存的唯一感受。

它们是在我记忆岩层的深处，从一系列断断续续的现象中，从其显现过程的差异中，从其较守旧的滞后性及其背后杂乱无章的堆积物中诞生的。

爱的飞逝最为急遽。有时候，当它出现在自然界的前列时，会赶在太阳前面。但是因为这种情况很少发生，故而可以说，太阳在同爱情的竞争中毕竟总是占优势，它不断上升前进，在给房舍的一侧镀上金色后，又开始把另一侧涂上青铜色，引起天气的变化，转动一年四季的沉重闸门。剩余的一系列现象则尾随其后，拉开不同的间隔距离，慢悠悠地行进。我经常听到一种并非从我开始的忧郁的口哨声。这声音从我背后袭来时，令人害怕而又发出哀求。它来自已被放弃的生活方式，不是威胁要停止现实生活，也不是乞求人们去追随那种在当时就已远远成功超前的活跃空气。那个被称为灵感的东西也就包含在这种回顾中。生活中

---

[1] 赫尔曼·柯亨（1842—1918）：德国哲学家，新康德主义马尔堡学派创始人。
[2] 保罗·纳托尔普（1854—1924）：德国哲学家、教育家，新康德主义马尔堡学派的主要代表之一，柯亨的弟子。

的那些最麻木的非创造性的部分，由于自己被推离得很远，叫喊得特别响亮。无生命之物活动得还要更有力。这是静物画的，也即画家最喜爱的那一领域的模特儿。它们聚集在活跃的宇宙最深远的地方，处于静止状态，提供了关于宇宙运动整体的最完备的概念，把它作为我们似乎觉得形成反差的范围。它们的分布标出了一条界线，在它之外，惊异与同情都一筹莫展。科学在那里忙碌，探寻着现实的原初根基。

但是，因为没有一个第二宇宙，可以让人像抓住头发那样抓住现实的上端，把它从第一宇宙中提升起来，所以为了它本身所吁求的操控，就要求对它进行描摹，这就如同受到数量方面的单面性限制的代数所做的那样。不过我总是觉得这种描摹只是摆脱困境的出路，而并非目的本身。我总是认定目的就是把被描写的事物从冷漠的轴线转移到热情的轴线上，允许陈旧的东西随后去追赶生活。现在我对此的想法和那时所考虑的也没有什么很大的区别。我们描写人，就要把他置于某种天气中。我们描写天气或者与其同样的自然界，就要让它为我们的激情所覆盖。我们把日常生活拉进散文是为了诗。我们把散文引入诗是为了音乐。我就是这样把随着生机盎然、世世代代永不止息的时光之流而创建起来的东西称为艺术（在这个词最宽泛的意义上）的。

对城市的感受从来不符合我的生活在其中流逝的那片区域，其原因就在于此。心灵的压力总是把它推向被描绘的远景深处。在那里，浮云气喘吁吁地踏步不前，无数火炉冒出的烟推开重重云层，横悬于天空。那里倒塌的房屋成单元地埋在雪中，有如沿着堤岸延伸的长长队列。在那里，纵饮无度伴随吉他轻轻的拨奏逐一触摸百无聊赖的寒酸丑脸，满脸通红的体面女士们因酗酒而浑身发烫，和摇摇晃晃的丈夫们一起走出门，奔向夜间蜂拥而至的出租马车，就像从热气腾腾的浴盆中爬出来，走向桦木更衣间的清凉中。那里有人服毒，有人发烧，有人把硫酸泼向离间者，有人身着绫罗绸缎去举行婚礼，有人去当铺典当裘皮大衣。在那里，我教的留级生在等候我上课时一一坐下来，打开教科书，露出干巴巴的笑容，不声不响地彼此互使眼色，像番红花似的装出智力不全的模样。那里也有一所遭到半数人唾骂的平庸而不成熟的大学，上百间教室人声嘈杂或万籁俱寂。

教授们眼镜的玻璃镜片在怀表的玻璃盖片上擦过，随后他们抬起头来，注视齐声诵读的场面和天花板。学生们的脑袋因身穿制服而显得很突出，好像一对对朋友那样悬挂在靠近绿色灯罩的长长的细绳上。

每天我好像都是从另一个城市来到这里，逗留之际，我的心跳总是加快。当时我要去看医生的话，他大概会认为我得了疟疾。可是慢性急躁症的这些发作，用奎宁药来医治是不能奏效的。这些世俗人群的执拗不驯的粗糙，他们那种没有被任何东西为了一己之利而从内部消耗掉的麻木的直观性，引起了这种奇怪的出汗现象。他们就这样过日子，忙忙碌碌，好像是故作姿态。假如把他们合并到某个居民点，那么他们就会在想象中竖起一根普遍相信必然结局的天线。寒热病正好落在这根天线杆的底座边上。从这根天线传输到另一极的电波引发了这种病症。在和远方一根绝妙的天线交谈时，这根天线从前者所在的地区把某一位新的巴尔扎克召唤到自己的居住区。不过只要离这根不祥的天线杆稍远一些,短暂的安慰就会来临。

比如说,萨文[1]的授课就不会使我得寒热病,因为这位教授不适合归于某种类型。他上课时显示出随着课程进度而增长的真正才华。时间没有为他而感到委屈。它并未因为他的论点而变得支离破碎,既没有跳到通风口附近,也没有慌忙地扑向门口。它没有把炊烟向后吹回烟道,从房顶上翻滚下来后,也没抓住向暴风雪中飞驰而去的电车拖车的挂钩。不,时间专心致志于英国中世纪或罗伯斯庇尔的国民公会,同时也使我们为之入迷,而和我们一起入迷的,还有大学里逼近房檐的高大窗户之外我们所能想象到的富有生命力的全部存在。

我身体健康如常,仍旧住在一间带家具的出租房内,出租房里还住着好几位给一批已成年的学生上课的大学同学。在这里,谁也没有显示出卓越的才华。指导者和被指导者谁也没有期望从哪儿获得什么遗产,他们连为一体,努力摆脱执意迫使他们的生活停滞不动的僵死状态,彼此靠拢,这也就足够了。正如其中有的留在大学里的教师那样,就其称号而言他们并没有代表性。小官员和职员,工人、听差和邮递员等,他们都来这里听课,为的是有朝一日改变自己的身份。

身处他们这种积极活跃的环境氛围中,我也没有发寒热病,还以少有的和谐融洽的心态,常常从这里拐到邻近的小巷中,那

---

[1] 亚历山大·尼古拉耶维奇·萨文(1873—1923):俄国历史学家,研究中世纪和近代历史,特别是16—17世纪英国乡村和农业经济史的专家。

儿的金口约翰修道院[1]内的一间厢房里，居住着一个花匠合作组的全体成员。那些在彼得罗夫卡沿街叫卖里维埃拉[2]鲜花的孩子们，正是在这里收购数量足够的花卉的。从事批发的汉子们从尼斯订购鲜花，在那个地方他们以绝对的低价就能弄到这些花卉珍品。在新旧学年转换之际，每当我在一个美好的晚间发现已好久未在灯下上课，三月明朗的暮色曾越来越频繁地造访我们那间肮脏的出租房，然后在课程结束时已完全不想在客店门口滞留——这时我就特别经常地在批发商那里逗留，流连忘返。冬夜的街道一反常态，并未披上压低的头巾，好像从出口处的地下钻出来似的，微微翕动着嘴唇诉说着枯燥无味的童话故事。春天的气流沿着坚实的马路扫过，时断时续地发出沙沙声响。小巷的轮廓好像紧裹着一层薄薄的真皮，冷得直打哆嗦，它过久地等待着第一颗星星，贪得无厌而出奇无聊的天空却在令人厌烦地拖延星星的出现。

气味难闻的走廊上堆满贴有外国商标、盖着赫赫有名的意大利印章的空箩筐，这些箩筐直抵天花板。一团臃肿的热气回应着门上的毛毡发出的呼哧声，好像出来如厕似的滚动到门外，从中已可以猜测出某种前所未有的令人激动的东西。在前厅对面渐渐变得稍低的正房深处，一些年少的卖花人争先恐后地挤到堡垒观察口似的小窗前，取到清点过的货物，匆匆地把它们塞到各自的

---

[1] 金口约翰修道院的名称来自15世纪拜占庭著名传教士约翰的外号。——译注
[2] 里维埃拉：地中海沿岸区域。原本指意大利利古里亚的海岸，自中世纪已有此名。包括意大利的西北海岸和法国的蓝岸地区。——译注

篮子里。老板的儿子们也在那里，一声不响地在一张宽大的桌子上拆开刚从海关运送过来的新包裹。橘黄色的包装纸像书本那样被分成两半摊开，从芦秸编制的盒子里露出中间新鲜的花卉。扎得很紧的冰凉的蝴蝶梅被一捆捆地取出来，恰如风干的马拉加甜葡萄酒[1]的酒坯。这些蝴蝶梅让这间类似于门房的屋子充满如此令人迷醉的芳香，以至傍晚暮色中笼罩着淡淡阴影的木柱看上去好似用润湿的深紫色草皮剪裁而成。

不过，真正的奇迹还在前面等候。老板走到院落的最里边，打开石砌板棚的一扇门，拉起地窖口盖的环圈，于是，在这一瞬间，阿里巴巴和四十大盗的故事便整个令人眼花缭乱地变成了现实。在干燥的地窖底部，像太阳发光似的亮着四盏扁球形的电灯，同灯光竞相争艳的，则是按色彩和品种挑选出来、在大花盆中怒放的一束束热带牡丹、黄色洋甘菊、郁金香和银莲花。这些鲜花靠着呼吸生存，兴奋不已，就像要彼此一争胜负。无色的、缀满细弱针叶的茴芹所营造的复活节气息的浪潮，以出人意料的力量涌来，冲刷掉落满尘土的金合欢的芳香。水仙花如同已被冲淡到洁白状态的露酒，这显然是它散发出的气味。但是在这里，蝴蝶梅的黑色徽章却在这场竞争的风暴中取得了胜利。它们就像没有眼白的瞳孔，含而不露，疯疯癫癫，以其无动于衷而让人入迷。它们那甜腻的、并非咳出的气味充满了地窖底部狭口的宽阔围垣。它会使人像患上乡下人常得的胸膜炎似的胸口发闷。这种气味还会令人想起什么，随即悄悄溜走，同时让人的意识蒙受欺

---

[1] 西班牙的马拉加省盛产的甜葡萄酒，通称"马拉加甜葡萄酒"。——译注

骗。看来，春季的几个月就是根据这种气味形成了关于诱导它们每年都要回归土地的观念，希腊关于得墨忒耳[1]的神话传说的源头大约也是离此不远的。

# 7

在那个时期及许多日子过去后，我曾把自己的诗歌试作看成一种不幸的弱点，也不指望其中含有任何好诗。谢·尼·杜雷林[2]这个人当时已以他的赞许对我表示支持。这可以用他那无可比拟的同情心来解释。不过我还是小心翼翼地把未成年期的这些新征兆，瞒过了其余那些把我看成几乎已开始站稳脚跟的音乐家的朋友。

但是我却以理由充分的浓厚兴趣转而学习哲学，设想未来事业着力点的胚芽就在靠近哲学的某一领域。我们班所讲课程就像授课方式一样远离理想之境。这是陈旧的形而上学和羽毛未丰的启蒙理念的一种奇特的混合物。为了达成融洽，这两种倾向都自愿让出了各自独立形成的、可能还属于它们的最后一些理性残余。哲学史变成了消遣性作品的教义，心理学则退化为小册子格调的轻浮浅薄的扯淡。

几位年轻的副教授，如施佩特、萨姆索诺夫和库比茨基等，

---

[1] 得墨忒耳：希腊神话中的农业和丰收女神。
[2] 谢·尼·杜雷林（1866—1954）：俄罗斯诗人、东正教神甫和戏剧史家，曾被流放到西伯利亚，并曾表示反对帕斯捷尔纳克在其作品中提到他。

无法改变这种格局。[1]不过,也不必就这样把它归咎于老教授们。那个时期已宣布的要把课上得通俗易懂、简单明了的要求束缚了他们。当时正值扫盲运动开始之际,而它却还没有清楚明确地进入各位参与者的意识中。多少有些相应准备的大学生们都努力独立工作,越来越依恋典范式的大学图书馆。他们的好感被分配给了三个名字。大部分学生对柏格森心驰神往。格丁根的胡塞尔学说的拥护者们则在施佩特那里获得了支持。马尔堡学派的追随者们缺乏领导人,因而自行其是,结合成若干还是始于谢·尼·特鲁别茨科伊[2]个人传统的偶然性分支群体。

年轻的萨马林[3]是这个圈子中的一个引人注目的现象。他是俄国最好的往时岁月的直系后裔,而且还由于和不同阶层的血缘关系而联系着尼基塔大街拐角处一栋楼房本身的历史,每学期两次出现在某个讲习班的某种聚会上,好像一个已独立的儿子按时来到父母住所中参加普通的午餐聚会。专题报告人只好中断演讲,等待着,直到这个身材细长的怪人为他造成的一片寂静而难为情,自己慢腾腾地选到了一个座位,再沿着咔嚓咔嚓响的木板台阶费力地爬上半圆形阶梯式听众席靠边的长椅。但是,只要关

---

[1] 帕斯捷尔纳克在莫斯科大学读书期间,曾听过古·古·施佩特(1879—1937)、尼·瓦·萨姆索诺夫(1878—1921)、亚·弗·库比茨基(1880—1937)等学者分别讲授的休谟学说、逻辑学史、后康德时代美学史、柏拉图学说和古希腊哲学等课程。

[2] 谢·尼·特鲁别茨科伊(1862—1905):俄国哲学家、政论家,弗·谢·索洛维约夫(1853—1900)的朋友和追随者,曾被推选为莫斯科大学教授。

[3] 德·费·萨马林(1890—1921):谢·尼·特鲁别茨科伊的内侄,斯拉夫主义者尤·费·萨马林(1819—1876)的侄孙,帕斯捷尔纳克的中学和大学同学。

于报告的讨论一开始，刚才如此费力地直逼天花板的所有轰响和吱吱声，就以焕然一新和无法辨认的形式向下回移。萨马林在挑剔报告人的第一个失误后，再从黑格尔或柯亨那里引出某一即兴之论发动猛攻，让它像圆球似的顺着大车厢式结构的肋骨般的台阶滚动。他激动不安，口齿不清，说话声音生来响亮，一辈子都保持着他所学会的音调平稳的声音，既不会低声下气，也不会高声喊叫，同时卷舌音"p"发得不准确，与此分不开的是他总是同时暴露出自己的出身门第。后来他在我的视野中消失，而当我重读托尔斯泰，在涅赫柳多夫身上再度偶然碰见他的形象时，我又不由自主地回想起他来。

## 8

虽然特维尔林荫道上的夏季咖啡馆没有自己的名称，大家还是称它为"Café grec"[1]。冬天里它也不关门，而那时它的用途就渐渐成为一个奇怪的谜。有一次，事先并未约定，洛克斯[2]、萨马林和我在这家空寂的咖啡馆中偶然相遇。不只是在那天晚间，而且很可能在那一整个已流逝的季节，我们都是它唯一的一批造访者。春意荡漾之际，这里的生意骤然变得火红。萨马林刚一出现，几乎才走到我们身边，就海阔天空地议论起来，还拿起一块饼干，开始把它当成合唱指挥的音叉，给自己发言的逻辑切分打

---

[1] 法语：希腊咖啡馆。
[2] 康·格·洛克斯（1889—1956）：帕斯捷尔纳克的大学同学，后来成为文学史家。

着拍子。由螺旋式上升的肯定与否定所构成的黑格尔无限观的部分内容，横贯咖啡馆延伸开来。我可能对他说了自己的副博士学位论文选题，于是他就从莱布尼兹[1]和数学上的无穷大跳到辩证无限观。突然间他又谈到马尔堡。这是我第一次听到关于这座城市本身的讲述，而不是以往听过的关于马尔堡学派的叙说。后来我深信，关于马尔堡古风和诗歌不能按另一种方式讲述，也就在那时，在通风机的嗒嗒噪声中，这种令人迷恋的描述让我感到别开生面。他突然想起自己到这里来不只是为了喝咖啡和稍坐片刻，在得知电话出故障后，便一下子冲出这间结了冰的小屋，比他冲进来时还要喧闹，把待在角落里蒙着报纸打盹的老板吓了一跳。我们也很快就站起身来。这时天气已变，阵阵刮起的风开始起劲地砸来二月的雪霰。雪粒落在地上，好似许多扎成规整的8字形的线串。它在一个劲地绕圈，就像在进行某种海上作业。船舶上的缆绳和网索就是这样一圈圈地像层层波浪似的折叠起来的。路途中，洛克斯好几次说起自己最喜爱的关于司汤达的话题，我却只能避而不谈，暴风雪一再促使我这样做。我不会忘记刚听说的那些话，也舍不得我所想象过的那座小城，但我从来也没有见过它，正如没见过自己的耳朵一样。

　　这一切都发生在2月间，而在4月份的某一天早晨，妈妈对我说，她所挣的钱有些积蓄，还因勤俭持家攒了200卢布，现决

---

[1] 戈特弗里德·威廉·莱布尼兹（1646—1716）：德国百科全书派启蒙学者，哲学家、数学家和物理学家。

定赐予我，并建议我去一趟国外。[1] 难以描述我受到这一恩赐时的高兴、完全出乎意料和受之有愧的感觉。为了这笔款子，母亲弹奏钢琴想必历经不少辛劳。不过我无法拒绝这份好意。路线不必选择。那时欧洲各大学彼此之间保持着经常性的信息交流。当天我就开始奔忙于各办事处，从莫霍瓦亚大街拿到了几份文件和某一珍品，后者是指两周前在马尔堡付印、预计在1912年夏季学期讲授的详细课程表。我拿着铅笔研究这份课程目录，不管是在行路中还是站在办事处柜台栅栏前，都是手不释卷。我的那种摆脱了惊慌失措的幸福感老远就散发出来，感染着各位文书和小官员，我也就在不知不觉中催着他们办好了并不复杂的手续。

当然，我的规划是斯巴达式的[2]。选择最低速的列车，三等座，到国外后如果必要，则改为四等座，预订郊区某一小村庄中的一间房子，以及夹香肠的面包和茶。妈妈的无私馈赠使我有义务百般精打细算。还应当用她这笔钱去意大利。此外我知道，大学的入学费和一些讲习班及自选课程的付费还要消耗很多钱。但是，即便我手中的钱再多十倍，那个时候我也不会放弃这一规划。我不知道怎样使用剩下的钱，但当时世间无论什么也不能把我转引到二等车，也不会让我同意在饭馆的桌布上留下任何痕迹。只是到了战后时代，我才产生容忍舒适的态度和对于安逸的需求。时代为这个世界设置了如此之多的障碍，它不允许我的房

---

[1] 鲍里斯·帕斯捷尔纳克的母亲罗扎莉娅·伊西多罗夫娜·考夫曼（1868—1939）是一位钢琴家，经常做私人讲授音乐课的工作。
[2] "斯巴达式的"生活，指一种清苦、质朴的生活。古希腊的斯巴达人生活清苦，崇尚武力，整个社会好像是个管理严格的大军营，"斯巴达式的"这一说法即来源于此。——译注

间里有任何装饰品和放纵姑息，以至我的全部个性也不能不暂时改变。

# 9

我们这里的冰雪还在消融，天空的片片倒影从雪面冰壳之下浮游到水面，仿佛是从描图纸下面滑出的一幅临摹的画；而在波兰全境却盛开着苹果花，它好像是斯拉夫人构想的某一罗曼文化区域，从清晨到夜间、从西向东地飞奔，像在夏季那样彻夜无眠。

柏林给我的印象是一座少年的城市，这些少年在前一天获得了成年人才会拥有的赠品：短剑与头盔，手杖与烟斗，真正的自行车和常礼服。我在第一个出站口遇见了他们，他们还未习惯变化，每个人都因昨天摊上的赠品而妄自尊大。在一条特别漂亮的街道上，一家书店橱窗中陈列的纳托尔普《逻辑学教程》似乎在召唤我，我随即走进书店把它买下，明天确实就要见到作者的感觉油然而生。在两昼夜的路途中，我已在德国境内度过一个无眠之夜，现在又一个夜晚正在降临。

三等车厢配置折叠床，只是在我们俄国才有的事，而在国外若要做省钱的旅行，夜里就不得不吃点苦头，坐在隔着扶手、陷得很深的四人长椅上打盹。虽然这一次车厢单间中的两条长凳都任我使用，但我还是不能入睡。只是间或在停车较长时，才会有一些到下一区间去的旅客上车。他们多半是大学生，彼此默默地点头致意后，又渐渐消失在温暖而朦胧的夜色中。每当乘客上下车交替之际，月台的遮棚下都会现出睡眠中的城市轮廓。世居本地的中世纪在我眼前第一次展现开来。它的真品如同每一部原作那样既具有新鲜感，又让人担心。这趟旅行从我读过的作品中把许多熟悉的名字一个接一个拉出来，恰似从历史学家们制造的落满尘土的刀鞘中叮当作响地抽出寒光闪闪的钢刀。

列车驶近它们时，就像一个由十节铆接的车厢构成的身穿锁子甲的怪物那样伸直了身子。两节车厢之间的皮质折篷像打铁用的风箱那样鼓起和收缩。车站上的灯光明亮地照着洁净的杯子中斟满的啤酒。装有粗大的、好像是石头滚轮的行李车已卸空，沿着月台的石路平稳地开动。在开阔的停车场的拱顶下，短嘴机车的身躯上挂着一滴滴水珠。看起来，似乎是低矮的车轮在全速转动时出其不意地停了下来，就是这个玩笑把机车带到了这样的高处。

从各条线路向着空荡荡的混凝土站台延伸的诸位先辈，已有600岁高龄。被棚架的歪斜梁木弄得支离破碎的墙壁，揉皱了自己无精打采的壁画。那上面挤满了少年侍从、骑士、少女和棕红色胡须的吃人妖魔；壁毯上的爬蔓植物条纹作为一种装饰图案，在格栅状护面罩的饰框上、肥大的衣袖开衩处和女人胸衣的十字形紧腰带上反复出现。房舍密实地几乎延伸到开得很低的车窗前。已完全被震撼的我躺在宽阔的车窗边缘，忘乎所以地低声发出现已过时的短促而欣喜的感叹。周围还是一片昏暗，在粉刷过的墙壁上隐约现出跳动着的黑色野生葡萄的枝蔓。当带有一股木炭、露水和蔷薇气味的旋风再度刮起，也即从迷恋于飞逝之夜的手中突然袭来点点火花时，我赶快拉起车窗，开始考虑不可预测的明天。但是应当哪怕是随便说说我旅行的地点和目的了。

天才的柯亨所创立的马尔堡学派，是由他的教研室前任、在

赫尔曼·柯亨
（1842—1918）

我们这里以《唯物主义史》一书而闻名的弗里德里希·阿尔贝特·朗格[1]为之奠定基础的，这一学派以两大特点令我折服。第一，它独具一格，从根基上切断一切关联，在纯净的空地上建立。它不赞同形形色色的"主义"懒汉式的墨守成规，后者总是抓住经多次转手得来的、对自己有利且自以为无所不知的理念不放，总是不学无术，总是由于各种原因而害怕在历代文化的自由空气中进行重新审视。马尔堡学派不受制于术语系统的因循怠惰，而是诉诸本源，也即思想在科学史上留下的真实凭据。如果说流行哲学讲的是某位作家在思索什么，而流行心理学讲的是一般人是怎么想的，如果说形式逻辑教的是面包店应怎样考虑才不会算错要找的零钱，那么马尔堡学派所感兴趣的，则是科学在其25个世纪连绵不断的著述中，在世界性发明的紧张忙碌的开端与结束状态是怎样思维的。在这样的似乎为历史本身所认可的位置上，哲学重新变得朝气蓬勃和不可思议的通达，从一门可疑的学科变成历

---

[1] 弗里德里希·阿尔贝特·朗格（1828—1875）：德国新康德主义哲学家、经济学家。

来就有的探讨问题的学科，成为它本来应有的样子。

马尔堡学派的第二个特点从第一个特点中直接产生，可以归结为对历史遗产的审慎而求全责备的态度。和这个学派格格不入的，是对待往昔的令人厌恶的姑息，也就是像看待某个养老院那样看待过去，那里有一群身披斗篷、脚蹬平底鞋或头戴假发、穿着无袖短上衣的老人在闲扯着见不得世面的私自主张，还用科林斯柱式、哥特式、巴洛克式或其他某一建筑风格的奇谈怪论来自我辩护。科学构成的类同对于马尔堡学派而言，乃是与历史上的人的解剖的同一性相同的规则。在马尔堡，人们精通历史，并不知疲倦地从意大利文艺复兴、法国和苏格兰唯理主义及其他尚未深入研究的学派的文献资料中拿来一件又一件珍品。马尔堡的人们以黑格尔学派的双眼观察历史，也即显示出天才的概括性，但同时又处于合理地逼近真实的精确的界限内。比如说，这个学派并不谈论世界精神的阶段性，而也许是谈论伯努利家族[1]成员之间的通信，但它同时也知道，任何思想，无论人们同它已疏远多久，只要在某一位置和某一行动中突然碰到它，都应当完全允许我们合乎逻辑地加以评估。不然的话，这种思想就失去了我们对它的直接兴趣，进入考古学家或涉及服饰、风俗、文学、社会政治思潮等方面的历史学家们的运作中。

独立精神与历史主义这两大特征，并未表明柯亨体系的任何

---

[1] 伯努利家族：17—18世纪瑞士巴塞尔州的学者世家，其家族成员中至少有八人在精密科学发展史上留下了引人瞩目的印痕，其中有三人更成为具有非凡意义的人物，这就是数学家雅可布·伯努利（1655—1705），数学家约翰·伯努利（1667—1748），数学家、物理学家丹尼尔·伯努利（1700—1782）。

内容，但是我不准备，也不拟着手谈论这一体系的实质。不过，这两大特征却说明了它的吸引力。两大特征都表明了它的独创性，也就是它作为现代意识的一部分在富有活力的传统中所占有的富有活力的地位。

我向着作为现代意识一部分的引力中心飞驰。列车越过哈尔茨山[1]。在一个烟云缭绕的早晨，千年古城戈斯拉尔[2]像一位中世纪的挖煤工人那样窜出森林，一闪而过。稍晚，格林根也飞逝而过。沿线城市的名称越来越闻名遐迩。列车对于它们当中的大多数都没有屈尊俯就，而是在全力飞驶的途中就扔开了它们。我在地图上寻找这些陀螺般滚动而去的城市名称。许多久远往昔的详情细节围绕另一些城市重新得到升扬。它们像卫星和环圈似的卷入了这些城市的循环变化中。地平线有时像《可怕的复仇》[3]中所描写的那样变得开阔，一下子在几处腾起烟雾，一些小城和城堡中的土地也像夜空那样开始令人激动不安。

# 10

在我外出旅行之前的两年中，"马尔堡"一词是从不离口的。中学的每一本教科书中有关宗教改革的篇章都提到这座城市。中

---

[1] 哈尔茨山：位于德国中部地区，是著名的旅游胜地。从18世纪起，哈尔茨山就已经名扬海外，德国诗人海涅曾经热情地赞美过哈尔茨山绮丽的自然风光。
[2] 戈斯拉尔（Goslar）：建于922年，位于德国下萨克森州哈尔茨山区，古有"北方罗马"之称，也被称为"巫婆城"，在历史上曾是皇家都城，现被联合国教科文组织列入世界文化遗产名录。
[3] 《可怕的复仇》（1829—1832）：果戈理的中篇小说。

介人出版社[1]甚至为儿童读者出版过一本小书,它所描写的就是13世纪初被安葬在这里的匈牙利的伊丽莎白公主[2]。任何一部乔尔丹诺·布鲁诺的传记在列举他从伦敦返回祖国的不祥之路上讲过学的城市时,都会说出马尔堡。然而,无论这是怎样让人难以置信,我在莫斯科时都从未猜想到,在上面多次提及的马尔堡和我为了它而啃啮导数表和微分表,又从麦克劳林[3]转到我完全力所不及的麦克斯韦[4]这两者之间,存在着某种同一性。应当提起箱子,从骑士旅社和老邮政局旁边走过,才能让它第一次呈现于我面前。

我站立着,头往后仰,气喘吁吁。在我前方高处耸立着一个令人头晕的斜坡,马尔堡大学、市政厅大厦和已有800年历史的城堡有如石头模型分三层坐落在坡上。从走完第十步起,我就再也搞不清自己身在何处。我记得,我和世界其余部分的联系已遗忘在车厢里,现在它已和挂钩、网兜及烟灰缸一起,再也不可追回来了。白云悠悠,闲适地高悬于钟楼大钟的上空。看来它们很熟悉这一带。但是它们什么也说不清楚。可以看出,就像这片家园的守护者,它们不会离开这里去任何地方。四周为午间的宁静所掌控。这种宁静与下面原野上延伸的平静连成一片。两者似乎

---

[1] 中介人出版社(1884—1935):根据列夫·托尔斯泰的倡议而建立的大众化启蒙性质的出版社。
[2] 伊丽莎白公主(1207—1231):马尔堡市的守护女神,匈牙利国王安德烈二世的女儿。
[3] 科林·麦克劳林(1698—1746):苏格兰数学家。
[4] 詹姆斯·克拉克·麦克斯韦(1831—1879):英国物理学家、数学家,经典电动力学创始人,统计物理学奠基人之一。

在对我的惊叹进行总结。上下两处的宁静经由丁香花沁人心脾的芬芳互通信息。鸟儿警觉地观望着，不时发出啁啾声。我几乎没看见任何人。屋顶默然不动的剪影充满好奇心地希望知道，这一切将以什么样的方式结束。

几条街道仿佛哥特故事中的小精灵紧贴着陡坡，一条挨着另一条地躺在那里，通过各自的地下室观察着相邻街道上的那些顶层阁楼。街上的狭窄通道被令人惊奇的火柴盒式建筑占满。往上变得开阔的楼层都平卧在伸出的原木上，一个个屋顶几乎毗连，在马路上方彼此伸出手臂。大街上没有专门的人行道。并非在所有的街道上都能徒步行走。

忽然间我领悟到，正是在这些马路上，罗蒙诺索夫曾轻轻走动达五年之久，而此前应该有一天，当他怀揣莱布尼兹给他的学生克里斯蒂安·沃尔夫[1]的信，第一次进入这座城市时，在这里还谁也不认识。[2]要是说从那一天起，城市变化不大，这还不够。应当知道，对于那个时代而言，它可能就已经是个小得出人意料的古城了。蓦然回首，你可能会一阵战栗，同时丝毫不差地重复一个忘却太久的身体动作。也像在罗蒙诺索夫那时候一样，散落于脚旁的全都是挤满的瓦灰色石棉瓦屋顶，城市就像在活泼地飞向被换掉的饲料槽时入了迷的鸽子群。我在庆祝异乡来客颈部肌肉活动200年时，不禁战栗了一下。醒悟过来后，我注意到假象已成为现实，便动身去寻找萨马林所推荐的便宜旅社。

---

[1] 克里斯蒂安·沃尔夫（1679—1754）：德国博物学家、法学家、数学家、启蒙哲学家。——译注
[2] 米·瓦·罗蒙诺索夫（1711—1765）曾于1736—1739年求学于马尔堡，师从克里斯蒂安·沃尔夫学习数学、哲学和化学等课程。

## 二 从马尔堡到威尼斯

### 1

我在马尔堡市的边缘租了一间房。[1]这屋子位于最靠近吉森公路的一排房舍中。这地方栽着一片栗树，一棵棵树木像听从指挥似的肩并肩地绕行，再整个儿成横排地偏向右边。公路从古老的小城那边最后一次回望神情忧郁的山峰之后，便消失在树林的后面。

这房子带有一个面对邻家菜园的破损的小阳台。菜园中摆着一节已改作鸡笼的车厢，那是从马尔堡旧有的有轨马车的车轴上卸下的。

房子是由一位年老的官太太出租的。她和女儿两人以微薄的遗孀抚恤金为生。母女俩长得很像。如同患有弥漫性甲状腺肿的女性常有的情况那样，她们总是抓住我像小偷似的注视她们衣领的目光。每当这样的瞬间，我就会联想到儿童玩的那种扎紧气嘴的气球。也许她们已猜测到我有这个想法。

---

[1] 这所房子位于现今的吉森公路15号，门前挂有纪念牌，上面印有本篇随笔中的文字："再见了，哲学！再见了，青春！"

普鲁士的旧虔敬派[1]曾以那样的眼睛观察世界，他们把手掌搁在喉咙上，希望从中放出一点空气来。

不过，对于德国的这一地区而言，这一类人并不是典型的。在这里占主导地位的是另一些人，即中部日耳曼人，这里甚至对大自然也不知不觉地产生了一些最初的猜想，涉及南方和西方、瑞士和法国的存在问题。面对窗外自然界一片绿色树叶的猜度，翻阅莱布尼兹和笛卡尔[2]著作的法文版是很为适宜的。

在一直延伸到那个奇怪鸡笼旁边的田野后面，可以看到奥克尔斯豪森村庄。这是许多长长的干燥棚、长长的大马车和健壮的佩尔什重轭马的长长的栖息地。从那里，另一条公路沿着地平线缓缓伸展。进入市区时，这条路就被称为"巴弗瑟大街"[3]。在中世纪，人们就把天主教托钵修会的修士称为光脚流浪汉。

每年的冬季大约正是沿着这条路降临此地的。因为从阳台向那边一看，就可以想象出许多称心如意的事情：汉斯·萨克斯[4]，三十年战争[5]，以几十年而不是几小时来测定的历史性灾难的梦幻般的而非动人的本质。一个接着一个连绵不断的冬季，随着一个荒凉的世纪过去后，仿佛吃人妖魔打的哈欠，在飘移不定

---

[1] 旧虔敬派：宗教神秘主义派别，拒绝感官享受。
[2] 笛卡尔（1596—1650）：法国哲学家、数学家、物理学家和生物学家，唯理主义哲学的奠基人。
[3] 原文中此处为德语"Barfüsserstrasse"，意为"光脚街"。——译注
[4] 汉斯·萨克斯（1494—1576）：德国16世纪的民众诗人、工匠歌手。
[5] 三十年战争（1618—1648）：由神圣罗马帝国的内战演变而成的一次大规模的欧洲国家混战，也是历史上第一次全欧洲大战。这场战争是欧洲各国争夺利益、树立霸权的矛盾以及宗教纠纷激化的产物。战争以哈布斯堡王朝战败并签订《威斯特伐利亚和约》而告结束。

的天幕下，在变得荒僻粗野的哈尔茨山区远处，诸多新居民点初次出现，它们都有着像火灾遗址那样令人感到压抑的、诸如"Elend""Sorge"[1]之类的名称。

在后面，兰河从房子的一侧流过，征服了灌木丛和它的倒影。一条铁路的路基在河那边延伸。每天晚间，机械大钟加速的叮当声冲入厨房酒精炉低沉的喘息声中，钟声一响，铁路上的拦木就自行落下。这时，道口处的黑暗中便出现一个身穿制服的人，他拿着喷壶，迅速地给道口喷水，为的是预防落满尘土；也就在这一刹那，一列火车从一旁飞驰而过，四周一下子都忽上忽下痉挛似的颠簸起来。列车鼓形灯的一束束光柱落在主人的小锅上。牛奶也总是被煮得潽出来。

一两颗星星落入兰河油光闪亮的水流中。刚刚被驱赶过来的畜群在奥克尔斯豪森村发出叫声。马尔堡以歌剧演出的方式在河岸上突然闪现。假若格林兄弟[2]能够像大约100年前所发生的那样，到这里来向著名法学家萨维尼[3]学习法学，那么他们可能也会再度以童话收集者的身份从这里满载而归。我确认房门钥匙带在身上后，就动身去市内。

世居本地的市民都已入睡。迎面碰见的是一些大学生。他们

---

[1] Elend：德语，意为"痛苦，不幸"。Sorge：德语，意为"忧虑"。——作者原注
[2] 格林兄弟：德国语文学者、民间文学专家雅科布·格林（1785—1863）、威廉·格林（1786—1859）的统称。他们收集和整理的《儿童与家庭童话集》（1812—1815），即《格林童话》，是世界儿童文学中的宝贵财富。他们俩都曾在马尔堡学习法学。
[3] 弗里德里希·卡尔·封·萨维尼（1779—1861）：曾任德国司法部部长，讲授国家法，法学历史学派的奠基人。

全都很像在演出瓦格纳的歌剧《纽伦堡的名歌手》。在大白天看上去就已像是布景的房屋，现在更加彼此靠近。马路上方悬垂的路灯只在两边墙壁之间投射出亮光，此外再无用武之地。灯光竭尽全力冲击着一片声响。它给渐渐远去的嘈杂脚步声和德国话的频频迸发洒满百合花样的无数斑点。电灯仿佛了解人们编成的关于此地的传说。

很久以前，在罗蒙诺索夫到达这里之前约500年[1]，当1230年不过是人世间一个平常的新年时，一个真实的历史人物——匈牙利的伊丽莎白曾从上面的马尔堡城堡沿着这个斜坡走下来。

这一切是如此遥远，以至即使想象力可以抵达这些往事，在抵达的地点也会自然而然地卷起暴风雪。这暴风雪是遵循被克服的不可及法则从冷却中产生的。那里将有黑夜降临，群山将为森林所覆盖，而森林将由野兽来统治。人类的风尚和习俗将会蒙上冰壳。

伊丽莎白去世后三年被列为圣徒。这位未来的圣者曾有一位忏悔神甫，那是个折磨人的家伙，也是个缺乏想象力的人。这个冷酷的实干家发现，对忏悔者施加的折磨会导致她进入欣喜的状态。神甫在想方设法折磨她，让她遭受真正的痛苦时，还禁止她帮助穷困病弱者。在这里，传说正在逐渐取代历史。但她好像不能一切就范。仿佛为了洗刷她不服从的罪过，暴风雪在她下山前往市内的途中以自己的身体遮掩她，在她夜行期间把面包变为花卉。

当始终不渝的狂热信徒坚持履行自己的使命时，自然界有时

---

[1] 罗蒙诺索夫曾在1730年后前往德国学习，距下文所说的1230年，约500年。——译注

也不得不像这样偏离自己的法则。自然法则的声息在这里以奇迹的形式体现出来，这无关紧要。在宗教至上的时代，真实可靠的标准就是如此。

我们有自己的标准，但是在对抗诡辩时，自然界不会不再做我们的庇护者。

随着马尔堡大学的渐渐临近，从山坡上向下垂落的道路越来越弯曲，越来越狭窄。那些在漫长年代的灰烬中像土豆那样经受过烘烤的房屋正面，有一处是带玻璃门的。这道门敞开着，可见一条走廊通往北面的一个隔断处。那里有一个摆着几张小桌、灯光闪亮的露台。露台高悬在某个时候曾给伯爵小姐带来如此之多不安的低地上方。从那时起，沿着她夜间潜行的道路分布的城市，便采用16世纪中叶的样式固定在高处。就是这块曾扰乱她心灵

马尔堡大学

平静、迫使她违反规则的低地，依旧奇迹般地发挥着自己的作用，与时代完全步调一致地行进。

低地上徐徐散发出晚夜的潮气。坚硬的铁器在那里彻夜不眠地轰响，几条铁路备用线时而会合，时而分开，把前前后后都蹭得脏兮兮的。不知什么哗啦作响的东西连续不断地降落和升起。堤坝后水面上的轰鸣从傍晚起就变得震耳欲聋，直到次日早晨都保持着同样的声调。锯木厂传出的刺耳声以三度音程伴随着屠宰场的牛叫。不知什么东西时时爆裂，发出亮光，放出热气后翻倒在地。也不知什么东西来回滑动，为染上色的烟雾所遮蔽。

前来咖啡馆的多半是哲学系的学生。其他人都有自己常去的地方。戈尔本科夫[1]、兰茨[2]和后来都在国内或国外当教授的几位德国人坐在露台上。在诸多丹麦人、英国人、日本人和所有那些从世界各地来到这里听柯亨讲课的人中间，已传来一个令人激动的、熟悉而悦耳的声音。这是来自巴塞罗那的一位律师[3]的声音。他是施塔姆勒[4]的弟子，不久前发生的西班牙革命的活动家，在这里接受专业教育已满两年，给他的熟人朗诵过魏尔伦的诗歌。

在这里我已认识很多人，对任何人也不感到生疏。在口头上

---

[1]　米特罗凡·彼得罗维奇·戈尔本科夫（1888—1964）：俄罗斯艺术史家。
[2]　亨利克·埃内斯托维奇·兰茨（1886—1945）：原为赫尔曼·柯亨的学生，1912年又前往海德堡大学学习，在达·索·绍尔（1867—1942）教授的贝多芬工作室讲授过美学课，写有美学和哲学史著作，后来成为美国斯坦福大学教授。
[3]　指西班牙社会学家、西班牙第二共和国领导人之一费尔南多·德·洛斯·里奥斯（1879—1949）。
[4]　鲁道夫·施塔姆勒（1856—1938）：德国法学理论家，新康德主义马尔堡学派的追随者。

应允完成两件事之后，我已着手进行准备，为的是过几天在哈特曼[1]那里汇报学习莱布尼兹的体会，再向马尔堡学派的带头人[2]谈谈阅读《实践理性批判》[3]的某一部分的情况。后者的形象我已有所猜度，但是在第一次拜见他时，我就感到这种猜度还很不够，它是我个人所有的，也即成为我心中一种臆断的存在；当我以一个新来者痴迷的虚荣心揣测自己是否会在某个时候引起他的关注，是否有幸受到邀请前往他家出席礼拜天午宴时，这种猜度就会相应地发生变化，或者沉入我无限神往的深处，或者喜形于色。受邀赴宴一下子就提升了一个人在圈内的声望，因为它本身就标志着在哲学界扬帆起航的新开端。

我已成功地测定，在一个伟大人物得到展现时，他那伟大的内心世界怎样具有戏剧性。我也已知晓，这位头发蓬松、戴着眼镜的老者在讲述希腊人的永生观念时，怎样抬起头，向后退，再朝马尔堡市消防队的方向凭空挥手，谈论极乐世界[4]的情景。我了解到，在另一种无论什么样的场合，他在婉转取悦地接近前康德时代的形而上学之后，先是柔情蜜意地议论一番，对其大献殷勤，然后突然间好像高声喊叫似的，引用休谟[5]的观点对它进行

---

[1] 尼古拉·哈特曼（1882—1950）：赫尔曼·柯亨的弟子，"批判本体论"的创始人。
[2] 指新康德主义马尔堡学派的创始人赫尔曼·柯亨。
[3] 《实践理性批判》（1788）是康德的代表性论著"三大批判"之一。
[4] 极乐世界（Елисейские поля）：古希腊神话中认为人死后灵魂永远安息的地方。（"Елисейские поля"作为巴黎的街道名称时，译为"爱丽舍田园大街"。——译注）
[5] 大卫·休谟（1711—1776）：英国哲学家、历史学家和经济学家，在精神与存在的关系上认同不可知论。

猛烈抨击。我还看到，在一阵咳嗽并保持较长的停顿以后，他便疲惫而和蔼可亲地拖长声音说："Und nun, meine Herrn..."[1]这也就意味着他已对那个时代进行了谴责，陈述已结束，可以转入课程讲授的主题了。

这时露台上已阒无一人。灯光熄灭，晨曦初现。凭栏俯瞰，我们确认低地的夜晚已然消逝。前来置换它的全景式画面对自己的夜间先行者毫无所知。

## 2

这个时期到马尔堡来的还有维索茨卡娅家的姐妹[2]，她们俩来自富裕之家。我在莫斯科上中学的时候曾与当姐姐的伊达友好相处，不定期地给她讲过现已淡忘的课程。更确切些说，她们家曾为我谈论最无法预测的话题付过酬金。

1908年春季，我们中学毕业的日期正好相同，这样我在自己复习备考的同时，也着手协助姐姐伊达准备考试。

我把备考的时间大都用于自己在班上听课时轻率放松的几门课程上。通宵达旦地复习这些课程，我的时间也不够。不过我还是不择时机地抽出工夫，经常在清晨跑过去帮伊达复习那几门总是和我不一样的课程，因为我们在不同的中学里就读，考试的科

---

[1] 德语："就这样吧，诸位先生……"——作者原注
[2] 伊达·达维多夫娜·维索茨卡娅（1892—1976）和叶莲娜·达维多夫娜·维索茨卡娅（1894—1920）：莫斯科茶叶商和艺术赞助人达·瓦·维索茨基（1861—1930）的两个女儿。

目自然也不一致。这种紊乱让我的处境变得复杂。但我并不在意这一点。我从14岁起就意识到自己对伊达的那种已不是新近才有的感情。

这是一位美丽而可爱的姑娘，极富教养，从幼年起就受到一位特别喜欢她的法国老太太的宠爱。老太太比我更清楚，我天还没亮就从外边给她心爱的姑娘带来的，与其说是欧几里得[1]几何学，不如说是阿伯拉尔[2]几何学。她快乐地强调自己的颖悟，在我们复习功课时不再走开。我暗地里感激她老人家的干预。她在场时，我的感情可以保持不受侵犯的状态。我既不指责这种情感，也不受其管辖。我已18岁。由于我的性情与教养，我同样不能，也不敢放任这种情感。

此时正值一年中的那样一个季节：人们在盛着开水的小瓦罐里化开颜料，一座座花园堆满从各处汇集来的积雪，无人问津，正无所事事地面对着太阳取暖。发亮的雪水静悄悄地注满了花园，眼看就要溢出边缘。花园的路沿外边，在栅栏的另一侧，沿着地平线可见多位园丁、成排的白嘴鸦和钟楼，这些钟楼每昼夜两三次以响彻全城的声音交换意见。湿润的、毛茸茸的灰色天幕摩擦着一扇气窗。天空充满未褪尽的夜色。它一连几个小时无声无息，沉默不语，突然间把大车轮滚动的轰隆声灌进房间。这片轰隆声又出人意料地戛然而止，酷似一场"救命棒"游戏，而这辆大车除了从马路上进入气窗之外，已无事可做。所以现在它再

---

[1] 欧几里得（公元前3世纪）：古希腊数学家，经典几何学的创建人。
[2] 彼埃尔·阿伯拉尔（1079—1142）：法国哲学家、神学家和诗人，写有《我的患难生涯》，描写他和女学生爱洛绮丝的悲剧性爱情。

也不会开动了。悠闲的寂静还要更加神秘莫测，泉涌般地灌入被一阵轰隆声凿开的旧宅。

我不知道，这一切为什么会以未把粉笔字擦净的教室黑板的意象镌刻在我的记忆中。啊，如果当时有人制止我们，把黑板擦得潮湿闪亮，取代锥体的等积定理，美观工整地重笔写出我们俩的未来，那该多好！啊，若是那样，我们会不知所措！

这样的联想究竟来自哪里，它为什么又出现在我眼前？

因为那已是春天，将寒冷的半年强制迁出一事大致已结束，周围的大地上平躺着湖泊和水洼，如同一面面没有挂好、镜面朝上的镜子，告知大千世界已清扫干净，房舍已准备接纳新住户。因为那时怀抱这种愿望的第一人已被允许重新拥抱和体验只要是人世间所有的全部生活。因为我已爱上维索茨卡娅。

因为单单一种可感知性就已是它的未来，而人的未来就是爱。

◆ ◆ ◆ ◆

## 3

然而，人世间也存在着所谓对待女性的高尚态度。我拟就此略抒己见。存在着一系列无止境的致使有人在少年时代寻短见的现象。也存在着一连串幼年期猜想、童年期扭曲、青春期绝食的错误，一系列《克莱采奏鸣曲》和针对《克莱采奏鸣曲》而谱写的奏鸣曲。[1] 我曾置身于这样的圈子中，很丢人地在那里停留甚

---

[1] 列夫·托尔斯泰的中篇小说《克莱采奏鸣曲》（1890）完成后，其子列夫·利沃维奇·托尔斯泰（1869—1945）针对父亲的作品写了短篇小说《肖邦的前奏曲》（1900），与父亲所表达的婚姻与家庭观念展开论战。

久。这究竟是什么样的环境氛围?

这个圈子折磨人,除了受害之外,不会给人带来任何其他东西。但是,任何时候都不能免除这个圈子。所有载入史册的人们总是会从这个圈子中走过,因为这些奏鸣曲是通往完全的精神自由的唯一前阶。谱写这些乐曲的并非托尔斯泰们和韦德金德[1]们,而是大自然本身——经由他们之手来谱写的。只有在大自然和艺术家们的彼此矛盾中,才可见出其构思的丰富性。

把阻力作为物质基础,以被称为爱情的堤坝把事实和想象区分开来之后,大自然就像关心世界的完整性那样关注爱的稳固性。它的迷狂,它那病态的夸大其词的关键正在于此。确实可以说,在这里,它每走一步都会虚张声势。

不过,请原谅,要知道大自然确实生养了大象这类庞然大物。有人说,这是它的主要事业。难道这只是一句漂亮话?或者涉及物种史?人类命名史?还要知道大自然正是在这里,在生物演化的闸门开启的阶段,在它那骚动不安的想象力如此发挥出来的堤坝旁进行创造的!

在这种情况下,是否不要说我们在童年时代就言过其实,我们的想象力就陷于散乱状态?因为在这个时期大自然正在由于我们的存在而夸大其词。

大自然秉持那种"只有几乎不可能的事物才是真实的"哲学,把对待所有生物的感情都变得让人为难。它以一种方式把对待动物的感情,以另一种方式把对待植物的感情变得让人为难。它那

---

[1] 弗朗克·韦德金德(1864—1918):德国作家,在其剧作《春的苏醒》(1891)和其他一些作品中,曾批判两性关系问题上的"传统"道德观念。

引人入胜的关于人的高度评价意见，体现在它怎样把对待我们的感情变得让人为难这一点上。它把对待我们的感情变得让人为难，不是使用某种机械的狡猾伎俩，而是使用那种在它看来对我们绝对有效的方式。大自然把对待我们的感情变得让人为难，让我们感觉到自己苍蝇般的鄙俗，这种感觉支配着我们每个人，我们离苍蝇愈远，这种感觉就愈强烈。安徒生在他的《丑小鸭》中曾对此做过天才的陈述。

任何涉及性的文学作品，正如"性"这个词本身一样，都有一种令人厌恶的鄙俗，这些作品的宗旨就在于此。正是由于这种恶劣性，它们才有益于大自然，因为大自然与我们的联系恰好建立在对鄙俗的恐惧之上，任何非鄙俗的事物也不会让它的掌控方式得到增补。

无论我们的思维为此提供什么样的材料，这些材料的命运还是处于大自然的掌握中。大自然借助于它从自身的整体中派送给我们的本能，总是能这样支配这些材料，以至教育者旨在减轻天然性的全部努力都会确定不变地加重天然性，也本应如此。

说本应如此，是因为对感情本身应有所克制。不是克制这种惊慌失措，就是克制别的情绪。至于障碍是由什么样的卑劣行为或无稽之谈构成的，那倒无关紧要。导致受孕的运动是宇宙所知晓的一切现象中最纯洁的现象。这是一种千百年来已获得多次胜利的纯洁性，只要比照一下全部非纯洁的现象显露出多少无法计量的泥泞污秽，就足以一清二楚。

艺术也是这样。它所感兴趣的不是人，而是人的形象。形象就是人，但人的形象原来要比人高大。形象只能产生于动态之中，同时又不是在任何动态中都能产生。形象只能在夸张升华的过程中产生。

当一位纯洁的人只说真话时,他在做什么?在他说真话时,时间依然流逝,生活也在这段时间内向前迈进。这样一来,他的真话就滞后了,并且迷惑人。那么,是否应当让人随时随地说真话?

就这样,在艺术中,人的嘴被堵住。在艺术中,人缄默不语,而形象则开始说话。其结果是:只有形象才能跟得上大自然的功绩。

按俄语的说法,"撒谎"与其说意味着欺骗,不如说是指闲扯。艺术在这个意义上也是有害的。艺术的形象拥抱生活,而不是在寻找接受者。它的真实性不是形象生动的,而是具有永恒发展的性能。

只有艺术在悠久的岁月中反复诉说着爱,且决不为了增加一些手段、让感情变得让人为难而接受本能的支配。一旦克服新的精神发展障碍,一代人就不会扬弃,而是保持着抒情的正当性,因为从遥远的距离之外就可以想象,代代相传的人类好像正是经由正当的抒情而逐渐形成的。

这一切都是非同寻常的。这一切都是很难把握住的。

情趣培养德行,而力量则指导情趣。

# 4

维索茨卡娅姐妹俩在比利时度夏。她们已间接地打听到我在马尔堡。正在这个时候,家里人叫她们去柏林参加家庭聚会。在前往那里时,她们希望来拜访我一下。

她们俩在市内老城区一家较好的旅馆住下。与她们形影不离地一起度过的那三天,就像在节假日中那样,和我平常的生活是不同的。在没完没了地给她们讲述这事那事时,我陶醉于她们的笑声和偶尔走近的过路人表示理解的手势。我还带她们到各处走一走。人们也曾看见她们俩和我一起在大学里听课。就这样,她们离去的日子来临了。

临行前夜,餐厅服务生在端上晚餐时,对我说道:"Das ist wohl ihr Henkersmahl, nicht wahr?"这意思就是:"最后吃一点吧,要知道您明天就会上绞架,不对吗?"

次日早晨我走进旅馆,在走廊里碰见妹妹叶莲娜。她看了我一眼,好像明白了什么事,没有打招呼就退回去,把自己反锁在房间里。我走进姐姐伊达的房间,激动万分,只是说:往后不能这样继续拖延了;我请她来决定我的命运。这番表白中除了一种坚定性之外,没有任何新东西。她从座椅上立起身来,在我似乎明显地向她逼近的激动面前朝后退却。等到靠近墙壁时她突然想到,人世间有一种一下子就能制止这一切的办法,于是她就拒绝了我。走廊里很快就传来忙乱声。这是有人把行李箱从邻近房间拖出来时发出的。随后,有人敲门来找我们。我马上让自己恢复常态。动身前往火车站的时间已到。去那里只有五分钟的路程。

在车站,我已忘记该怎么送行。我刚刚意识到只向妹妹一人道过别,还未开始向姐姐告别,站台旁已出现一列从法兰克福平稳驶来的特别快车。列车在很快接纳一批新乘客之后，随即以几乎同样平稳的运行迅速开走。我跟在列车后面奔跑，在站台的终端附近加快速度，跳到车厢的蹬梯上。沉重的车门还未关上。被激怒的乘务员堵住了我的路，同时抓住我的肩膀，为的是怕我因为他羞辱我的缘故而打算自尽。我的两位旅伴从车厢里跑到小平台上。她们开始为我免除麻烦而给乘务员塞钱，为我补票。他终于开恩，我就随着姐妹俩走进车厢。列车载着我们向柏林飞奔。那个几乎已中断的童话般的欢乐不仅得以延续，还因为列车的飞速运行和刚刚经历的一切所造成的乐此不疲的头痛而大大得到加强。

我之所以在列车开动时跳上来，只是为了和伊达告别，可是又把这事给忘了，而当我再度想起来时，又为时已晚。我还没有来得及清醒过来，白昼已过去，夜晚来临了。柏林车站月台上老远就听到喘息声的顶棚正在逼近我们，把我们冲得紧靠地面。想必有人来接这姐妹俩。但是我心绪不佳，所以不希望有人看见她们俩和我在一起。她们劝我相信，我们已做过告别，只不过我没有注意。我随即隐没在被车站里各种混杂气体憋得喘不过气来的人群中。

沉沉夜色中，下起了可恶的蒙蒙细雨。我到柏林没有任何事要做。开往我应当去的那个方向的最早一趟列车，要到翌日清晨才发车。我本来可以很放松地在车站等候这趟车，可是我不能陷入众目睽睽的境地。我的面部痉挛般地抽搐，一直都是热泪盈眶。我那终于落空的、最后向伊达告别的渴望还是没有得到满足。这种渴望类似于对完全不稳定的大型音乐作品中的大华彩段[1]的要求，想要经由猛然弹奏最后的和弦而把它移向远处。但是我却感觉不到这种轻松。

夜色漫漫，可恶的蒙蒙细雨还在下着。车站前的柏油马路上也像月台上那样烟雾缭绕，那里铁架中的穹形玻璃棚顶宛如一只网线兜里鼓起的皮球。马路上哐当哐当的碰撞声就像煤气爆炸。一切都蒙上了悄悄飘移的细雨。由于未曾预想到何时离家，我来这里时既没有穿大衣，也没有带行李和证件。老板们只要看我一眼，就客气地推托他们那里已经客满，把我逐出旅馆。最后我终于找到一个落脚点，在那里，我这次行程的准备过简并未成为障碍。这是一个最次等的旅社。我独自待在房间里，侧身坐到窗边的椅子上。近处有一张小桌子。我把脑袋垂到小桌上。

为什么我如此详细地勾画出自己的姿势？因为我整个夜晚都处于这种状态。有时好像被什么人触碰似的，我就抬起头来，朝着从我身旁大大方方地延伸到发暗的天花板的那一面墙壁，随便做点什么。我就像一把俄尺似的，以自己未显露出来的全神贯注从墙脚测量它的高度。于是又重新开始号啕大哭。我再次用双手捧着自己的脸。

我这样确切地说明我的身体状况，是因为这就是我早晨在飞奔的列车蹬梯上的姿态，身体记住了这一姿势。这是一个从某一高处坠落下来的人的姿势，这高处支撑他已久，然后却把他放下，

---

[1] 华彩段：音乐术语，原指意大利正歌剧中咏叹调末尾处由独唱者即兴发挥的段落。后来在协奏曲乐章的末尾处也常用此种段落，通常乐队暂停演奏，由独奏者充分发挥其表演技巧和乐器性能。

发出喧哗声从他头顶上一掠而过，永远消失在转弯处。

最后我还是站起身来。我环顾房间，打开了窗户。夜色已褪，雨水就像雾中的尘埃一样垂落。说不清这雨是仍在下着还是已经停止。房费已事先付过。前厅里一个人也没有。我未和任何人说话，就这样离开了旅社。

# 5

这时才扑入我眼帘的，是一些大约早已开始呈露的现象，这些情景一直被新近发生的事情和一个成年人哭泣的非正常行为所遮蔽。

我为已然发生变化的事物所环绕。从未体验过的东西隐入现实的本质中。清晨已熟悉我的面孔，晨曦的初现好像是为了陪伴着我，再也不疏离而去。

晨雾渐散，应允炎热的一天来临。城市逐渐开始活动起来。各式大车、自行车、马车和列车等，朝着各个不同的方向轻快地前行。车流上方游动着由人们的筹划与热望所构成的看不起的气流。这股气流以令人感到亲切的、不言而喻的寓言式紧凑性烟雾般地腾起，运行移动。鸟儿、房舍和狗，树木和马匹，郁金香和人们，都开始变得更友好，也变得比我童年时代所了解的更不具有连贯性。生活本身崭新的简洁性在我眼前展示开来，越过马路，拉住我的手，领着我走上人行道。我比任何时候都更少无愧于和这幅开阔的夏季天幕之间的兄弟情谊，不过暂时还不打算谈论这一点。目前我的一切皆可原谅。我将在未来某个地方通过为清晨工作来偿还它的信任。周围的一切都是极可信赖的，如同一种法则，依据这一法则，人们任何时候也不会因这样的贷款而欠债。

* * *

没费劲就买到车票后，我在列车上找到了座位。等候发车只需片刻。我就这样又从柏林向马尔堡疾驰，但这一次和头一次不同，我是白天乘车，有所准备——已完全是另一个人。我用从维索茨卡娅姐妹那里借来的钱乘坐火车，我在马尔堡的那个房间的景象也时常随着思绪在我眼前浮现。

我对面那一排背朝行车方向的座位上，有几个人晃动着身子，吞云吐雾：一个人戴着一副夹鼻眼镜，它总是想从鼻子上滑到凑近的报纸上；另一位林业局的官员肩背猎袋和放在网兜底部的猎枪；还有两位身份不明的人。他们让我感到的拥挤并不大于我在想象中能看见的马尔堡的房间。我的沉默方式使他们昏昏欲睡。有时我故意打破沉默，为的是检验它对他们的影响力。他们都懂得我的做法。沉默伴随着我的行程，我一路上都是它手下的一个重要人物，身穿它的外衣，这外衣是每个人都由于自己的经验而熟悉的，也是为每个人所喜爱的。否则，我的邻座自然就不会对我报以无声的关切，因为与其说我在和他们交流，不如说我很有礼貌地瞧不起他们；与其说我坐在他们那里，不如说我独自摆出了一副无所谓的姿势。车厢里的温存和特别的敏感，比抽烟和机车冒出的烟更浓郁。一座座古老的城市无声地迎面而来，又一闪而过，我不时地在想象中看到马尔堡我的房间的状况。这究竟是什么原因？

维索茨卡娅姐妹抵达马尔堡前两周，曾发生一桩当时对于我而言相当重要的小事情。我在两个讲习班做过报告。我成功地做完了报告，结果得到称赞。

有人劝我更详尽地展开自己的论点，在夏季讲习班结束时再度演讲。我接受了这一建议，以双倍的热情开始了工作。

但是，富有经验的观察者正是根据我的这股热情断定，我任何时候也不会成为一名学者。我把比研究对象所要求的更多精力集中于学术研究。某种植物式的思维扎根于我身上。这种思维的独特性在于，任何一个次要概念经由我的阐释都会得到无限扩展，开始为自己寻求种种养分与关照，于是当我在这种关照的作用下注目于书本时，并非出于对知识的无功利目的的兴趣，而是为了对其有益的文献引用而流连忘返。虽然我的著作是借助于逻辑、想象、纸张和墨水来完成的，但是我最喜爱的，却是随着书写的进展越来越多地出现的书刊引文和彼此对照的密集外观。由于时间的限制，在某些地方不得不放弃摘引，代之以在需要我矫正的地方直接留存作者的名字，于是就出现这样的时刻：我的著作的论题得以具体化，成为一进房门就直接扑入眼帘的形态。它像一株树藤那样横贯房间伸直身子，把自己展开的阔叶铺在桌子、沙发和窗台上。弄乱它们就意味着中断我的论证进程，完全拿走它们就等于烧毁还未誊清的手稿。女房东极为严格地禁止触动它们。最近一个时期也没有人到我那里进行打扫。当我在归途的想象中看见我的房间时，说实在的，我曾把这部哲学拙著及其可以设想的命运视为一种有血有肉的实际存在。

# 6

返回马尔堡时，我似乎已不认识它。山峰变高了，并向内收缩。城市消瘦了，显得更黑。

女房东为我打开门。她从头到脚打量了我一下，请我以后再碰到这种情况应提前告诉她或她女儿。我说无法更早地预先告知她们，因为遇到一件要事，不能先回来一趟，而是必须尽快去柏林。她又嘲笑式地看了看我。我像傍晚散步回来那样从德国的另一端如此迅速地轻装而归，这件事她无法理解。在她看来，这是一种不能令人相信的杜撰。直到她把两封信递给我时，还在微微摇头。有一封信是装在信封中的，另一封则是当地的明信片。前者是出乎意料地从彼得堡来到法兰克福的表妹写来的。[1]她说自己要前往瑞士，在法兰克福只待三天。以没有个性的工整字迹写满三分之一的明信片，是由另一人签署的，根据马尔堡大学布告上常见的签字完全可知，这显然出自柯亨的手笔。这张明信片其实是邀请我在最近这个礼拜天去共进午餐。

我和女房东之间用德语进行了这样一番示范性的对话："今天是礼拜几？""礼拜六。""我就不再喝茶了。还有件事别忘了，明天我要去法兰克福。请及时叫醒我，好去赶头班列车。""可是要知道，如果我没记错，三等文官先生[2]……""没事，我来得及。""但这是不大可能的。三等文官先生家里的午餐在12点入座，而您……"不过对我的这种操心已经有点儿违反礼仪。我意味深长地看了她老人家一眼，走进自己的房间。

我在心不在焉的状态中坐到床边，在未必多于一分钟时间内

---

[1] 指作者的表妹奥·米·弗赖登贝格（1890—1955）1912年6月27日写给他的信。
[2] 指赫尔曼·柯亨。

克服不必要的懊恼和不安后，到厨房找来刷子和簸箕。我脱掉上衣，卷起袖子，开始清理虬枝曲节的"盆景"。过了半个小时，房间已恢复我入住之日的样子，甚至连那些从中心图书馆借来的书籍也排列得井然有序。我小心地把这些书捆成四小包，然后用脚把它们推到床底深处，为的是再有机会去图书馆时顺手就能取出。这时候女房东来敲我的房门。她拿来时刻表告诉我明天列车发车的准确时间。看到房间内已面貌一新，她整个人都愣住了，裙子、上衣和发饰突然像蓬松的羽毛那样凭空摆动，在忐忑不安的僵硬状态中轻盈地面向我走来。她对我伸出一只手，呆板而庄重地祝贺我完成了一件繁难的工作。我不希望再次让她扫兴，便让她仍然处于一种高尚的误解中。

随后我洗了洗脸，擦拭中已走上阳台。暮色渐浓。我用毛巾擦着脖子，举目远眺，望着连接奥克尔斯豪森和马尔堡的公路。我已记不清自己刚来的那天傍晚曾怎样注视过那个方向。结束吧，就此结束！这是哲学的终结，也即无论关于它的什么想法的终结。

就像列车包厢中的邻座一样，哲学也不得不认为任何一种爱都是转向新信念的中间环节。

# 7

让人感到奇怪的是，当时我竟没有回国。马尔堡这座城市的价值在于它所拥有的哲学学派。我已不再需要它。但是它也显示出另一种价值。

创作心理学、诗学问题是客观存在的。其实，在全部艺术中，人们最直接地体验到的正是它的起源，而关于起源问题也不必进行推测。

我们不再了解现实。现实出现在某种新范畴中。这一范畴让我们觉得它是自己特有的，而不是我们的存在状态。除了这种状态之外，世界上的一切都是已经命名的。只有它还未被命名，并具有新颖性。我们尝试为它命名，结果就有了艺术。

艺术中最鲜明、最容易记住的和重要的东西是它的起源。世界上的优秀作品，尽管在叙述着千差万别的事情，实际上都在讲述自己的诞生。在我所描述的那一时期，我第一次对此有了充分理解。

虽然我在向伊达·维索茨卡娅多次表白时没有发生任何改变我处境的事情，这些表露却为一些类似于幸福的意外情形所伴随。我曾陷入绝望，而她则安慰我。可是她的一次触碰便带来这样的享受，以至欢乐的浪潮会卷走已经觉察到且未被抹去的明显痛苦。

一整天的状况都近似于一种迅捷而喧哗的奔忙。我们一直都好像是奔跑着进入一片幽暗之中，又毫不停息地、箭矢般地向外跑。就这样，我们一天二十次去过人满为患的大船底舱，却从来也没有看清什么，而时间的巨轮就是从那里开动的。这正是那个成年人的世界，我从快要接近它的童年时代起就如此强烈地嫉羡维索茨卡娅，以中学生的方式爱上了一个女中学生。

返回马尔堡后，我落入这样的境地，即与我别离的并非一个我已认识六年之久的小姑娘，而是在遭遇她回绝后仅仅在几个瞬间见过的女人。我的肩膀和手臂已不再属于我。它们都似乎是别人的，请我给它们系上锁链，人们就是这样被锁住后去奔赴共同事业的。因为现在我已不能在铁锁链之外想到她，只喜欢系着锁链，只爱女囚徒，只爱那种"美"可以通过它履行自己义务的冷汗。任何关于她的想法都会在一瞬间把我和一种群体合唱连接起来，这样的合唱就像一片森林，以令人鼓舞的反复运动充实着世界，仿佛是一场战斗、一次苦役、一个中世纪地狱或一种技艺。我所领悟的那些东西是孩子们所不知晓的，我拟称之为真正的情感。

在《保护证书》的开头我曾说，爱有时会赶在太阳前面。我所指的是一种感情往往显而易见，它每天早晨都会根据消息的可信性超过周围的一切，这则消息刚刚第100次得到重新确认。与它相比，甚至太阳的升起也具有那种需要检验的城市新闻的性质。换言之，我所说的是一种力量的显著性，它已超过光线的显著性。

如果知识、能力和余暇一应俱全，我打算现在就写一部创作美学论稿，以力量和象征这两个概念为基础把它编写出来。我拟指出，和科学在光柱的剖面中把握本质不同，艺术所感兴趣的是被力量的光线所穿越的生活。我将采用理论物理学所使用的那种最宽泛意义上的力的概念，区别只在于所指的不是力的原理，而是力的声息与存在。我试图阐明，在自我意识的范围内，这力量被称为情感。

当我们想象在《特里斯丹和伊瑟》《罗密欧与朱丽叶》[1]及其他古代经典作品中所描写的似乎都是强烈的激情时，我们都低

---

[1] 这里指中世纪骑士传奇《特里斯丹和伊瑟》和莎士比亚的剧作《罗密欧与朱丽叶》中的经典爱情情节。

估了其内涵。这些作品的主题比这种强烈激情的主题更广阔。它们的主题是力量的主题。

艺术也是从这一主题中诞生的。它比人们所想的更片面。不能像对待天文望远镜那样随心所欲把它调整到想要对准的方向。[1] 艺术注目于被情感改动的现实,它是这种改动的记述。艺术对这种改动进行临摹写生。现实究竟是怎样被改动的?细节在鲜明性方面占上风,在意义的独立性上甘拜下风。每一个细节都可以用另一个细节取代,任何一个细节都是有价值的。选择任何一个细节都可以用来证明已包含全部已变动的现实的那种状态。

当这种状态的特征被写到纸上时,生活的独特性就成为创作的独特性。后者比前者更轮廓分明地引人注目。创作的独特性得到了更出色的研究。这一研究有自己的术语。人们把这些术语称为艺术手法。

艺术作为活动是现实的,作为事实是象征的。它之所以是现实的,是由于不是它自身杜撰了隐喻,而是它在大自然中发现了隐喻,并把它神圣地复现出来。转义的东西单独地看似乎毫无意义,而只能将其引入整个艺术的共同精神中去,正如被改动了的现实的各个部分分开来看便毫无意义一样。

艺术的象征性还因为它自身的具有全部吸引力的形象。艺术的唯一的象征存在于形象的鲜明性和全部艺术所特有的非必然性之中。形象的可互换性表明,现实的各个部分的相互关系是无关

---

[1] 作者在这里表达了自己反对在文学中推行"社会订货"的主张。

紧要的。形象的可互换性，也就是艺术，是力的象征。

实际上，也只有力才需要物证式的语言。意识的其余方面即便未得到注意也会长久存在。它们有一条直接通往光的全息视觉类比的路线：通往数，通往准确的认知和理念。但是，除了形象的动态语言，也即附有特征的语言之外，力、力的事实、只在显现的时刻持续的力量，无论通过什么也不能得到表现。

感情的直接言说是隐晦曲折的，也没有什么东西可以代替它。[1]

# 8

我到法兰克福去看望了表妹，以及在此之前已来到巴伐利亚的家人。弟弟和父亲先后到我这里来过。可是对此我什么也没有记住。我踏实认真地忙于诗歌创作。无论白天还是夜晚，只要时间允许，我就在诗中写海洋，写黎明，写南方的雨，写哈尔茨的烟煤。

有一天我特别全神贯注。那天的夜色吃力地降临最近的栅栏之际，已精疲力竭，只能在不可抑制的疲倦状态中悬挂于大地上空。平静无风，万籁俱寂。唯一的生命征兆是无力地偎依在木头

---

[1] 因为担心误解，我且稍作提醒。我所说的并非艺术的物质内容，并非艺术赖以充实的各个方面，而是产生艺术的意义，艺术在生活中的地位。每一个别形象本身都是可见的，并建立于光的类比之上。艺术中的每一个别话语，正如全部概念那样，均因为认识而存在。但是，全部艺术中不可引证的话语就在于寓意本身的运动中，而这种话语也象征性地叙说着力。——作者原注

围障上的夜空的黑色侧影。还有另一种征兆，也就是盛开的烟草花和紫罗兰的浓郁气味，大地以这些花草对夜色的疲惫不堪作出一种回应。在这样的夜晚，天空和什么东西不能比拟！硕大的星星就像一场招待晚会，而银河则如同人数众多的社会。不过，那呈对角线状向空间延伸的水粉画更多地令人想起夜间的花畦。这里有天芥菜和紫罗兰。傍晚时有人给它们浇过水，导致它们歪向一侧。花草和星星靠得如此之近，以至看起来似乎是天幕落到了喷水壶上，而现在星星和带白色斑点的草丛已无法分开。

我兴致勃勃地写作，不同于以往的另一种尘埃布满了我的桌面。先前的那种哲学尘埃是在脱离社会的状态中聚集起来的。我曾为自己种种努力的整体性而担忧。因为我曾对吉森公路的碎石路面怀有好感，为了与此保持一致，也不想擦拭现有的尘埃。桌布的远端还有一只很久没有洗过的茶杯在闪亮，有如夜空中的一颗星星。

我突然间站起身来，浑身浸透一种令人发窘、溶解一切的汗水，在房间里踱步。"真是轻慢无礼！"我思量着，"难道他在我看来已不再是一位天才？难道我这就和他断绝关系了？他寄来明信片和我可恶地回避他已有两个多礼拜。应当解释清楚。但是怎么办呢？"

我还记得他是一位循规蹈矩、要求严格的长者。"Was ist Apperzepzion?"[1] 他问一位应考的外专业学生。后者译出了这个来自拉丁文的词，说它意味着……durchfassen（德语：摸索）；

---

[1] 德语："什么是统觉？"——作者原注

接着就传来他的回话:"Nein, das heisst durchfallen, mein Herr."（德语：不，这意味着不及格，我的先生。）[1]

在他的课堂讨论中，往往要读经典著作。在朗读过程中，他会让学生停下，询问作者的用意何在。他要求学生照士兵的样子用一个名词说出每一对象的概念。他不仅不能容忍含混不清，而且也决不姑息似是而非。

他的右耳已听觉迟钝。有一次，我正好从右侧坐到他身旁，分析自己关于康德的课外作业。他让我讲得兴致勃勃，忘乎所以，却在最出乎意料的时候，以一个对他而言很平常的提问使我吃惊："Was meint der Alte?"（德语：老者指的是什么？）

我不记得这指的是什么，但是如果假定可以按理念的乘法表来回答这个问题，那么就应当像回答5乘以5等于多少那样来回答，于是我就答道："等于25。"他皱起眉头，向一旁挥了一下手。我随后对这一答案的微小修改，也因其本身的胆怯而令他不满意。不难推测到，当他的手在空处比画着，召唤起一些优等学生时，我的答案就随着不断增长的复杂性而发生变化。暂时仍然可以说两个半10，或者比如说半个100除以2。但正是这些更为笨拙的回答惹得他越来越气恼。在他面部露出厌恶的神情之后，谁也不敢重复我说的答案。这时他又向另一些学生探过身子，做

---

[1] 本段中的概念"统觉"，是一个心理学术语，指知觉内容和倾向蕴含着人们已有的经验、知识、兴趣和态度，因而不再限于对事物个别属性的感知。

了个动作，据说可以理解为"堪察加"[1]——帮我解围吧！这下好了，62、98、214——欢快的声音在四周响起。他举起手来，好不容易止住这一阵欢呼雀跃式的无稽之谈的风暴，往我这边转过身来，一本正经地悄声对我重复了我本来的答案。随后又出现了为我进行辩护的新骚动。当他搞清楚这一切之后，便打量着我，拍拍我的肩膀，问我是从哪里来的，是他们那儿第几届讲习班的。后来他喘息着，皱起眉头，让我继续分析作业，并一直在说："Sehr echt, sehr richtig; Sie merken wohl? Ja, ja; ach, ach, der Alte!"（"对，对；您想到了？唉，唉，一位老者！"）我还回忆起许多情景。

那么，如何接近这样的人？我要对他说什么？"Verse？"[2]——他拖长声音问道。"Verse！"他对人类的平庸无能及其诡计研究得还少吗？——"Verse."

## 9

这一切大约都发生在7月间，因为椴树还在开花。阳光穿过金刚石般的蜡黄花序，宛如穿透取火镜，在落满尘土的树叶上烫出一个个黑色的小圆圈。

以往我也常常从操场旁边走过。中午时分，操场上方像有一

---

[1] 堪察加：即堪察加半岛，位于俄罗斯远东地区，西濒鄂霍次克海，东临太平洋和白令海。此处借指教室中的后排座位，学习成绩较差的学生常坐在那里。——译注
[2] 德语："诗？"——作者原注

台夯土机在工作那样尘土飞扬,可以听到低沉的、颤动的咚咚声。士兵在那里操练,操练时操场前面总是停留着一些看热闹的人们——肩上挂着香肠货盘的男孩和市内的中小学生。在这里也确实可以看一看。身体滚圆的壮汉们就像装在袋子里的雄鸡,分散在整个场地,成对地跳动着彼此接近,寻机攻击对手。士兵们身穿一道道绗过的棉坎肩,戴着铁网盔。有人在教他们击剑。

这番景象没有为我提供任何新东西。夏季里我已把这一切看了个够。

可是,在已描述过的那个夜晚之后的早晨,我在去市内途中路过操场时,突然间想到不过一小时前我曾梦见这个场地。

因为关于柯亨的事,我一夜间都什么也未决定,黎明时分我还在躺着,睡了一早上,醒来之前梦见了操场。这是一个关于未来战争的梦,一个正如数学家们所说的那种充足的、必然的梦。

早就有人注意到,无论怎样多次重申已印入步兵和骑兵脑子中的关于战争时期的条例,和平思想还是不能引起从派遣向撤兵的转变。由于马尔堡街道狭窄,每天部队都不能通过,脸色苍白、身穿褪色制服、一脸尘土的轻骑兵只能在城下绕道而行。但是,只要看见他们的样子,人们最多想起的还是文具小铺,那里就出售印有轻骑兵形象的图片,每买一打图片还奖励一块阿拉伯树胶。

梦中却是另一回事。在这里,种种印象并不局限于习惯的需要。色调在梦中变化运动,推断结局。

我梦见一片荒凉的原野，不知什么东西偷偷地提示我，说这就是被围困的马尔堡。面孔苍白、又高又瘦的内特尔贝克[1]们推着小车一个接一个地从我身旁走过。那是人世间未曾有过的一天中的阴暗时刻。这场梦具有腓特烈时代的风格，我梦见了野战工事和土筑防御工事。[2] 在炮台高地上显现的手持单筒望远镜的人影依稀可辨。世间不常有的寂静以一种肉体上的可触摸感环绕着他们。这一片寂静仿佛一场松散的沙尘暴在空气中游动，但并非停留不动，而是已经着陆。好像一直有人在用铁锹把它抛起。这是我曾经做过的所有的梦中最忧郁的一梦。我可能已在梦中哭过。

维索茨卡娅的故事深藏在我心中。我有一颗健康的心脏，它的运转状态良好。它在夜间搏动时往往勾起白天形成的一些最偶然、最糟糕的印象。这颗心灵也曾触及练兵场，它的跳动足以让操场上的机械设备开始运转，让梦自身在它的圆整进程中悄悄地冒出话来："我是一场关于战争的梦。"

我不知道自己为什么要去市里，但是内心却如此沉重，好像我的脑袋里也被填满了一些打算用于城防工程的泥沙。

午餐的时间已到，这个时候我在校园里未见到熟人。进修班阅览室中空无一人。小城里的几幢私家楼房延伸到它的背面。天气酷热。窗台旁边好几处都出现了衣领皱巴巴地歪向一边的落水

---

[1] 约阿希姆·内特尔贝克（1738—1834）：德国军事活动家，因在1806年科沃布热格保卫战中抵挡法国军队的进攻而驰名，著有自传（1821—1823）。
[2] 腓特烈时代的风格指18世纪流行的"百年战争"（1337—1453）时代的艺术风格。腓特烈二世（1712—1786）：后世尊称其为腓特烈大帝，是霍亨索伦王朝的第三位普鲁士国王（1740年5月至1786年8月在位），军事家、政治家、作家和作曲家。——译注

者。他们身后升腾起正面房间的一片昏暗。从那里面走来几位疲惫不堪的女苦行者，穿着胸襟在洗衣锅里煮透了的长衣。我转身回家，决定往上面走，那里的城堡围墙下坐落着多栋绿树成荫的别墅。

这些别墅的花园平躺在锻造车间般的暑气中，只有玫瑰的花茎好像刚刚才脱离铁砧，在蓝色的文火中高傲地弯下了腰。我设想在这样的一幢别墅后面，有一条陡直地向下倾斜的小巷。那里有阴凉的地方。这我是熟悉的。我决定拐进这条小巷中，稍微喘口气。当我在自己打算就座的地方看见赫尔曼·柯亨教授的时候，不禁一怔，那时我是多么惊讶。他也发现了我。退路已被切断。

我的儿子快七岁了。[1] 当他还听不懂法语句子，只能根据说话的情境来猜测它的意思时，他通常会说：我不是基于词语，而是根据前因后果听懂它的。这就可以了。他不是根据某一原因，而是根据前因后果来理解的。

我运用柯亨的术语系统，以便达到那种可以称之为"因果律智慧"的智慧，它有别于为了摆样子的卫生保健而游逛的智慧。

柯亨就拥有这种因果律的智慧。和他交谈往往是有些让人紧张的，和他一起散步也非同儿戏。拄着手杖和你并肩而行的，是个有着数学—物理学学科的求实精神的人，他不时稍作停留，大概也是以同样的步态逐渐地建构起自己的主要学说的。这位大学教授身穿宽松的常礼服，头戴一顶软帽，已在一定程度上注入在遥远的过去就曾塞满伽利略们、牛顿们、莱布尼兹们和帕斯卡尔

---

[1] 作者的儿子叶甫盖尼·鲍里索维奇·帕斯捷尔纳克生于1923年。

们头脑中的珍贵精华。

他不喜欢在走路时说话,而只是听着同行者的闲谈,这种闲谈总是由于马尔堡人行道多有台阶而不顺畅。他一边踱着步子一边听,有时突然停下,针对所听内容说出一句什么尖刻的话,用手杖点着人行道,继续前行,直到下一次说出格言警句时再稍事休息。

我们的谈话也有这样的特点。提起我的过失只不过使过失得以加重——他一言不发,除了用手杖抵住石块以加大嘲笑式的沉默之外什么也没做,就是要用这种令人难以忍受的方式让我懂得他的用意。我的计划他很感兴趣,但是他并不赞成。按照他的意见,我应当在博士资格考试前就留在他们学校,最好要在通过这一考试后再回国通过国家考试,以便将来有可能返回西方,并在那里定居。我以自己的全部热忱感谢了他的这片殷切之情。可是我的谢意使他感觉到远远小于我对莫斯科的牵挂。在我献上的感激中,他毫无差错地捕捉到某种让他感到受辱的做作和糊涂,因为在人生如此谜一般短暂的条件下,他无法忍受人为地降低破解生命之谜的热情。继而他克制住自己的气愤,缓慢地沿着一块块石板逐级而下,同时等待着一个人在说过如此明显地让人难受的蠢话之后,最终是否还会转谈正事。

然而,我怎样向他说明,我正在彻底地抛弃哲学,打算就在莫斯科完成学业,也像大多数人那样,但愿能毕业,而关于以后返回马尔堡之事,我甚至还没有想过呢?他退休前在学校里所说的关于信守伟大哲学的临别赠言如此感人,以至许多坐在长椅上的女大学生纷纷挥动手帕向他致意。

## 10

我们家里人在8月初从巴伐利亚迁移到意大利,让我前往比萨。我身上的钱已快用完,剩余部分勉强够用于返回莫斯科。某一天晚间——预计这样的晚间往后还有不少,我和戈尔本科夫一起坐在我们常待的露台上,向他诉说自己令人悲伤的财政状况。他就此发表了议论。他本人在不同时期内确实曾陷入穷困的境地,可是恰恰在这些阶段周游过世界上的许多地方。他去过英国和意大利,也知道在旅途中怎样几乎不费分文地生存下去的办法。他为我制订的计划是这样的:我应当用所剩余额先去威尼斯和佛罗伦萨,然后再到父母身边调理一下膳食营养,并拿到一笔返程的新款,其实,只要盘算着使用所剩余额,也可能不会碰到需要新款的情况。他着手在纸上标出一些数字,交给我一个真是过于俭朴的计算结果。

咖啡馆的服务生领班和我们大家都能友好相处。他了解我们每个人的底细。当我弟弟在我应考最紧张之际来我这里做客,开始妨碍我白天的复习时,古怪的领班发现弟弟在台球方面才能非凡,便引起他玩球的兴趣,以至老弟一大早就去他那里演练深造,整个白天都把房间留给我自行支配。

这位领班十分积极地参与讨论我的意大利旅行计划。只见他进进出出,刚离开一小会儿,又折回来,用铅笔敲着戈尔本科夫的预算单,甚而认为这份预算仍不够节俭。

有一次也像这样才离开后,他腋下又夹着厚厚的旅行指南跑回来,把托着三杯草莓潘趣酒[1]的盘子放到桌子上,摊开那本指南,从头至尾来回浏览了两遍。在飞快翻动的页面中发现想看到的一页时,他宣布,我应当在今天夜间就乘三点多的快车出发,为了纪念此事,他建议我和他一起为我的旅行而干杯。

我并未踌躇过久。事实上我已想过,应当按他的看法安排行程。我已拿到退学证书[2]。考查分数均属正常。这时已到了十点半,叫醒女房东没什么不妥。整理行李的时间也十分宽松。我决定出发。

领班很是欣喜,仿佛巴塞尔市第二天就会出现在他本人面前。"请听我说,"他舔了一下嘴唇,收起空酒杯,"让我们彼此仔细地互看一眼,我们这里有这样的习惯。这可能是有益的,任何事都不能未卜先知。"我笑着回答了他,让他相信,这就不必要了,因为早已做过,而且我永远不会忘记他。

我们互道珍重后,我就跟着戈尔本科夫走出来,一套镀镍茶具乱哄哄的叮当声在我们身后停息了,正如我当时所感到的那样——永远消逝。

过了几个小时,我和戈尔本科夫已走遍马尔堡市内积累有限、迅速削弱的街道,一边走一边开怀畅谈,直谈得头昏眼花,然后下行到靠近火车站的市郊地区。周围烟雾弥漫。我们静静地站立在雾气中,就像默然饮水的牲口,只是以一种无声无息的迟钝模样不停地抽烟,弄得香烟也往往自行熄灭。

---

[1] 潘趣酒:一种起源于英国的酒,常以威士忌或白兰地等烈酒为基酒,加入果汁和冰块调制而成,口感清爽,适合夏季饮用。——译注
[2] 帕斯捷尔纳克拿到的马尔堡大学的退学证书,签署日期为1912年8月3日。

白昼刚开始渐显微光。露水好像是一层鸡皮疙瘩包住了菜园。长满绸缎般幼秧的菜畦从黑暗中呈现出来。在这天刚破晓的时段，城市突然一下子完整显露出它那特有的高大剪影。市内的人们还在睡眠中。那里有教堂、城堡和一所大学。但是，它们仍和灰暗的天幕连成一片，如同一绺蜘蛛网附在潮湿的拖把上。我甚至觉得这座城市几乎刚一出现就开始变得模糊难辨，好像是在靠窗户半步距离的地方呼吸时留下的痕迹。这时戈尔本科夫说："喂，该动身了。"

天已破晓。我们在石面站台上迈开快步，来回走动。渐渐临近的轰隆声像石块一样冲破雾气，迎面向我们袭来。列车驶近了，我和这位同学拥抱告别，往上举起手提箱，跳到车厢门口的踏板上。打火石般坚硬的混凝土发出尖叫，车门响起磕碰声，我赶紧靠上车窗。列车沿着弧形弯道生硬地切断了我的全部经历，兰河、铁路道口、公路和不久前我的出租房，都比我所料想的更早地彼此撞击，一掠而过。我想把车窗往下拉，起先它动也不动，后来却突然砰的一声自行落下。我尽力向窗外探出身子。车厢在一个急转弯处摇晃，因此什么也看不清。再见了，哲学！再见了，青春！再见了，德国！

## 11

六年光阴匆匆流逝。这期间一切都已淡忘。延续很久的战争这时已告结束，但又爆发了革命。

也是在这期间，先前作为物资原产地的区域患上了内地弄虚作假的坏疽病，变成远离现实、毫无生机的黯淡的荒野。贫弱的冻土地带使我们难以通行，遍洒国土的连绵不绝、断续发颤的小雨侵蚀着我们的心灵。雨水开始咬啮骨头，已无法测定时间。有时人们在享受过独立性之后又不得不放弃它，并由于种种现象的威严提示陷入又一个童年，久久不能自拔，直至垂暮岁月。我就这样重返童年，遵照自己家人之邀像第一台不受限制的压实器那样入住他们的房子，在一片昏暗中踏着白雪爬进低矮的一楼半的暮色中。住所中传来不适时的电话铃声。"谁打的电话？"我问道。"戈尔本科夫。"对方接着回答。我甚至并不奇怪，这也没什么奇怪的。"您在哪里？"我在超过通常时间后再勉强询问。他也回答了。又一次感到荒谬。他的位置原来就在我们附近，穿过院子就到。他是从教育人民委员部集体宿舍占用的原先的一家旅馆打电话来的。过了一分钟，我已坐到他那里。他的妻子一点儿也没变。但我先前从未见过他那几个孩子。

不过也有些情况是出人意料的。原来在这些年中，他也和大家一样主要生活在国内，即便置身国外，也处在那场为了弱小民族求解放的战争阴云之下。我已打听到，他不久前刚从伦敦回国。不知道他是党内人士，还是党的热烈同情者。他已担任公职。随着政府向莫斯科的迁移，他也自然被转入教育人民委员部机关的下属部门。因此他就成为我的邻居。这就是我了解到的全部情况。

我是把他作为一个马尔堡人而跑到他那里去的。这当然不是为了在他的帮助下，从那个遥远的、烟雾弥漫的黎明起——当时我们就像跑到乳牛聚集的浅滩上来的牲口那样站立在一片昏暗中——重新开始生活，而且这一次虽然没有战火燃烧，也要尽可能小心些。啊,当然不是为了这样的目标。但是,虽然我事先就知晓类似的重复行为难以想象,我还是跑来证实它在我的生活中为什么是难以想象的。我跑来看一下我的走投无路究竟是何种色调,看一下它那不公正的个人化色彩,因为走投无路是普遍的,是遵循公正性和众人一起平等地承受下来的,既无色调,也不适合于作为一种出路。

就这样,我跑来看了一下这种活生生的走投无路状况,意识到这种状况也许就是我的出路。但是我什么也没有看到。这个人是不能帮助我的。他比我更多地受到潮湿空气的有害影响。

后来我曾有幸再次造访马尔堡。1923年2月间,我在那里度过了两天。我是和妻子一起到那里去的,但是并未想到她对这座城市很有亲切感。[1]因此我似乎感到在该城和她面前都有过失。不过我也有些为难。我在战前就到过德国,战后再次和它相逢。人世间所发生的那一幕情景,曾从最可怕的视角呈现于我眼前。这是鲁尔地区被占领的时期。[2]饥饿和寒冷笼罩着德国,它再也没有什么可用来自我欺骗,再也骗不了任何人,只是乞讨似的向时代伸出了手(这是不符合它本性的姿态),而且每个人都挂着拐杖。我遇见了仍健在的女房东,这让我感到惊讶。她和女儿一见到我就举起手来轻轻击掌。我来到时,她们俩还是坐在约11

---

[1] 1923年2月5—6日,作者和他的妻子——画家叶甫盖尼娅·弗拉基米罗夫娜·帕斯捷尔纳克(1898—1965)在马尔堡度过。
[2] 根据1919年的《凡尔赛条约》,德国的主要工业区鲁尔矿区实行非军事化,由协约国控制,工厂停工,国力遭受崩溃性的削弱。

年前坐的位置上，做着针线活儿。我住过的房间仍用于出租。她们打开了房门。如果不见从奥克尔斯豪森到马尔堡的那条公路，我可能就辨认不出它了。透过窗户就能看见这条路，一如从前。这时还是冬季。空荡荡、冷冰冰的房间不够整洁，窗外可见地平线上光秃秃的白柳——这一切都不同往常。这幅曾在某个时候过分沉思过三十年战争的景观，却以对自己预报了一场战争而收尾。离开这座城市时，我去了一家糕点铺，送给房东母女俩一盒核桃仁大蛋糕。

现在要谈的是柯亨。可惜已不能再见到他。柯亨已与世长辞。

## 12

就这样——一座又一座车站连绵不绝。车站就像一只只石质飞蝶掠过列车尾部。

巴塞尔市沉浸在礼拜日般的宁静中，仿佛可以听到燕子来往穿梭时翅膀擦过屋檐的声音。黑樱桃色瓦房顶的遮阳棚下，发热的墙壁也像眼球一样已疲惫不堪。整个城区都眯缝着眼睛，同时也像睫毛那样纷纷翘起。清洁而凉爽的博物馆内，早期陶瓷工艺品金光闪耀，宛如独院住宅中的野葡萄所闪现的那种烧制陶器的光泽。

"Zwei francs vierzig centimes."[1]——小铺里一位身穿账房服装的农妇以惊人纯正的语音说道。不过，德法两个语区的交会

---

[1] 德语："2法郎40生丁。"生丁在德法两国通用。——作者原注

点不在此地，而是向右，在低垂的屋顶后面，在它的南面一直沿着山脉自由延展的那个联邦[1]炎热的晴空之下。在 St. Gothard[2] 下的某个地方，即使是深夜也有人在说话。

就在这样一个地方，由于两昼夜行程中夜间未眠，疲倦至极的我竟然睡过了头！这真是一生中唯一不应睡觉的夜晚——差不多有点像"西门，你睡觉吗？"——再说我还可以得到谅解。不过我还是在好几个瞬间醒来，很难堪地在车窗边站立短暂的几分钟，"因为他们的眼睛甚是困倦。"[3] 而且当时……

周围岿然不动、积雪已融化的山峰仿佛在召开村民大会，不时发出吵嚷声。啊哈，这就意味着在我打瞌睡时，随着机车发出的阵阵汽笛声，我们已在寒冷的烟雾中被旋转着从一条隧道拧进另一条隧道，而高于我们3000米的大自然气息已把我们团团围住。

又是伸手不见五指的黑暗，但这片黑暗却被突出的、有立体感的各种音响的回声填满。深渊沟壑肆无忌惮地高声交谈，照亲朋好友的方式对土地搬弄是非。溪水到处潺潺流淌，到处说长道短，到处造谣生事。不难猜测到，它们分别高挂在悬崖峭壁上，仿佛搓捻成股的线束一一往下流进山谷。悬垂的陡坡从上方向列车上跌落，分坐在车厢顶上，彼此召唤，晃动着双腿，沉迷于免费乘车之乐中。

---

[1] 指瑞士联邦。——译注
[2] 英语：圣哥达山口。这是阿尔卑斯山的一个山隘。
[3] 《马可福音》14：37，40。引自《圣经·新约》，中国基督教协会，南京，1998年，第60页。——译注

但是，困倦让我难受至极，在临近雪原时，在有如双目失明的俄狄浦斯形象的阿尔卑斯山脉终年积雪的山峰下，在地球的这一魔鬼般完美的顶峰，我陷入了不能容忍的昏昏欲睡状态中。地球在这一峰峦上亲吻时，也像米开朗琪罗在创作《夜》时那样，很自负地在此处把它放在自己的肩上。[1]

当我睡醒时，纯净的阿尔卑斯山的早晨已在端详车窗。好像有山崩发生，不知什么障碍迫使列车停下。有人建议我们转到另一趟车上。我们就沿着山间铁路的轨道往前走。路基蜿蜒如带，以彼此分散的形态曲折盘旋，仿佛这条铁路是窃来之物，总是要匆忙塞到拐角处。一个光着脚的意大利男孩和巧克力包装纸上所画的形象完全一样，他帮我搬过行李。这男孩放牧的羊群在不远处的一个地方正陶醉于音乐。一串小铃铛的叮当声随着慵懒的震动和信号竞相坠落而下。牛虻也在品咂着音乐。音乐大约只是在表层拽了它一下。洋甘菊散发出芳香，溪水在各处拍溅作响，一刻不停地诉说徒劳无益的空话，却始终不肯露面。

睡眠不足的后果毫不拖延地显示出来。我在米兰待了半天，但已不记得它。只有那座面貌一直在变化的大教堂，当我在市区辗转走近它时，由于在每个交叉路口它都持续展现，才模糊地镌刻在我心中。这座教堂好似正在融化的冰川一再呈现于8月间热浪滚滚的蓝色苍穹，又好像米兰市不计其数的咖啡馆那样供应冰和水。当一个不算宽阔的广场终于把我放置于大教堂脚下，我刚

---

[1] 文艺复兴时期的意大利艺术家米开朗琪罗（1475—1564）曾在佛罗伦萨为美第奇家族的陵墓设计大理石雕塑，其中的作品之一《夜》显现出睡眠中的女性（圣洛伦佐）把头垂在肩上的形象。

威尼斯

仰起头时，它的壁柱和塔楼便一起发出簌簌声对着我滚来，就像排水管的弯头因积雪而一度阻塞，这时才畅通那样。

不过我还是勉强站稳了脚跟，并许诺自己到达威尼斯以后的第一件事，就是踏踏实实地好好睡一觉。

# 13

当我走出威尼斯车站大楼——它带有外省常见的那种按海关税务局的风格制作的遮阳篷——的时候，不知什么流动的东西悄悄地从我的脚下滑过。这是一种像污水那样恶心的、发黑的液体，闪动着三三两两的亮点。它时高时低地流动，几乎难以分辨，如同一幅装裱在摇晃不稳的画框中、由于年代久远而稍微有些发黑的风景画。我没有一下子就明白，威尼斯的这幅写照也就是威尼斯。我已置身于威尼斯——这不是我在做梦。

车站前的水道像一根盲肠似的流向一个拐角后面，流向处于阴沟上的这一水上画廊的更远处的神奇景观。我急忙去找在这里代替电车的小船停泊点。

一只汽艇挂着水珠，气喘吁吁，擦过船头后暂时停运。它那落下的缆绳就拖在不动声色的平静水面上，大运河[1]边上的宫殿也仿佛沿着半圆形轨迹游动，渐渐远离我们的视线。人们称这些建筑为宫殿，也不妨称之为殿堂，但无论什么叫法，都同样无法提供一个概念，可以表示从彩色大理石上陡直地垂入夜间濒海湖的壁毯，就像降落到中世纪骑士比武的竞技场上。

存在着一个独特的装饰新年枞树的东方，一个"前拉斐尔派"[2]的东方。存在着一种由于星相家崇拜的传说而形成的"星夜"的观念。存在着一个古已有之的圣诞浮雕：被喷上蓝色石蜡的镀金核桃的表面。还存在着这样的词：籽仁酥（халва）和迦勒底（Халдея）[3]，魔法师（маги）和镁（магний），印度（Индия）和靛蓝（индиго）。夜晚的威尼斯和城市水中倒影

---

[1] 意大利东北部城市威尼斯由118个小岛组成，以177条水道、401座桥梁连成一体，以舟相通，有"水上都市""百岛城"之称。呈反"S"形的大运河贯穿整个城市，从罗马广场延伸至圣马可广场，长度近4公里，是这座城市的交通要道。——译注
[2] 19世纪后期英国的艺术家和作家团体，其代表人物罗塞蒂（1828—1882）、斯温伯格（1837—1909）等，认为当时的艺术萎靡板滞，因此主张回到中世纪和意大利文艺复兴前期，也即拉斐尔之前的"素朴真纯"，于是就有"前拉斐尔派"的名称。
[3] 籽仁酥是用芝麻、花生仁和胡桃仁等做成的酥糖；迦勒底是古代（及旧约中）生活在两河流域的部族名称。俄文中的这两个词的读音相近。下同。——译注

的色调也应当属于此列。

在时而停泊于此岸时而停到彼岸的汽艇上，有人叫喊着发出信息："Fondaco dei Turchi! Fondaco dei Tedeschi!"[1] 好像是为了让俄罗斯人耳中更牢固地拥有他们的胡桃木式音阶，不过，街区的名称自然和欧洲榛子没有任何共同点，最后人们只能回忆起土耳其人和德国人在这里建立的商队客栈。

我记不清，在面对正是像温德拉敏、格里马尼、科尔纳罗、福斯卡里和洛雷丹诺[2]等这些数不清的宫殿时，我已看到第一条或者第一条令我惊讶的贡多拉船[3]。我是已到丽都桥[4]这边时才看见的。一条贡多拉船从旁边的小水巷中悄然游到运河上来，横停下来后，便系留在最近的一座宫殿的正门旁。游船仿佛漂流在缓缓滚动的波浪的圆形腹部上，有人把它从某个院落中牵引到宫殿正门口。一道发黑的裂缝留在它身后，那里面满是死鼠和游动的西瓜皮。船前漫流着月光映照、空旷无人的宽阔水道。这游船如同女性那样包揽一切，如同所有那些形式上完美无瑕却与其躯体所占有的空间位置不相称的事物。它那发亮的梳状利戟般的船头被波浪的圆形尾端高高托起，轻捷地驶向天空。船夫的黑色剪

---

[1] 意大利文，意为"土耳其街区！德国街区！"——作者原注
[2] 温德拉敏、格里马尼、科尔纳罗、福斯卡里和洛雷丹诺，都是威尼斯大运河岸边的宫殿名称。
[3] 贡多拉小船是意大利威尼斯的一种富有特色的水上交通工具，造型狭长，装饰华美，两头翘，底部平，长期以来深受各国游客喜爱。——译注
[4] 丽都桥是威尼斯本岛上横跨大运河的最宏伟的石桥，也是威尼斯城的贸易中心，在此俯瞰大运河两岸的繁华，历来是各国旅游者的一大享受。（丽都岛是威尼斯的一个细长的岛屿，在濒海湖和亚得里亚海之间绵延约12公里，与圣尼科洛和马拉莫科港口接壤。——译注）

影也以同样的轻捷奔向群星。船尾和船头之间鞍形部位的座舱盖，有时似乎被压到水中，消失不见。

先前我已根据戈尔本科夫的讲述考虑到，最好应下榻于美术学院附近地区。我就在那里上岸了。我记不清自己是过桥后走到左岸的，还是留在右岸，只记得一个很小的广场。环绕广场的建筑也像运河岸边的那些宫殿，只是较单调些，但更为规整雅致。这些建筑都立足于坚实的土地上。

人们在月光流溢的广场上停留、漫步或半躺着小憩。人数不多，他们似乎在以自己移动的、少动的或不动的身体装饰着广场。这是一个异常恬静的晚间。一对情侣的身影映入我的眼帘。他们并没有对视，而是一起享受着双方默默无言的静谧，聚精会神地凝视着对岸的远景。这可能是两位正在休憩的官邸服务生。起先引起我注意的是男服务生心平气和的姿态，他那留得较短的斑白头发和灰色短外衣。这一切都有某种非意大利的情调，并散发出北欧风味。随后我看清了他的面部，顿时感到似乎已在什么时候见过他，只是我想不起来那是在何处。

我拿起手提箱走近他，向他坦陈自己要找栖身之处的愿望，用的是我以往试读但丁原著后形成的并不存在的方言。他彬彬有礼地听我说完，稍作沉思，接着就向站在身旁的女服务生问了一句什么话。那一位表示否定地摇摇头。他掏出带盖的怀表，看了一下时间，啪嗒一声扣上表，把它塞进坎肩里，又想了想，再点头请我跟他走。我们从铺满月光的一幢楼房正面绕到完全昏暗的拐角后边。

我们沿着几条石板铺路、不宽于住所走廊的小胡同行走。这些巷子有时把我们带到短小的拱形石桥上。于是,便可见濒海湖肮脏的衣袖顺着两只手臂延伸出去,那里的水灌得如此之满,以至让人觉得好像是卷成筒状的波斯壁毯勉强被装进了歪斜的箱子底部。

每座拱桥上都有迎面而来的人们走过。一位威尼斯女性的鞋子在街区石板路上频频发出笃笃声,这声音早在她出现之前,就已预告了她的临近。

夜空横贯在我们徘徊于其间的焦油般漆黑一团的房屋缝隙的上方,不知一直在向何处延伸。有时好像有结籽的蒲公英绒毛沿着整条银河缓缓飘去,也似乎只是为了这另一根活动的光柱通过,那些胡同有时才向两旁让出路来,形成若干广场和交叉路口。我在为自己的同行者非常熟悉的样子而惊讶时,也以那种不存在的土语和他交谈,在焦油般的黑暗和绒毛般的光线之间穿行奔波,在他的帮助下寻找最便宜的寄宿处。

但是,在通向宽阔水域的河岸边,却充满另一种色调,熙熙攘攘的人群替代了一片宁静。来来往往的汽艇上挤满了人,油光黑亮的河水冒出雪白的细水珠,它们犹如在急速运转或陡然停歇的机器钵臼中被碾碎的大理石碎末。和汽艇周围的沸腾声连成一片,水果商售货亭里的煤气灯嗖嗖作响,老板高声叫卖,在好像没有煮熟的糖水果品中,一摞摞杂乱的水果你推我搡,不停跳动。

在岸边一家餐馆的洗漱间里,有人给我们提供了有益信息。他们指明的地址,要返回我们这一番奔走的起点。于是,我们就掉转方向,把刚走过的全部路程按相反的顺序再跑一遍。因此,当这位向导把我安置到 Campo Morosini [1] 附近的一家旅店时,我

---

[1] 意大利语:莫罗西尼广场。——译注

不禁形成了这样的感觉：我仿佛刚刚穿越了相当于威尼斯星空的距离，当然是在迎着它的运行方向上穿越的。假如当时有人问我威尼斯怎么样，那么我就会说："明朗的夜空，袖珍的广场，以及似乎特别熟悉的安静的人们。"

## 14

"那么，朋友，"老板是个60岁左右的身体结实的老人，穿着一件敞开的脏衬衫，像对耳背者那样朝我高声喊道，"我会像接待亲人那样安顿您！"他脸色发红，皱着眉头看了我一眼，双手塞进背带扣里，用手指敲着胸毛浓密的胸脯。"愿意吃冷冻小牛肉吗？"他又大声问了一句，目光并未变得柔和，也没有从我的回答中形成任何结论。

这大概是一位好心肠的人，只是由于蓄着 La Radetzky[1] 那样的卷曲胡须而显得有些吓人。他还记得奥地利人对当地的统治，且正如我很快就发现的那样，能稍微说几句德语。但是因为在他看来这种语言多半是达尔马提亚[2]军士用语，所以我的流利发音竟然引起了他关于德语从他当兵的时代起就已蜕化的忧思。另外，他还可能胃火过旺。

只见他像踩住马镫似的从柜台后面站起来，血性十足地不知

---

[1] 法语：像拉德茨基（那样）。——作者原注。（约瑟夫·拉德茨基（1766—1858）：奥地利伯爵，曾任驻北意大利奥军总司令，陆军元帅，伦巴第—威尼斯地区总督。——译注
[2] 达尔马提亚：克罗地亚的一个地区，首府是斯普利特，包括亚得里亚海沿岸的达尔马提亚群岛和附近1000多个小岛。——译注

朝哪儿大声喊了一句什么，接着步伐矫健地往下走到小院中，在那里，我们彼此介绍了情况。院子里摆着几张铺有肮脏桌布的小桌。"您刚走进来，我马上就觉得对您有一种好感。"他幸灾乐祸而漫不经心地说，同时伸出手来请我就座，随后自己也坐到离我两三张小桌距离的椅子上。有人给我送来啤酒和牛肉。

小院是当作餐厅使用的。如果这里还有别的房客，想必他们早已吃过晚饭，各自就寝了；在这个贪食场所的一隅，只有一位可怜的小老头坐在那里，每当老板对他说什么时，他总是迎合讨好地唯唯称是。

在我津津有味地吃着小牛肉时，我已两三次注意到，盘中滋润的玫瑰色肉块往往奇怪地消失和返回。看来，我已陷入昏昏欲睡的状态，眼皮都粘到一起了。

突然间，宛如在童话中那样，桌子边上出现了一个可爱的干巴老太婆。这时老板简要地告诉她说，他本人对我抱有强烈的好感，随后我就和她一道沿着狭窄的梯子上了楼。房间里只剩下我一个人，我在昏暗中摸索到床铺，脱去外衣，没考虑多久便躺进被窝里。

在心无旁骛地连续睡了十个小时之后，我醒来时已是阳光灿烂的早晨。想象中的童话故事已得到证实。我已置身于威尼斯。成群出现在天花板上的许多小动物似的发亮光斑，如同我在河轮的客舱中见过的一样，这也说明了我身处何处，说明我马上就要起床，跑出去一睹为快。

我环顾着自己躺在其中的房间。油漆过的隔板上钉着几根钉子，上面挂着裙子和女式短上衣，一个带环圈的毛掸和有系绳的木槌。窗台上堆满鞋油和化妆品小罐。还有一只糖果盒中露出尚未清除干净的美容白粉。

在横过整个宽敞顶楼的帷幔后面,可以听到鞋刷子的敲击声和簌簌声。这声音传来已有一阵子了。这想必是有人在给客栈中的所有旅客擦鞋。噪声中夹杂着女人的窃窃私语和孩童的喃喃低语。我发觉那个正在窃窃私语的女人,就是昨晚出现过的老太婆。

她碰巧是老板的远亲,于是便在他这里担任管家。老板把她的陋室让给了我,可是当我希望对此事有所改正时,她本人很担忧地恳求我不要干涉他们的家中琐事。

穿好衣服之前,我伸了个懒腰,再次环顾周围的一切,一瞬间的领悟突然使我清楚地弄明白了过去一天的情况。昨天送我过来的向导,让我想起马尔堡的那位希望还能对我有所助益的服务生领班。

他的请求中所包含的那种可以想见的责任感的流露,可能还会加大两人的相似性。这就是我对来自广场人群中的那位先生远比对其他所有人更有好感的原因。

这一发现并未令我惊讶。这里没有任何奇异的因素。如果时间不是由生活事件的一致性,也即日常生活感召力的交互作用贯穿起来的,那么,我们常说的"您好""再见"这类最纯洁的话语,也就没有任何意义了。

# 15

这样,这种幸运也就算光顾过我了。我还有些幸运地得知,可以一天接一天去观赏某一楼房林立的空间，就像去和某位活生生的个人相见。

无论从哪个方向走到圣马可广场[1]，在即将靠近它的那一刹那，往往都是呼吸急促，脚步加快，双腿开始朝它奔去。无论从商业街还是从电报局这边走，路上在某一刻都会变得类似于前庭，广场就像在招待会上那样引见游客，展现出自己独特的、在上空高处显眼地标出名号的景点：钟楼、大教堂、督治宫和三面环抱的画廊。

在逐渐对这些景点依依不舍时，你会转而感觉到，威尼斯是一座由我们刚列举的以及其他一些与之类似的建筑物占据的城市。这一说法中没有寓意。建筑师们以石料表达的语言如此高雅，以至任何华丽的辞藻都无法达到它的高度。除此之外，这种语言还周身长满了长期以来游客们附上的小贝壳般的欣喜之言。日益增多的赞美已把最后的虚夸印痕挤出威尼斯。宽敞的宫殿中不再留有空白之处。美占据了一切。

一批英国游客在登上已预租的开往火车站的贡多拉船之前，最后一次逗留于圣马可广场，摆出在同活跃的人群告别时自然摆出的姿势，你会更强烈地嫉妒广场对他们的亲近，因为大家都知道，欧洲文化中还没有哪一种文化像英国文化这样接近意大利文化。

---

[1] 圣马可广场：始建于829年，一直是威尼斯政治、宗教和传统节日的公共活动中心，它是由公爵府、圣马可大教堂、圣马可钟楼、圣马可图书馆等建筑和威尼斯大运河所围成的长方形广场。——译注

# 16

有一天，就在这些军旗的桅杆下面，当几代人像金线那样交织在一起的时候，三个出色地彼此衔接的世纪也聚集起来，而在离广场不远处，这三个世纪的舰队则构成一片静止不动的舰艇的密林，正在昏昏欲睡。这支舰队似乎在继续完成城市的建设规划。缆索从顶舱中探出头来，战船上的划手们在窥视，他们在船上行动时如履平地。月夜里，另一艘三层甲板的战船一侧朝向街道，以自身不动声色地展露出来的威慑力所造成的致命性恐怖，牵制着整条街道。几艘巡航舰也同样相当有气派地停泊在那里，仿佛看中了岸上一个个最安静、最幽深的厅堂。在那个时代，这是一支非常强大的船队。它以自己所拥有的舰船数量而令人震惊。还是在15世纪，不包括战船在内，它拥有的商船就已达3500艘，并配有七万名船员和船舶养护工。

这支船队是威尼斯的并非虚构的现实存在，是它的童话色彩的散文化的底蕴。如果以离奇的形式表述，那么可以说，它那起伏不稳的吨位构成这座城市的牢固基础，它的地区基金及商业贸易和监禁体系的地下工程。在缆绳的套索中，被俘获的空气是寂寞无聊的。船队让人感到难受和压抑。但是，正如在一对相互连通的器皿中那样，从岸上也会有某种偿还—赎罪的东西被提升到和它的压力相同的高度。懂得这一点，也就意味着懂得艺术在怎样欺骗自己的订货人。

"潘塔洛内"一词的来源是令人感兴趣的。这个词在晚近被用于"裤子"的意义之前，指的是意大利假面喜剧中的一个人物。[1]但是还要更早，"pianta leone"的最初意义是表达威尼斯战无不胜的理念，意指"（在旗帜上）出现的"，用另一种说法，也即"征服者威尼斯"。在拜伦的《恰尔德·哈罗尔德游记》中，也有这样的诗行：

> Her very byword sprung from victory,
> The "Planter of the Lion", which through fire
> And blood she bore o'er subject earth and sea.[2]

　　观念在引人注目地发生着根本变化。当人们已习惯于恐惧时，就逐渐成为良好举止风度的基础。我们总有一天会理解断头台如何能一度成为太太们胸针的样式吗？

　　在威尼斯，雄狮是作为有许多不同意义的象征符号出现的。例如，监察官们的楼梯上为告密而设计的、靠近维罗奈塞[3]和丁

---

[1] 俄语中的"панталоны"一词是18世纪从法语的"pantalons"（长裤）一词借用过来的；这个词来源于意大利语中的"pantaloni"，它最初是作为意大利民间喜剧主人公的名称出现的，这个假面人物"Pantaloni"（潘塔洛内）总是穿着一条肥大的长裤。——译注
[2] 甚至她的外号也产生于胜利，
"雄狮的推举者"，她穿越血与火
把雄狮带到被征服的陆地与海洋。
拜伦的这三行诗由帕斯捷尔纳克从英文译成俄文，译者再从他的俄译文译成中文。
[3] 维罗奈塞（1528—1588）：意大利文艺复兴时代的画家，出生于维罗纳，原名保罗·卡尔雅里，因其出生地而获得"维罗奈塞"的绰号。他和提香、丁托列托组成文艺复兴晚期威尼斯画派中的"三杰"。

托列托[1]壁画的那个升降孔，就被刻成雄狮之口的样子。人们知道，这一"bocca di leone"[2]曾引起同时代人什么样的恐惧，而在政权本身并不为此而表示伤心的情况下，提及神秘莫测地落入巧妙刻制的巨口中的人士，也就渐渐成为一种缺乏教养的标记。

当艺术为奴役者建造宫殿时，人们曾相信艺术。大家会想到，艺术持有和众人共有的见解，并和他们一起分担未来的命运。但是这种情况恰恰没有发生。宫殿的语言实际上是忘却的语言，而完全不是那种被错误地归于宫殿的潘塔洛内式的语言。潘塔洛内的目标已无从谈起，宫殿却得到了保存。

威尼斯绘画也被保存下来。从童年时代起，我就通过博物馆往外运出的绘画复制品领略了它那温泉般的风格。不过还是要去它们的诞生地，以便在它们和其他某些画作的区别中，看到作为创作的金色沼泽、作为创作的原发性深渊之一的原画本身。

# 17

与我现在要做的表述相比，我曾更深入也更模糊不清地观看过这种景象。我并未致力于在目前我拟进行阐释的那个方向上认清所见到的现象。但是在流逝的岁月里铭刻于我心中的印象却没有走样，所以在简要的评述中我不会偏离真实。

---

[1] 丁托列托（1518—1594）：意大利威尼斯画派著名画家，原名雅各布·罗布斯蒂，因父亲是染匠而获得"丁托列托"（意为"小染匠"）的绰号。
[2] 意大利语：雄狮之口。——作者原注

我看到了什么样的观察是刺激绘画本能的先决条件，怎样突然间领悟当人们开始看见某一对象时它是什么样的。大自然在被注意时，往往会为艺术叙事让出易于加工的天地，有人也会在它的这种状态中把宛如梦幻的自然界悄悄地移到画布上。只有见识卡尔帕乔[1]和贝利尼[2]的画作，才能懂得什么是绘画。

我进一步了解到，伴随着艺术技巧的兴盛而出现的是什么样的混同性，当画家和要描画的自然本体达至一致时，就不能说画家、画作和被画对象这三者中，哪一个在画布上表现得更有积极作用，更占上风。正是由于这种混同，误解才是可以想见的，在这种情况下，可以想象，时间会在画家面前故作姿态，好像是它把画家提升到自己曾一度达到的伟大程度的。只有见识维罗奈塞和提香[3]的画作，才能懂得什么是艺术。

最后，我还得知，由于那个时代没有充分认识到这些印象的价值，对于一位天才的成长而言，所需要的条件是多么不足。

周围遍布狮子的嘴脸，到处都是隐约可见的雄狮之口——它们硬要过问所有人的隐私，嗅遍一切，在自己的洞穴中秘密吞噬一个又一个生命。周围还存在着谎称不朽的狮子的凶猛吼叫，之所以会并非笑谈地想见这种不朽，是因为一切不朽都在它的掌握中，都受到狮子的牢固支配。所有人都感觉到了这一点，所有人

---

[1] 维托雷·卡尔帕乔（约1460/1466—1525/1526）：意大利威尼斯画派的叙事体画家，主要作品有《圣斯蒂芬在耶路撒冷布道》等。
[2] 乔凡尼·贝利尼（1430—1516）：威尼斯画派画家，代表作品有《在花园里苦恼》《小树与圣母像》和《诸神之宴》等。
[3] 提香·韦切利奥（1488/1490—1576）：意大利文艺复兴后期威尼斯画派的代表画家，代表作品有《圣爱与俗爱》《圣母升天》《乌尔比诺的维纳斯》。

也都忍耐着。仅仅要感觉到这一点，并不需要什么天才：所有人都在看着并忍受着这一点。但是既然大家都共同忍受着，那就意味着，在这座动物园里想必还存在着某种谁也感觉不到、谁也看不到的东西。

这也就是使天才忍无可忍的那一点因素。谁会相信？画家、画作和被画对象的同一性，或者更宽泛些说：对直接真实无动于衷，就是这一点导致天才的盛怒。这仿佛是由他出面给人类的一记耳光。于是，以激情的决定性冲击来澄清技巧混乱的风暴，就会出现在他的画布上。只有见识米开朗琪罗和丁托列托的作品，才能懂得什么是天才，什么是美术家。

# 18

不过，在那些日子里，我尚未了解这些细节。在威尼斯时，或更大胆地说，在佛罗伦萨时，或者说得完全准确，在最近的冬季旅行后返回莫斯科时，进入我脑际的是另一些更为专业的思索。

每一位见识过意大利艺术的人都会产生的主要感觉，往往是我们的文化具有明显的一致性，无论他把我们的文化看成什么，也无论他把它称为什么。

比如说，关于人道主义者的异教理念，一直众说纷纭，莫衷一是——说它是合法的思潮或不合法的思潮，均大有人在。的确，对复活的信仰与文艺复兴时代之间的冲突，是一个不寻常的、对于整个欧洲文明而言的中心现象。《马利亚参拜教堂》《圣母升天》《迦拿的婚筵》《最后的晚餐》[1]等都涉及放纵任性的上流社会的奢华，在对它们的合乎教规的主题所作的阐释中，有谁未注意到所有这些作品所表现的往往是不道德的时代错乱现象？

在我看来，我们的文化绵延千年的独特性，恰恰就体现在这种彼此抵触中。

意大利使我把那些我们从摇篮时期起就无意识地赖以呼吸的东西得以定型。意大利绘画本身为我做完了我本应以其为根据去深思熟虑的事情，当我还在最近几天内从一家收藏馆转到另一家收藏馆时，它已让运用色彩准备就绪、彻底打磨成熟的研究成果映入我的眼帘。

例如，我懂得了，圣经与其说是一部拥有稳妥经文的典籍，不如说是人类历史的记事簿，一切永恒的经典也都是如此。圣经具有生命力，并非由于它是一本必备书，而是在于它所使用的所有比喻都是可领会的，逝去的时代都经由这些比喻回看这部典籍。我还懂得了，文化史是形象化的一系列方程式的链条，这些方程式把依次出现的未知数和已知数成对地连接起来，而且形成于传统基础上的传说就是这个已知数，即整个系列方程式的常数，当今文化中具有现实意义的因素则是未知数，并时见时新。

这就是当时我所感兴趣的，也是我所理解和热爱的。

我热爱历史象征的充满活力的实质，换言之，也就是热爱那

---

[1] 指文艺复兴晚期威尼斯画派中的丁托列托的《马利亚参拜教堂》(1588)、提香的《圣母升天》(1518)、维罗奈塞的《迦拿的婚筵》(1570)和丁托列托的《最后的晚餐》(1592—1594)等画作。意大利著名画家、科学家达·芬奇(1452—1519)也有一幅名画《最后的晚餐》(1495—1498)，但帕斯捷尔纳克在这里所指的并不是此作。——译注

种我们借助于它像燕子建造燕窝似的建构世界的本能——这个世界是由天和地、生和死及现存和消逝的两种时间连接而成的巨大家园。我已懂得，防止这个世界坍塌的凝聚力，就包含在它的各个组成部分的具有穿透作用的形象性之中。

不过那时我还年轻，还不知晓这一规律并不能支配天才的命运和他的本性。我也不知晓，天才的实质是以真实的人生经验而不是以形象地折射出来的象征意义为基础的。我更不知道，有别于初期的艺术作品，天才的根子扎在精神鉴别力的粗率的直感之中。天才的一个特点是引人瞩目的。虽然精神上的全部激情爆发都是在文化内部完成的，但是反抗者总是觉得他的反抗是在街头、在文化的栅栏之外蔓延的。我还不知道，圣像破坏运动的拥护者只有在他并非两手空空地出现这种罕见的场合，才会留下最为经久不衰的形象。

教皇尤里乌斯二世[1]曾对西斯廷礼拜堂天顶画的色调贫乏表示不满，其实这种色调很适合于在天花板上画出《创世记》及其相关人物，于是米开朗琪罗便进行辩解，特意指出："在那个时期，人们并不都是穿金戴银的。这里所描绘的许多人物，都不属于富贵阶层。"[2]

这就是这种典型的掷地有声、率真质朴的语言。

---

[1] 尤里乌斯二世（1443—1513）：原名朱利安诺·德拉·罗韦雷，是教皇史上第218位教皇（在位时间为1503—1513年），被教廷认为是历史上最有作为的25位教皇之一。

[2] 尤里乌斯二世检视西斯廷礼拜堂天顶画这一片段，引自《米开朗琪罗·博那罗蒂书信集和他的艺术生涯》，此书的作者是他的学生阿斯卡尼奥·孔迪维（1525—1574）。

将被驯服的萨沃纳罗拉[1]消融于自身的人有望达到文化的顶点。未被抑制的萨沃纳罗拉会毁灭文化。

## 19

在我离开威尼斯的前一天晚间,圣马可广场上恰好有常常在那里举行的彩灯音乐会。广场范围内的建筑物正面从上到下都装上了尖形小灯泡。黑白两色相间的透明标语牌从三面照亮了广场。在开阔的天幕下,听众就像在洗浴之后直接进入灯火辉煌的厅堂里那样容光焕发。突然间,从这间想象中的歌舞厅的天花板上开始轻轻地、稀稀落落地下起雨来。不过,小雨刚开始下,就骤然停止了。彩灯的反光在广场上空腾起彩色的雾霭。圣马可钟楼有如一枚红色的大理石火箭,扎进把它的尖顶遮住一半的玫瑰色烟雾中。深橄榄色的蒸汽在稍远处翻卷,蒸汽中隐约可见具有童话色彩的大教堂五个圆顶的轮廓。广场的那一端看上去似乎是一个水上王国。大教堂拱门上的四匹金马生动活泼,仿佛是从古希腊疾驶而来,继而就像达至悬崖边缘似的在这里突然停步。

当音乐会结束时,开始传来有如磨盘转动时发出的均匀的沙沙声,其实这声音早已在柱廊四周回荡,只不过一度被湮没在音乐声中。这是一个闲逛游客的圈子,他们的脚步响声不息,汇成一片,好似冰盘式溜冰场上冰鞋的簌簌声。

---

[1] 吉洛拉谟·萨沃纳罗拉(1452—1498):佛罗伦萨多明我会修道院院长,曾奋起反抗美第奇家族的暴政,又号召教会实行禁欲主义,谴责人文主义文化。

在漫步的人群中，总能见到一些女性似乎有些气恼地匆匆走过，她们与其说是在散布某种诱惑，不如说是在威吓人。她们在行走中转身时，好像是要把人推开并压垮。在挑衅性地弯下身段时，她们已迅速消隐在柱廊附近。当她们环顾四周时，就有一张在黑色的威尼斯头巾下显得更黑的脸正对着人们。她们那有着"allegro irato"[1]式速度的迅捷步伐，与在钻石般闪光的白色划痕中颤抖的黑色彩灯奇妙地彼此呼应。

我曾两度尝试经由诗歌创作表达出把我和威尼斯永远联系在一起的种种感受。[2]临行前的那天夜里，我在旅店中由于吉他和弦的拨动而醒来，而在苏醒时这声音又戛然而止。我急忙走到下面传来汩汩水声的窗前，如此专心致志地开始眺望远处的夜空，仿佛那里可能有一瞬间停息的乐音余痕。旁观者根据我的目光判断，可能会说我在似醒未醒中思索，威尼斯上空是否已升起某一新的星座，并在朦胧中准备把它命名为吉他星座。

---

[1] 意大利语：快速的，汹涌而来般的。这是用以描述音乐速度的术语。
[2] 作者在这里指的是他的《威尼斯》(1913)一诗，以及后来重写的同名诗篇《威尼斯》(1928)。

## 三 时代与诗人

### 1

每年冬季,连绵不断的林荫道总是横贯处于两排发黑的树木之冠背后的莫斯科。房舍中的灯光泛出片片橙黄,闪动着宛如从中间切开的柠檬那样的星状圆圈。天幕低垂在树梢上方,四周所

莫斯科街道

有的银白都变成了淡蓝。

一些衣着寒酸的年轻人弯下腰来,沿着林荫道奔跑,好像要冲撞什么人似的。我只认识其中的几个人,大多数都不熟悉,但他们毕竟都是我的同龄人,也就是说,我在童年时代就曾见识过这些数不清的面容。

人们不过才开始以父名称呼他们,才让他们有了公民权,才使他们了解到这些话语的秘诀:掌控,获利,据为己有。但是他们已显露出一种值得更注意地加以审视的匆忙。

世界上存在着死亡和预测。未知之事让我们感到亲切,事先知晓之事让我们感到恐惧,任何激情都是为了回避汹涌而来的不可避免之事而盲目地向一旁跳离。假若激情无法从共同的道路上跳往任何地方,那么有生命的物种在任何地方再也不能生存和重现,宇宙逐渐毁灭的统一时间正是沿着这条共同线路流逝的。

但是,生命总有存在之所,激情也总有勃发之处,因为永恒繁衍再生的边缘秩序不会中断,永无止境,它和统一的时间并立共存,任何新一代的事物都是边缘序列的体现之一。

年轻人躬身奔跑,匆匆地穿行于暴风雪中,虽然每个人都有自己急忙赶路的缘由,但是推动他们的却是一种比一切个人动机更重要的东西,这就是他们的历史整体性,也即他们要奉献的那种激情,这种激情只不过是人们为了逃离共同道路,在无数次回避人类末日时进入他们心中的。

为了给他们遮挡从宿命中逃逸的双重性,为了让他们不失去理智,为了让他们不抛弃已开始的事业,自以为重量超过整个地球，在各条林荫道的树木后面，都有一种饱经历练、经验丰富的力量守卫在那里，以自己睿智的眼光护送他们。守护在树木后面的就是艺术，艺术对我们的审视如此全面深入，以至你永远捉摸不透它是从什么样的非历史世界获得自己通过剪影来洞见历史之能力的。艺术据守在树木后面，恰似生活本身，并以这种相似性而得以见容于生活之中，正如妻子和母亲的肖像被容许挂在献身于自然科学——逐步揭开死亡之谜——的科学家们的实验室里那样。

这究竟是什么样的艺术？这是斯克里亚宾、勃洛克、科米萨尔热夫斯卡娅[1]和别雷的新兴艺术——一种前沿的、引人入胜的、独创性的艺术。这种艺术如此令人惊叹，以至它不仅不会引发任何取而代之的意图，反而会为了使之更加巩固而希望从其基础上进行模拟，不过还要做得更强有力，更充满热情，更严整。希望一下子重述这样的艺术，缺乏激情是不可思议的；而激情却往往退避三舍，这样一来便出现了一种新艺术。但是新艺术的产生并非像人们通常认为的那样，是要取代旧艺术，而是完全相反，意在赞叹不已地重现典范之作。那时的艺术就是如此。那一代人究竟是什么样的？

和我年龄相近的男孩在 1905 年约为 13 岁，而到第一次世界

---

[1] 薇·费·科米萨尔热夫斯卡娅（1864—1910）：俄国著名戏剧艺术家。1890 年开始舞台生涯，原在圣彼得堡亚历山大剧院演出。1904 年自己建立剧院，演出当代进步剧目。以饰演契诃夫《海鸥》中的尼娜·扎列奇娜娅和易卜生《玩偶之家》中的娜拉而著名。1906 年，改变剧院的方针，由梅耶荷德担任导演，上演勃洛克、安德列耶夫、梅特林克等人的象征主义戏剧，大获成功。——译注

大战爆发前则快到22岁了。他们生命中的两个转折性时刻恰逢祖国历史上的两个火红的日子。他们童年的早熟和应征服役的成年都一下子成为过渡时代的连接器。我们的时代是由他们以自己兴奋的神经穿透全部厚重积层加以缝合的,也是由他们殷勤地提供给老人和儿童享有的。

不过,为了全面地对他们进行评述,就应当忆及与他们息息相关的国家秩序。

谁也不知晓这是查理·斯图亚特[1]还是路易十六[2]在实行统治。为什么大多数人都觉得似乎只有末代君主才是君主?显而易见,世袭政权在其本质上都具有某种悲剧性。

政治上的专制独裁者只有在他身处彼得一世的那种罕见情况下才能执政。这样的例证是少有的,人们会千年不忘。统治者往往更多方面地受制于大自然,这个自然界不同于议会,它的制约性是绝对的。作为千百年来受尊崇的一条规则,被称为世袭君主的人必须遵守仪式般地度过王朝纪事中的一章——也仅此而已。这里有一种在这一角色中所凸显的、比在蜂房里体现得更袒露的自我牺牲精神的遗迹。

承担这种危险使命的人们,如果他们并非恺撒,如果他们的经验不会熬炼成政治,如果他们缺乏才能——唯一使他们死后能

---

[1] 查理·斯图亚特(1600—1649):即查理一世,斯图亚特王朝的第十位苏格兰国王、第二位英格兰及爱尔兰国王(1625—1649年在位),英国历史上唯一被公开处死的国王,也是欧洲历史上第一个被公开处死的君主。
[2] 路易十六(1754—1793):波旁王朝国王(1774—1792年在位),路易十五之孙,在被立为王储的父亲路易·斐迪南去世后即位。他既是法国历史上唯一被处决的国王,也是欧洲历史中第二个被处死的国王。

摆脱命运的条件,那么他们能做些什么呢?

那么他们就不会滑行,只会跌跤;不会潜水行进,只会溺水沉没;不会生活,只会习惯于看重别人对他的看法,把生活降低到过于奢华而又百无聊赖的程度。这一切起先是以小时计算的,后来则以分钟计算;起先是合乎真实的,后来则是杜撰的;起先没有外在的援助,后来则借助于招魂仪式[1]。

他们在看见锅炉时害怕它的沸腾声。大臣们试图让人们相信,这种现象是正常的,锅炉越是完好就越可怕。国家改革的具体办法也得到说明,这种方法可归结为把热能转化为动能,强调国家只有在面临爆炸的危险而没有爆炸的时候才会繁荣昌盛。于是,他们由于恐惧而眯起眼睛,握住警笛的手柄,以整个与生俱来的温和善良布置了霍登惨剧[2]、基什尼奥夫大屠杀[3]和一月九日事件[4],再窘困地走到一旁,回到自己的家室和一度中断的日记上去。

大臣们一个个绝望地捂着脑袋。这时才完全弄清楚了,幅员辽阔的国土竟然是由一些智力有限的人来治理的。解释不过是白费口舌,建议根本达不到目的。他们从未体验过抽象真理的普遍

---

[1] 招魂仪式:一种迷信活动,常以敲桌子、转动等方式,试图唤醒死者的阴魂,并与其"交谈"。
[2] 霍登惨剧:1896年5月30日在莫斯科霍登广场举行沙皇尼古拉二世加冕典礼时发生的拥挤踩踏事件。
[3] 基什尼奥夫大屠杀:1903年4月16日俄国基什尼奥夫(基希讷乌)发生残酷大屠杀,大批犹太人在这场发生于复活节早晨的大屠杀中丧生。
[4] 一月九日事件:1905年1月22日(俄历1月9日)发生在俄国圣彼得堡的沙皇军警野蛮枪杀前往冬宫向沙皇呈递请愿书的工人的事件,这起事件致使1000多人被打死,几千人受伤。它也成为俄国1905年革命的导火索。史称"流血星期日"。

意义。这是一批物以类聚、目光短浅的奴隶。

改造他们为时已晚,结局已然临近。只能服从解职的敕令,让他们听凭命运的摆布。

他们眼见结局正在日益临近,于是便急忙奔向最惊恐不安和求全责备的家族,试图躲避这一结局的威胁和规则。亨利埃塔[1]、玛丽·安托瓦内特[2]和亚历山德拉[3]们在这场可怕的大合唱中都发出了越来越高的声音。他们让自己远离进步贵族,这时恰好街头广场开始关注宫廷生活,并要求削减宫廷的舒适与惬意。他们开始把目光转向凡尔赛宫的园丁、皇村的上等兵和来自民间的无师自通者,于是拉斯普京[4]们便浮出水面,迅速崛起;但是他们从来也不会辨识君主制在民俗学概念上的民众面前的退缩,它对时代潮流的让步同真正的让步所要求的一切形成异乎寻常的矛盾,因为这种让步只不过是让自己受损而丝毫不利于他人,这种荒唐行径通常也正是在暴露这一危险的意图注定破灭的本质时,决定着它的命运,并由于其自身的软弱无能而显现出令人激动的起义的征兆。

---

[1] 亨利埃塔·玛丽亚(1609—1669):英国国王查理一世的妻子,英格兰、苏格兰和爱尔兰的王后,同时也是查理二世和詹姆斯二世的母亲。
[2] 玛丽·安托瓦内特(1755—1793):法国国王路易十六的妻子,死于法国大革命。
[3] 亚历山德拉·费奥多罗夫娜(1872—1918):黑森和莱茵大公国阿历克丝郡主,维多利亚女王的外孙女,俄国最后一位沙皇尼古拉二世的妻子。
[4] 格里高里·叶菲莫维奇·拉斯普京(1869—1916):本为俄国萨拉托夫省农民,靠佯狂和骗术进入沙皇宫廷,成为尼古拉二世及皇后的宠臣,俄罗斯帝国的神甫。因丑闻百出,引起公愤,后为尤苏波夫亲王等人所杀。

我从国外归来时，恰逢卫国战争百年纪念。[1]布列斯特铁路已改名为亚历山德罗夫铁路。车站都被刷得发白，钟楼看守人都穿上了干净的衬衣。库宾卡车站大楼上旗帜飘扬，各出入口都有加强的岗哨。附近举行过沙皇阅兵式，在这样的场合，站台铺上了松散的还不是到处都已踩实的沙子，暴露出明显的混乱景象。

这并没有在乘客中引起对于拟庆贺事件的回忆。百年纪念的装点陈设呈现出沙皇统治的主要特点——对祖国历史的冷淡与漠视。如果说庆典活动在哪一方面得到了反映，那么它并非反映在思维的进展中，而是反映在列车的运行上，因为列车在各站停车的时间长于预计时间，并由于扬旗信号而比平时更经常地停在旷野上。

我不由自主地忆起冬季来临前去世的谢罗夫[2]，忆起他所讲述的给沙皇家室画像的时刻，画家们在尤苏波夫家的美术晚会上画出的漫画，库捷波夫出版的《亲王与皇家狩猎》[3]所引起的种种趣事，以及与绘画学校相联系的许多适合谈论的琐事；这所学校归宫廷事务部管辖，我们家在那里住了20年左右。本来我甚至可能会忆起1905年革命、卡萨特金[4]的家庭悲剧和我曾有过的

---

[1] 1912年，沙皇俄国曾举行纪念抗击拿破仑率领的法国军队入侵俄国取得胜利100周年的活动。——译注
[2] 瓦·亚·谢罗夫（1865—1911）：俄国画家，作者的父亲列·奥·帕斯捷尔纳克的好友。
[3] 尼·伊·库捷波夫（1851—1907）是沙皇俄国军队的中将，皇族狩猎事务总管，《亲王与皇家狩猎》（1896，1898，1902，1911）是由他主编的四卷本纪念册。
[4] 尼·阿·卡萨特金（1859—1930）：俄罗斯画家，绘画、雕塑和建筑学校的教师，列·奥·帕斯捷尔纳克的朋友。

那一点微不足道的革命性，它曾进一步发展为面对哥萨克的短皮鞭时满不在乎，穿着棉大衣的后背挨了鞭打也不跑开。最后，至于说到警卫队、车站和旗帜，那么它们自然预示着一场最严峻的悲剧，而不是那种我从肤浅的不问政治的视角所认为的无害的轻喜剧。

如果我没有意识到我与之接触的只是一代人中的极小一部分，这对于评价整个知识界也是不够的，那么我可能会说，这一代人是不问政治的。我会说，这一代人曾以这一面出现在我眼前，但是他们也曾以这一面诉诸时代，表达了自己关于科学、哲学和艺术的一系列最初见解。

## 2

不过，一种文化往往不会投入第一个希冀者的怀抱。以上所列举的一切需要通过斗争才能掌握。把爱理解为一场决斗[1]也适合于这种情况。只是由于以全部激情体验过的具有奋斗精神的挚爱作为一种个人事件，艺术才可能实现向青春一代的转轨。初露锋芒者的文学作品充满这种状况的许多预兆。诗坛新秀们联合成若干小组。这些小组又分成模仿派与革新派。这样把一种激情冲动划分为各自独立的两个部分是不可思议的，这种冲动是人们如此坚定不移地猜测到的，它已使整个周遭充满正在发生的而不只是尚在期待中的浪漫故事的氛围。模仿派显示出一种缺乏热度和

---

[1] 19世纪俄国诗人费·伊·丘特切夫（1803—1873）在《命数》（1851）一诗中曾认为男女之间的爱情有时几乎就是"致命的决斗"。

天赋的趋向。革新派则展现了一种不见诸行动的好斗特征，除了已丧失创造精神的愤恨之外，什么也不是。这是一场大型对话中的言论和活动，爱模仿别人的人在窃听到之后，并未估测它们对于这场风暴的鼓舞意义，就逐字逐句地把它们拆解，再一部分一部分地往合乎其意愿的方向扩散。

其实，猜想到的才能超群者的命运已在空中盘旋。几乎可以预言他将成为什么样的人，但是还不能说谁会成为这样的人。从表面上看，几十个年轻人都同样激动不安，同样在思量，同样企图标新立异。对革新的追求作为一场运动，是以协调一致为显著特征的。但是，就像在不同时代的各种运动中那样，这只是由抽奖机卷起的彩票所显示的一致。运动的命运始终是永恒的运动，也即成功的可能性机械移动的有趣现象，从似乎有一张彩票由抽奖机轮盘中跳出的那一刻起，在运动临近退潮之际会突然喷发出中彩、胜利、人物和具有名望意义的火焰。这场运动被命名为未来主义运动。

马雅可夫斯基是运动的胜利者和合情合理的中签者。

# 3

我们是在各小组之间存在偏见的不自然状态中开始结识的。远在相识之前，尤·阿尼西莫夫就把他收进《评判者的陷阱》[1]中的诗作出示给我看，如同一位诗人介绍另一位诗人那样。不过这

---

[1]《评判者的陷阱》(1913)：俄国未来主义者的第二本文集，其中收有马雅可夫斯基的《在磨损的帐篷中……》《启航》等诗。

是"抒情诗歌"这一模仿派小组中的事情，模仿派向来不羞于承认自己的喜好，这样马雅可夫斯基在模仿派小组中就是作为一位大有可为的亲近者出现的，给人以高山仰止之感。

但是在不久后我就加入其中的革新派小组"离心机"中，我得知（这是在1914年春季）舍尔舍涅维奇[1]、博利沙可夫[2]和马雅可夫斯基都是我们的对手，我们正面临着和他们之间的一次非同儿戏的交谈。对于同这个有一次已令我惊讶、越来越从老远处就引人注目的人物之间发生争吵的前景，我丝毫也不感到奇怪。革新派的全部独创性也就在这里。"离心机"的成长在整个冬季都伴随着无休止的争吵。整整一冬，我只知道按小组纪律照章行事，也只是在做为它而牺牲趣味和良心的事情。我已做好准备在迫不得已时再度背离随便什么东西。可是这一次我们对自己的力量估计过高。

5月底炎热的一天，我们已坐在阿尔巴特街的一家小吃店里。这时，上面提及的三个人高谈阔论、充满活力地从街上走进来，把帽子递给看门人，但并未压低被电车和出租马车声淹没的谈话音量，以一种毫不拘谨的自尊神态朝我们走来。他们的音色优美，后来的诗歌朗诵方式也就是由此而来的。他们衣着雅致，而我们的穿戴则漫不经心。对手的架势具有全方位的优势。

在博布罗夫[3]和舍尔舍涅维奇发生争吵——事情的实质在于

---

[1] 瓦·加·舍尔舍涅维奇（1893—1942）：俄罗斯诗人和翻译家。
[2] 康·阿·博利沙可夫（1895—1938）：俄罗斯诗人和散文家。
[3] 谢·帕·博布罗夫（1889—1971）：俄罗斯诗人、翻译家和散文家。

有一回他们刺痛了我们,而我们则给予更粗暴的回击,[1]所有这一切都应当终结——的时候,我一直没有停止对马雅可夫斯基的观察。当时我觉得自己是第一次如此近距离地看见他。

他那以"Э"代替"A"的发音方式,像一块小铁片在颤动似的,是演员所特有的特征。他故意显露出来的尖刻,很容易被想象为另一种职业和状况中的人们所独具的神情。不过他的出奇惹眼也不是孤身一人。他的同伴们就和他坐在一起。其中有一人像他一样扮演着纨绔子弟的角色,而另一人则和他相似,是一位真正的诗人。但是所有这些类似之处都没有减少他的特殊性,而是使其更为突出。与扮演个别角色不同,他同时扮演着所有角色;与扮演角色相反,他是在捉弄生活。对于这最后一点,即便没有关于他未来结局的任何想法,从初次相见时起就可以觉察得到。

虽然任何人在行路和站立时都能让人看见整个身材,但是同样的情况在马雅可夫斯基出现时却给人以奇异的印象,迫使所有人都向他那边转过身去。在他出现的场合,自然的东西好像都有了超自然性。这原因不在于他的身高,而在于另一个更具总体性的、难以捉摸的独特性。和其余人相比,他往往是在更大程度上整个儿显示自身的。已表露和已确定的东西他在身上很多,而在大多数人身上则很少,他们只是在特别受到震动的场合才会罕见地走出愿望不成熟、意图未实现的迷雾。他仿佛生存于为准备应对各种事件而很有影响地度过了具有重大意义的精神生活的次

---

[1] 在《俄国未来主义者的第一本杂志》(1914)中,刊有博利沙可夫、舍尔舍涅维奇和马雅可夫斯基的作品,其内容中含有对"离心机"诗人小组的尖锐攻击;博布罗夫随即发表文章进行反击。

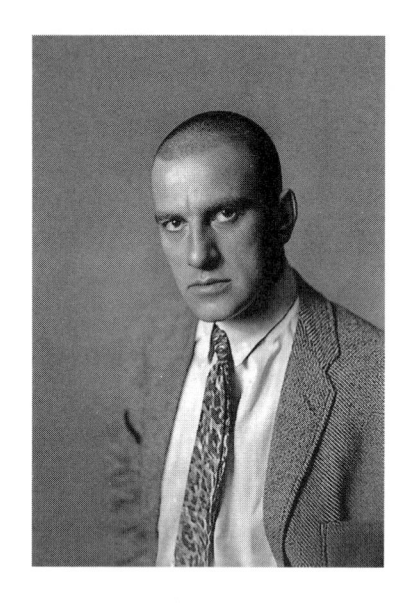

马雅可夫斯基
（1893—1930）

日，因而大家遇见他时，他已处于这种精神生活的不可逆转的沉重后果中。他坐到椅子上，好似骑在摩托车的驾座上，向前探着身子，敏捷地切开并啃咬维也纳煎牛排，玩牌时歪斜着眼睛而不转头，很神气地在库兹涅茨克大街上来回踱步，不时以鼻音低沉地哼着自己和他人诗歌中特别有深意的片段，宛如吟诵弥撒曲。皱着眉头，情绪高涨，还经常出游，登台表演。在这一切的深层背景中，正如在起跑的滑冰运动员的直接滑行背后，总是隐约可见他那先于所有日子的一天，正是在那一天中，他开始这种令人惊叹的加速，如此从容不迫地大大挺直了身体。在他所保持的风度背后，可以感觉到某种类似于断然决定的东西，这种决定已得到执行，其结果已是不可取代的。这种决断就是他的天赋才能，和它的相遇曾在某个时候如此震撼过他，以至已成为他经常性的题材规约,他毫无遗憾、毫不犹豫地完全献身于这类题材的完美表现。

不过他还年轻,这类题材所要面对的形式问题还有待解决。题材总是难以满足的,也不容拖延。所以为了适应题材,不得不在第一时间预想自己的未来,而姿态就是以第一人称实现的预言。

这些姿态在崇高的自我表达的天地中是自然而然的,如同日常生活中的礼节规范那样。他从中选择了具有外在完整性的姿态,它对于艺术家而言是最为困难的,而对于朋友和亲近者来说则是最高尚的。他把这种姿态保持得如此完美,以至现在已几乎不可能对它的内涵进行评述。

但是,超常的羞怯却是他的肆无忌惮的动力源,而在他那假装的毅力下面则隐藏着异常多疑和偏于无端忧郁的薄弱意志。他那黄色短上衣的配搭也有同样的欺骗性。他完全无意于借助于黄色衣衫同市侩们的西装革履进行斗争,而是以它来对抗自身黑色天鹅绒般的天才,这种腻人的黑眉式天才比那些缺乏才能的人更早开始使他愤怒。因为任何人也不像他那样深知不会被冰水渐渐激怒的天然热情的全部鄙俗性,那种足以延续种属的激情对于创作而言是远远不够的,创作所需要的是把世代相传的形象延续下去的激情,也即内在地近似于耶稣受难、其新颖性内在地近似于新的许诺之言的那种激情。

商谈突然间结束。我们本应压垮的那些对手并未被击败就已离去。更确切些说,拟定的讲和条款对于我们来说有损尊严。

街面上这时已变得昏暗。小雨开始稀稀拉拉地下起来。对手们撤出之后,小吃店已空荡无人,令人难受。苍蝇在飞舞,吃剩的甜点和盛过热牛奶的杯子还未收拾。不过并未出现大雷雨。阳光甜美地照射在布满淡紫色小圆点的护墙板上。这是1914年5月。历史的波折已如此临近。可是谁思虑过这些意外的变故？粗糙的城市就像《金鸡》[1]中的珐琅和金色薄片那样光泽闪现。白杨树涂漆般的绿色闪闪发光。它们在最后一次染上刺眼的青草色之后，很快就要与其永远分离。我曾为马雅可夫斯基的出现而欣喜若狂，并已开始挂念他。不知是否还要补充说明，我已背离的完全不是我愿意背离的那些人。

## 4

第二天，我们又偶然地在"希腊咖啡馆"的帆布遮阳篷下相遇。在普希金路和尼基塔路之间铺开的大面积金黄色街心花园，静静地、直挺挺地平卧着几只干瘦的长舌狗。它们打着哈欠，伸伸懒腰，为了更舒适而都把嘴巴搁在前腿上。保姆、干亲家们相互间全都在不知为何事说长道短，伤心难过。蝴蝶转眼间就收拢了翅膀，仿佛融化在暑热中，忽而又张开翅膀，被非正常的热浪裹挟到一旁。一个穿着白衣的小女孩大概已浑身是汗，却全身保持着腾空而起之状，并不断以跳绳时发出嗖嗖声的圆圈拍打自己的脚踵。

我远远地看见了马雅可夫斯基，随即也让洛克斯注意到他。他在和霍达谢维奇玩抛硬币猜正反面的游戏。此时霍达谢维奇立起身来，付过败局应交钱款，从遮阳篷下出来，向斯特拉斯季林

---

[1] 指尼·安·里姆斯基-柯萨科夫（1844—1908）的童话体歌剧《金鸡》（1907）。

荫道那边走去。马雅可夫斯基一人仍旧坐在桌子边上。我们走到遮阳篷下，和他打了个招呼，接着就交谈起来。稍过片刻，他建议读点什么东西。

白杨已郁郁葱葱，干燥的椴树还有些灰蒙蒙的。被跳蚤惹得失去耐性的几只睡意未消的狗，猛然间竭尽全力地立起身来，向天呼叫，请上苍来证明自己在道义上无力抗拒粗野的力量，又在困倦状态气愤不已地重新歪倒在沙地上。机车在已改名为亚历山德罗夫铁路的布列斯特铁路线上发出刺耳的汽笛声，周围有人在理发、剃胡须、烘烤和煎炸食品，讨价还价，来回走动——他们什么也没注意。

他朗读了那时刚刚问世的悲剧《弗拉基米尔·马雅可夫斯基》。我凝神屏息、潜心贯注地听着，直听得忘乎所以。以往我从未听到过与此类似的朗诵。

这里一切俱在。林荫道、小狗、白杨和蝴蝶。理发师、面包师、成衣匠和机车。为什么要一一援引呢？我们全都记得这个在闷热而神秘的夏季出现的文本，而现在甚至每个人都可以享有它的第 10 版。

机车在远处大声鸣叫。在他高声诵读的作品中也有着就像在大地上一样的无尽的远方。这里拥有永不枯竭的崇高感情，舍此就不会有独创性；拥有从生活的任何一点向任何方向展现的无限性，舍此诗歌就是一种暂时未得到阐释的被误读的话语。

这一切又是如此质朴。艺术在这里被称为悲剧。也应当这样为之命名。悲剧被称为《弗拉基米尔·马雅可夫斯基》。这个题目隐藏着一个简直是天才的发明：诗人并非作者，而是以第一人称面向世界的抒情作品的对象。题目并非作家的名字，而是悲剧内涵的姓氏。

# 5

其实，那时我已把马雅可夫斯基整个地从那条林荫道带进了自己的生活。但是他块头很大，在别离之际留住他是不可想象的。我就这样失去了这位诗友。于是他便让我一再想起他来。这是由于《穿裤子的云》《脊柱横笛》《战争与世界》和《人》等诗作。在若干时段间隔中忘却的那些东西如此之多，以至也需要一些额外的提示。这些提示事实上也正是这样异乎寻常的。上文列举的每一篇诗作的出现都让我措手不及。他在每一时段的发展都令人难以辨认，似乎他又像第一次诞生那样再度新生。习惯他是不大可能的。在他身上究竟有什么东西让人如此不习惯呢？

他拥有一些较为稳定的品质。我的热情和兴奋也是相对平稳的。这种热情总是为他而准备的。由于这些条件，我的习惯好像也不会做出什么质的飞跃。可是情况正是如此。

在他富有创造力地存在之际，我曾以四年时间去习惯他，还是未能习惯。后来我却在两小时加一刻钟内习惯了他，那是在阅读和品评非创造性的《一亿五千万》时所用的时间。然后我又带着这种习惯苦恼了十多年之久。再后来我突然间一下子就含着眼泪把它丢失了，当时他还像往常那样放开喉咙让人们想到他，不过已是从坟茔中发出声音了。

不能习惯的并非他本人，而是那个他掌握在自己手中、随心所欲地时而让其运行、时而使它无所事事的世界。我任何时候也不会理解，一块磁铁失去磁性对他有何益，当这块马蹄铁要保持外形的完整时一粒沙子也动不了，而先前它却能激发任何想象，以诗行的韵脚吸来随便多重的东西。在历史进程中未必可以找到另一个这样的范例：一个人进行新的试验已走得如此之远，却在他本人预言这项试验纵使要付出无数困窘的代价也已成为他的迫切需要时，这样完全彻底地放弃了它。他在革命中的位置表面上是如此合乎逻辑，实际上却是如此勉强而空洞，对于我而言也是个永难识破的谜。

不能习惯的是悲剧的主人公弗拉基米尔·马雅可夫斯基，是这部悲剧内涵的姓氏，是永远存在于诗歌中的诗人，是被最强者实现了的可能性，而不是不能习惯一个所谓"有意思的人"。

我带着这一股脑儿的不习惯从那条林荫道返回家中。我租下了一间从窗口可以看见克里姆林宫的房间。尼古拉·阿谢耶夫[1]无论何时都可以从莫斯科河对岸来我这里。他可能是从西尼亚科娃姐妹[2]那里过来的，那个家庭拥有丰厚而多样的天赋。我在来访者身上发现的是：貌似杂乱无序的卓越的想象力，装成基础不扎实的音乐才能，高度的敏感，以及与真正的演员气质相匹配的

---

[1] 尼·尼·阿谢耶夫（1889—1963）：俄罗斯诗人，帕斯捷尔纳克刚开始发表作品时曾与其接近；在20世纪20年代，阿谢耶夫和马雅可夫斯基更为亲近。

[2] 西尼亚科娃姐妹：这姐妹俩那时都居住于莫斯科。其中的克谢尼娅·米哈伊诺夫娜不久后成为尼·阿谢耶夫的妻子。

狡黠。我爱戴他，而他则迷恋于赫列勃尼科夫[1]。但我不明白他在我身上发现了什么。我们从艺术和生活中所获得的，都各不相同。

# 6

亭亭白杨绿树成荫，金顶和白石的倒影仿佛一些蜥蜴沿着河水游动，我就在这时穿过克里姆林宫到达波克罗夫火车站，再从那里会同巴尔特鲁沙伊蒂斯[2]夫妇，一道前往位于图拉省的奥卡河畔。维亚切斯拉夫·伊万诺夫[3]就住在河边。其余的避暑客也同样来自文艺界。

丁香花犹然盛开着。鲜花从远处蔓延到大路上，刚刚在庄园宽阔的入口处举行了虽然没有音乐和食品却很活跃的欢迎仪式。在庄园内，要穿越空寂无人、已被牲畜踩破、不均匀地长着青草的院子，再往下走很久才能靠近房舍。

这年夏天有望成为炎热而富饶的时节。我为那时兴建的小剧院翻译了克莱斯特的喜剧《破瓮记》。公园里有很多蛇。每天人们的言谈都涉及蛇，喝鱼汤时谈，游泳时也谈。当有人建议我也随便谈谈自己时，我便开始谈起马雅可夫斯基。这里并没有差错。我崇拜过他。我曾把他作为自己精神前程的人格化。在我的

---

[1] 维立米尔·赫列勃尼科夫（1885—1922）：原名维克托·弗拉基米罗维奇，俄国未来主义诗人。
[2] 尤·卡·巴尔特鲁沙伊蒂斯（1873—1944）：俄国和立陶宛象征主义诗人。
[3] 维·伊·伊万诺夫（1866—1949）：俄国象征主义诗人。

记忆中，维亚切斯拉夫·伊万诺夫在那时已首先开始把他和雨果的夸张风格进行比较。

# 7

宣战之际，阴雨天已开始，大雨如注，女人们已开始初洒眼泪。战争还是人们所没有经历过的，也由于这种陌生性而令人恐惧得颤抖。谁也不知道怎样对待战事，只能像踏入冰冷的水中那样进入战时状态。

各地从乡村前去参加集训的人们所乘坐的旅客列车，均按旧有的时刻表开出。列车开动了，车头在铁轨上猛烈跳动，一阵阵不像哭泣、温柔得不自然、宛如花楸果那样苦涩的咕咕声尾随着它发出轰鸣。有人搀扶着一位上了年纪、按非夏季的样子包扎严实的女人。应征入伍者的亲属简要地劝说她，把她引到车站的拱门下面。

这类仅仅在宣战后最初几个月中存在的送别曲，比其中所表露的少妇和母亲们的悲伤流传得更广。它沿着铁路线形成了一种特有的风习。站长们在听到送别曲时会举手行礼，电线杆也会为它让路。它披戴着到处可见的阴雨天的暗淡衣饰，改变了边远地区的模样，因为这是一种耀眼刺目的改变习惯的东西，在以往的多次战争中从未被触动，在刚刚流逝的夜间才从被遗忘的角落里取出来，早晨再由马运送到列车近旁，一旦从车站拱门之下被押送出来后，就又沿着充满辛酸的、泥泞的乡间小道被送回家中。人们就这样送别那些不用服役的孤独者，或者是和乡亲们一起坐在绿皮车厢里到城里去的人。

那些准备从预备队增补到作战部队中去的士兵们，将直接奔赴最令人恐惧的去处，人们迎送这些人时均未大声哭诉。他们全身紧裹军装，已不像庄稼汉的样子，从高高的取暖货车上面跳到沙地上，马刺碰得叮当响，凭空拖着斜披在身上的军大衣。另一些人站在车厢里的栏杆旁，拍打着马匹，而它们则傲气地尥蹶子，踢着脏乱的、有些地方已开始腐烂的车厢木地板。站台并没有免费提供苹果，也没有偷偷伸手到口袋里去拿什么酬谢，却满脸红润，向那些扎得严严实实的头巾角窃笑。

9月份已结束。凹地上垃圾般的榛树林中满是火灾熄灭后的肮脏，树枝已被风雨和偷摘榛子的不速之客弄弯或折断，显现出因顽强抵御不幸而拧伤所有关节后的破败而凌乱的景象。

好像还是在8月间的某天中午，露台上的刀叉盘碟稍有些发绿，暮霭降临到花坛上，群鸟不再叽叽喳喳。天空仿佛摘下隐形帽似的，开始给自己脱去受骗时披在身上的明朗夜幕。空荡荡的公园不祥地朝上斜视着那个把大地变成某种不起眼之物的贬抑性谜语，这公园曾以全部根须如此骄傲地吮吸大地的显赫声誉。一只刺猬突然滚到小路上。一条软弱无力的蝰蛇就像埃及象形文字似的，如同一根打了结的绳子伏在刺猬身上。刺猬微微动弹一下，再猛然甩掉蝰蛇，接着就完全静止不动了。片刻之后，它又重新收拢和竖起浑身干硬的棘刺，伸出又藏起小猪般的嘴脸。在持续犯糊涂的整个时间内，这位带刺的球体犯疑者时而变得像一只靴子，时而缩成一只刺果，直到再度出现的确定无疑的征兆，才能把它赶回到小窝里。

# 8

到了冬季，西尼亚科娃姐妹之一季·米·马蒙诺娃[1]迁居到特维尔林荫道。人们纷纷前去拜访。常去她那里的有优秀的音乐家伊·多布罗韦因[2]（我曾和他友好相处）。马雅可夫斯基也去过她家。那时我已习惯于把他视为我们这一代人中首屈一指的诗人。时间表明我没有错。

确实，还有赫列勃尼科夫的纤细入微的原创性作品。但是他的功绩所在的那部分创作至今仍和我格格不入。因为在我的理解中，诗歌毕竟是在历史中产生的，并且总是和现实生活携手合作的。同时还有抒情诗人谢维里亚宁[3]，他如同莱蒙托夫那样以现成的形式直接运用诗节进行表达，虽然也带有粗糙和鄙俗，但还是以其坦率直爽、一览无余的天赋这种罕与其匹的格局令人倾倒。

不过，马雅可夫斯基却构成诗歌领域的巅峰，这也是稍后得到证实的。后来，每当这一代人戏剧性地自我表达，把自己的发言权交给诗人时，无论叶赛宁、谢尔文斯基或茨维塔耶娃，在他们同属一代的联系中，也即他们从时代出发诉诸世界时，都可以听到马雅可夫斯基亲切音调的回声。我没有提及像吉洪诺夫、阿谢耶夫这样的大师，因为我接下来也将局限于涉及这条我感到更亲切的充满戏剧性的路线，而他们则为自己选择了另一条路线。

---

[1] 季·米·马蒙诺娃－西尼亚科娃（1886—1942）：俄罗斯歌唱家，演员。
[2] 伊赛·亚历山德罗维奇·多布罗韦因（1890—1955）：俄罗斯音乐家、乐队指挥。
[3] 伊戈尔·谢维里亚宁（1887—1941）：原名伊戈尔·瓦西里耶维奇·洛塔列夫，俄国"立体未来主义"诗人。

马雅可夫斯基很少独自出现。伴随他的通常是一些未来主义者，从事文艺运动的人。在女主人马蒙诺娃那里，我生平第一次看到一只气炉子。这项发明物还没有臭气散发出来，不知谁会想到它将这样糟蹋生活，并在生活中得到这样广泛的推广。质地纯净、呼呼作响的炉体喷出高压火苗。肉饼在气炉子上一块接一块地被煎出来。女主人及其助手的肘部蒙上了高加索人那样的巧克力色黝黑。当我们走出餐厅去探望女士们，像未开化的巴塔哥尼亚人那样为了一技之长而躬身于那只铜炉面——它已成为某种体现出阿基米德般光彩的物品——之际，本来不暖和的小厨房就变成了火地岛[1]上的一处栖息地。接着我们就跑去拿啤酒和伏特加。客厅中的那株高高的圣诞树好像已和林荫道上的树木神秘地联系起来，把枝丫伸向钢琴。圣诞树显得庄重而忧郁。整个沙发上都堆满了糖果甜食似的闪光的金银丝，它们有一部分还放在纸盒里。一早就特意请人来装饰这株圣诞树，尽可能在下午三时左右完工。

马雅可夫斯基朗读了诗作，引得大伙儿发笑，匆匆忙忙地吃完晚饭，不是很耐心地等待着大家坐下来打牌。他待人刻薄，却假装讲礼貌，十分高明地掩饰自己常有的激动。他出过一件事情之后，身上已发生某种转变。他已认清自己的使命。他坦然地故作姿态，却带有如此隐蔽的不安与狂热，以至在他的姿态上留存着一滴滴冷汗。

---

[1] 火地岛：位于阿根廷、智利地区，在这里生活的主要是阿根廷的巴塔哥尼亚人。——译注

## 9

不过他并非总是在革新派的伴随下来到这里的。一位诗人经常陪伴着他，此人荣幸地经受过往往是同马雅可夫斯基为邻的那种考验。我所看见过的和他在一起的许多人中，博利沙科夫是唯一的一位我可以毫不牵强地把他和马雅可夫斯基相提并论的人。正如后来他和终身的朋友莉·尤·勃里克[1]还要更忠贞不渝地紧密结合在一起那样，这种友谊很容易被理解，也很自然。与博利沙科夫在一起，就不必为马雅可夫斯基担心，他总能适可而止，不会贬损自己。

他的同情通常会引起困惑。这位拥有坚定而引人入胜的自我意识的诗人，在呈现抒情诗的本源，以中世纪的胆略使这种本源接近特定题材方面比所有人都走得更远，在对这类题材的无限制地、绘声绘色地描写中，诗歌往往以几乎和宗派主义如出一辙的语言进行倾诉；他也同样广泛而牢固地掌握了另一种更具地域性的传统。

他看到自己脚下的一座城市，那是从《青铜骑士》《罪与罚》《彼得堡》的底部逐渐向他升起的城市，是一座处于毫无必要地被含混地称为"俄国知识分子问题"薄雾中的城市，实际上就是一座处于对未来永远进行猜测的城市，19—20世纪的一座缺少保障的俄国城市。

他怀抱着这些设想，同时以这些包罗万象的直观，几乎像忠

---

[1] 莉·尤·勃里克（1891—1978）：俄罗斯作家、翻译家、编剧，作家奥西普·勃里克的妻子，马雅可夫斯基的女友。

于职守那样忠于自己偶然而匆忙地吸纳、总是平庸得不成体统的帮派想出的所有琐细伎俩。这个人对真理有一种几乎是动物式的想望，让自己置身于一些爱吹毛求疵的小人、徒具虚名的人士、虚伪而无谓地贪图名利的人中间。或者还是谈谈主要的方面吧！他直到最后仍然在一些运动老将身上寻求某种东西，虽然他本人早已且永远地废止了这类运动。这大约是致命的孤独所造成的结果。这种孤独是一次性形成，随后又因墨守成规而自愿加深的，而墨守成规有时会把意志带到已意识到不可避免的那个方向。

# 10

但是，所有这一切都是晚些时候才显示出来的。未来种种怪事的征兆在那时还是微弱的。马雅可夫斯基朗诵了阿赫玛托娃、谢维里亚宁、他本人和博利沙科夫关于战争与城市的诗作，我们在夜间离开朋友们而进入的这座城市，是战争期间位于大后方的城市。

我们在对于辽阔而崇高的俄罗斯而言永远是困难的交通和补给方面的事情已经遭遇失败。最初的投机经营的幼虫已经从"凭单、药剂、执照和冷藏业务"这类新词中破壳而出。就在这些投机者打起火车车厢的主意时，大批精力旺盛的本地居民被送上这些车厢，夜以继日地伴随着歌声被运送去替换那些由军用救护列车拉回来的残废人员。连最优秀的姑娘和少妇们也要去当护士。

前线是可以看到实际情况的地方，后方反正都会陷入虚假的境地，即使它并未另外故意地耍弄撒谎的花招。城市就像一个被捕获的小偷那样躲藏在空泛辞藻的背后，虽然那时还没有什么人去捉拿它。正如一切伪善者那样，莫斯科过着一种外表上提高了的生活，鲜艳耀眼，但只是冬季花卉橱窗中的那种不自然的耀眼。

每逢夜间，莫斯科也好像和马雅可夫斯基的声音一模一样。城市中所发生的那些事情和这个声音反复诉说并猛烈抨击的现象，就像两滴水那样彼此相似。不过，这并非自然主义所想象的那种类同，而是把阴极与阳极、艺术家与生活、诗人与时代结合为一体的那种关系。

莫斯科警察局局长的住所在马蒙诺娃的房子对面。秋天里，因登记参加志愿兵时必须办完一项手续，我连续好几天都碰到了马雅可夫斯基，好像还有博利沙科夫。我们彼此之间都对办理这一手续避而不谈。虽然有家父的赞同，我还是没有把这件事办妥。不过，要是我没记错的话，我的几位同伴那次也是什么都未办成。

老舍斯托夫的美男子儿子、一名陆军准尉奉劝我放弃这一想法。他清醒而明确地给我陈述了前线的情况，预先告诉我在那里遇见的一切只会同我认为可能发现的情况恰恰相反。在这次休假之后不久，他就在返回前沿阵地后的第一场战斗中阵亡。[1] 博利沙科夫进入特维尔骑兵学校，马雅可夫斯基稍晚些时候如期应征入伍，我则是在战争打响前的夏季免服兵役后又通过数次最后的

---

[1] 俄国哲学家列夫·舍斯托夫（1866—1938）之子谢·利·利斯托帕特，1916年去世。

复查才得以免服兵役的。[1]

一年以后，我到了乌拉尔。此前我曾前往彼得堡停留数日。这里对战争的感觉不如我们那边明显。当时已入伍的马雅可夫斯基早早就被安置于此。

同往常一样，首都繁忙的交通被它那幻想般的、不至于被生活需求耗尽的广阔空间的慷慨大方所遮掩。马路本身就是冬季和暮霭的色调，所以无须额外给它们那闪耀的银光增添数不清的路灯和白雪，就可以驱使它们奔向远方，生机勃发。

我和马雅可夫斯基沿着铸造厂大街漫步，他迈开脚步踩踏街道上的里程标，我则照常为他那可以作为任何风景之护栏和边饰的能力而震惊。在这一方面，星光闪耀的灰蒙蒙的彼得堡比莫斯科还要更和他相称。

这是《脊柱横笛》和《战争与世界》的初稿正在孕育中的时期。此时，那本橘黄色封面的小书《穿裤子的云》业已问世。

他谈论着引我去见过的那些新朋友，谈论着和高尔基的结识，以及社会性题材怎样越来越广泛地渗透到他的构思中，迫使他以新的方式在一定时间内按分配均匀的定量去写作。也就在那时，我第一次到过勃里克家做客。

我对他的种种想法，若是分别陈列在《上尉的女儿》那半亚细亚式的冬季景色中、乌拉尔地区和普加乔夫起义的卡马河畔，

---

[1] 作者因1903年腿部摔伤而得以免服兵役。

也会比放置于两座都城还要自然些。[1]

二月革命后，我很快就返回了莫斯科。马雅可夫斯基从彼得堡过来，住在斯托列什尼科夫胡同。第二天早晨我就去宾馆看望他。他已起床，在穿衣服时就给我朗读了《战争与世界》的新稿文本。我并没有去详谈自己的印象。他在我的两眼中读出了我的印象。除此之外，他也知晓自己影响我的程度。我谈起未来主义，还说要是他现在公然宣称让这一切都见鬼去，那就好极了。他笑起来，几乎同意了我的说法。

很久以来，或者更确切些说，我总是厌恶所有那些特殊的、"与众不同的"、一切都需要装饰和说明的东西。[2] 我认为，只有一种不言自明、无须解释的东西才像公理那样能站得住脚，而在必要的情况下，它也能勇敢地剔除自己身上那种短暂存在的不寻常性。顺便说说，同时代人中只有马雅可夫斯基一人了解，我从不会捏造什么，同时他确信我完全不需要任何急切的表白。正是在这一点上，叶赛宁不相信我。他对我一向是持否定态度的，而且他的反感还有着许多与生俱来的根源。我总是承认甚至尊重这些反感的天然力量，因为甚至在大自然和我处于对立状态之际，它也因为像揭去奶皮子后的牛奶的那种胆怯和正派让我感到无限

---

[1] 作者的这些想法，在他写的关于莎士比亚的文章（1916）、为马雅可夫斯基的诗集《浑厚如哼》所写的评论（1917）中，都得到了反映。普希金描写普加乔夫起义的小说《上尉的女儿》的情节发生地点，如乌拉尔地区和卡马河畔，帕斯捷尔纳克都曾去过。

[2] 从这一句开始，以下三段文字在《保护证书》的最终定稿中是不存在的。译文系根据俄文版11卷本《帕斯捷尔纳克全集》第3卷"早期文稿"中所收的原文翻译。

亲切，靠着这种正派，平庸之辈才得以保护自己免受侵犯，尽管这可能既无结果也不悲壮。我所说的不是反感，我看待它就像看待我的诞生那样，认为那是一种令人极度不满意、完全不为我所需要、在精神上与我格格不入的个别情况；但是关于它，我在交谈中所言也就是我心中所想的，而叶赛宁却认为这是我卖弄风情。不过，只有他在最深信不疑地评头论足时所显出的那种过于自负，只是在他向我提供关于他自己无知无识的令人信服的证据时，才触怒了我。他不了解，远离谦虚低调的志趣和追求的整个范围，在世界上并不限于特定城市、特定年代中的某些不谦虚者的行为举止。我的自尊感的性质与根源，马雅可夫斯基是很容易理解的。

"瞧，这就是它——未来主义，请看一看吧。"他在彼得罗夫卡大街乐器商店的橱窗边停下来，突然对我说道。乐谱的封面上画出的是一种无可补救的非实际存在的色调。但是它作为一种范例还是较好的，因为名不见经传的"前巡回展览派"的低俗进入了创新的样品，这种低俗保持着对自己那个时代的某些遗训的忠诚，颇合时宜地没有背叛这些遗训，哪怕是为了进入"巡回展览派"的行列。他赞同我的看法，但是没有接受我关于反对那个时期（未来主义）异国情调的建议。我们走到卢比扬卡之后，就各奔东西了。

前面等待着我的，是《我的姐妹——生活》所书写的那个夏天。

## 11

上文已谈到，我是怎样理解马雅可夫斯基的。但是，没有伤痕和牺牲就没有爱。我已讲述过马雅可夫斯基进入我的生活时是一个什么样的人。剩下还要说的是，在这期间我的生活中发生了什么事情。现在我将忆及这些遗漏之处。

那一次在经受全面震动后从林荫道上返回时，我不知道以后要做什么。我已意识到自己完全平庸无才。这还不那么要紧。但是我感到自己在他面前有某种过失，却不能认识过失何在。假若那时我还比较年轻，我也许会放弃文学。可是我的年龄阻碍了这一选择。在历经种种改弦易辙之后，我已不能决定做出第四次重新抉择。

这时还出现了另一种情况。时代和所受影响的共同性让我和马雅可夫斯基亲近起来。我们在某些方面是一致的。我曾注意到这些相同之处。我懂得，假如我自己不去做点什么，那么这些相同点将来还会增多。应当保护我要做的事避免这些相同点的庸俗性。当然我不会说出这一想法，而只是决定排除把我引向他身边的那些东西。我放弃了浪漫主义风格，这样就形成了《越过壁垒》的非浪漫主义诗风。

但是，在我此后便禁止自己陷入的浪漫主义风格之下，却隐藏着一种完整的世界观。这种世界观把生活作为诗人的生活来理解。这种理解是由象征主义者传递给我们的，而象征主义者则是从浪漫主义者，主要是德国浪漫主义者那里接受的。

这种观念仅仅在某一时期内支配过勃洛克。在他的诗歌形式中，观念也是为他所特具的，因此"把生活看成诗人的生活"这种观念不可能让他满意。他想必只能或者强化、或者丢弃它。勃洛克与这种观念分道扬镳了，而马雅可夫斯基和叶赛宁则强化了这种观念。

在自己的各种象征符号中，也即在形象地同俄耳浦斯教[1]和基督教相关联的一切中，在这个认为自己就是衡量生活的尺度并为此而付出生命代价的诗人身上，对生活的浪漫主义理解是明显而无可争议地令人信服的。在这个意义上，某种永不消逝的东西因马雅可夫斯基的生活和叶赛宁以任何修饰语都无法囊括的命运而得到了体现，其中后者竟乞灵于自残并遁入童话世界。

可是除了传说外，浪漫主义的这一计划却是虚幻的。被当成这一计划之基础的诗人，如果没有非诗人的衬托则是不可思议的，因为这个诗人不是全神贯注于道义认识的活跃的个人，而是一个供人观看的传记式的象征符号，它要求有一种背景以显示自己的轮廓。有别于在天空中才能听到的诸神受难剧[2]，这种悲剧需要有平庸之辈的敌意才能看到，正如随着市侩习气的丢失而失去自己一半内容的浪漫主义永远需要庸俗行为那样。

游艺表演式地理解人的生平经历是我们那个时代所固有的。我曾和大家一起分享了这一观念。当它在象征主义者那里还处于一种非必要的、隐隐约约的状态，当它还没有把英雄主义作为前提，尚未带有血腥味的时候，我就同它分道扬镳了。于是，首

---

[1] 俄耳浦斯教：古希腊的宗教神秘主义思潮，它的产生和复活同狄奥尼索斯崇拜及引入灵魂净化仪式紧密相关。
[2] 即中世纪的诸神受难神秘剧。

先，我无意识地挣脱了这一观念的羁绊，同时抛弃了以它为基础的浪漫主义方法。其次，我也有意识地躲避它，因为它那不适合我的华丽风格会限制我的技艺，我担心任何形式的、会将我置于尴尬处境和不恰当位置的矫饰美化。

当《我的姐妹——生活》出版时，人们在其中发现的完全不是关于那个革命的夏天向我展示的当代画面的诗歌表达，我也就感到怎样说出产生这本小书的力量已无所谓，因为它无论比我本人还是比笼罩着我的那些诗学观念都重要得不可估量。

## 12

冬季的暮色、恐怖、阿尔巴特街一带的房顶和树木从西弗采夫－弗拉热克胡同那边窥视着几个月都没有清扫的饭厅。住所的主人[1]是一位留着胡须的报刊工作者，为人极度漫不经心，但很善良，人们都以为他是个单身汉，其实他在奥伦堡省已有家室。只有在出现空闲时，他才把自己晨读时积攒在餐桌上的各种倾向的报纸、由肉皮和面包头构成的像匀称沉积物似的石头般的早点残渣扒拉成一大抱，送到厨房中。在我还没有失去愧疚心的时候，每逢30日，炉灶下面都会燃起发出呼呼声的耀眼火苗，发出浓郁的香味，仿佛狄更斯在《圣诞故事集》中关于烤鹅和事务所职员的那些描写。黑夜降临时，岗警就心血来潮地用左轮手枪开始射击。他们有时一阵接一阵地射击，有时则以零星的试探性点射

---

[1] 指记者米·达·罗兹洛夫斯基。1917—1918年，帕斯捷尔纳克曾在罗兹洛夫斯基位于西弗采夫－弗拉热克胡同12号的住所中租住一个房间。

向着夜空开枪,后一种方式在必定造成致命性方面是十分可怜的,因为他们不能把握轻重缓急,有多人死于流弹,所以为了免遭危险,宁愿把各条胡同中的岗警统统换成钢琴节拍器。

有时候他们射击的嗒嗒声变为撒野的号叫。于是好像常常一下子不能辨别这声音是街头传来的,还是室内就有的。这是唯一的房客——一部完全处于失忆状态的带插塞的手提电话机在清醒后几分钟内,从它的书房里召唤人去接电话。

有人打电话来请我从这里到特鲁勃尼科夫胡同的一家独院住宅[1]去,参加那时仅仅在莫斯科才能有的所有诗坛人士的集会。我就是用这部电话机和马雅可夫斯基争论的,但在时间上要早得多,应是在科尔尼洛夫叛乱之前。

马雅可夫斯基告诉我,已把我和博利沙科夫、利普斯克罗夫[2]的姓名一起登在他的海报上,同样在列的还有他的几位最忠实的追随者,似乎还包括一个曾用额头撞破一俄寸厚木板的人[3]。我差不多为有这样的机会而高兴,这时候我好像头一回和一位陌生人交谈那样和我所喜爱的人对话,而且越说越陷入激动中,一次又一次驳回他的论据,为自己辩护。我所惊讶的与其说是他的放肆无礼,不如说是他在这时表现出来的想象力的贫乏,因为正如我所说过的,事情不在于他未经同意就使用我的名字,而在于他令人懊恼地确认,我和他分离后的两年并未改变我的命

---

[1] 指特鲁勃尼科夫胡同17号住所,它当时归画家和收藏家伊·谢·奥斯特罗乌霍夫(1858—1929)所有,现为国立文学博物馆所在地。
[2] 康·阿·利普斯克罗夫(1889—1954):俄罗斯作家、翻译家。
[3] 此人名为弗拉基米尔·戈利德斯米特。

运和创作活动。应当首先关心一下我是否还活着，是否因为什么更好的事业而抛弃了文学。对此，他颇有理由地表示反对，说我从乌拉尔返回后就已在春季和他见过一面。不过，这个理由也很令人奇怪地未被我接受。于是我便以毫无必要的坚定性请求他通过报纸对海报进行修正，但因晚会日期已近，事情并未办成，而由于那时我默默无闻，装模作样也毫无疑义。

虽然当时我对《我的姐妹——生活》还是不事喧哗，并遮掩自己已做过什么，但是当周围人都认为我一仍其旧时，我也不能忍受。除此之外，也许正是马雅可夫斯基徒劳无益地加以引述的那次春日交谈，还全然隐隐地存活于我心中，因此在当时说过的所有那些话之后，这次邀请的不合逻辑就这样激怒了我。

# 13

过了几个月，在诗歌爱好者 A 家中，马雅可夫斯基又让我想起电话中的这次争吵。[1]聚集在那里的有巴尔蒙特、霍达谢维奇、巴尔特鲁沙伊蒂斯、爱伦堡、薇拉·英贝尔、安托科利斯基、卡缅斯基、布尔柳克、马雅可夫斯基、安德烈·别雷和茨维塔耶娃等。自然，我还不可能知道茨维塔耶娃在未来将发展成一位无与伦比的诗人。但是，在我还不了解她那时已出版《里程标》这样的优秀诗集时，由于她那映入我眼帘的纯朴，我已本能地对在

---

[1] 这次聚会是于1918年1月28日在米·奥·采特林（笔名阿马里，1882—1945）家中进行的。玛琳娜·茨维塔耶娃在1922年6月29日致帕斯捷尔纳克的信中曾忆及这次会面的情景。

座的她另眼相看。在她身上可以感觉到一种于我而言很亲切的性格特征——随时准备丢弃所有习惯和优先权，只要有某种崇高的东西让她振奋，令她神往。于是我们便以几句坦率的、同伴式的话语互相致意。在我看来，和晚会上聚集在房间中彼此诋毁的象征主义者和未来主义者两大流派的人们相比，她简直是一位活着的智慧女神。

朗诵开始了。大家按年龄顺序诵读，但并未取得什么可以感觉到的成功。轮到马雅可夫斯基时，他站起身来，用手扶住沙发靠背上端一个空搁板架的边缘，开始朗读长诗《人》。正如我一度总是认为的那样，他好似一尊浮雕塑像，矗立于坐着或站着的人们中间，时而以一只手托着好看的脑袋，时而拿膝盖抵住沙发的长圆形扶手，朗诵着这非凡深邃而激情昂扬的诗篇。

安德烈·别雷及马格丽特·萨巴什尼科娃[1]坐在他的对面。别雷在瑞士度过了战争年代。革命吸引他返回了祖国。[2]他可能是第一次看见马雅可夫斯基并听到后者的朗诵。他听得很入迷，虽未流露出任何欣喜，但是他的面部却表现得比此更为激昂。面对朗读者，他既感到惊讶，也怀有感激。有一部分听众，包括茨维塔耶娃和爱伦堡等，我是看不见的。我观察着其余的人。大部分人都未能超越令人羡慕的自尊的范畴。所有人都觉得自己有名望，都是诗人。只有别雷完全忘乎所以地听着朗读，似乎被一种没有任何遗憾的欢快带向了无限的远方，并因为这种欢快而感到

---

[1] 马格丽特·萨巴什尼科娃（1882—1973）：俄罗斯画家，作家和翻译家，诗人马·沃洛申（1877—1932）的第一任妻子。
[2] 安德烈·别雷于1916年9月从瑞士返回俄罗斯。

自己就像待在家中那样处于一个高峰，除了奉献和随时准备奉献之外，什么也不在话下。

两个一以贯之地竭尽全力进行自我辩护的颇具才华的文学流派在我眼前发生了冲突。在我体验到一种自豪的喜悦之情的别雷近旁，我以双倍的强度感觉到马雅可夫斯基的在场。他的特质以第一次相见的全部新鲜感向我展现。在那天的晚会上，我最后一次体验到这一点。

此后，几度春秋匆匆掠过。刚过去一年，我就在第一个为他朗读《我的姐妹——生活》中的诗作时，从他那里听到了比期望什么时候能从别人那里听到的多十倍的评论。又有一年逝去。他在一个狭小的圈子内朗读了《一亿五千万》，不过我第一次什么话也没对他说。在已逝的、我们在国内和境外常常相见的若干年时间内，双方都曾尝试友好相处，协同工作，但是我对他的理解却越来越少。关于这段时期，将另外有人讲述，因为在这些年中，我已触到自己理解力的边界，显然是不可逾越的边界。关于这段时光的回忆可能会相当贫乏，不会给已陈述的部分增添什么内容。所以我将直接转入我仍然要说完的话题。

# 14

我拟讲述的是可以称为"诗人的最后一年"的那种一代又一代屡见不鲜的奇怪现象。

未能加速实现的构思突然终止。除了新的、目前才认为这些构思可能实现的信心之外，往往不会给它们的未完成状态增添任何东西。这种信心将传诸后代。

人们在改变习惯，过分重视自己的新计划，对精神高涨赞不绝口。未料及突然间——事情就结束了，这种完结有时是迫不得已的，常常是自然而然的，但是由于当时无意于自我保护，就很相似于自杀。于是人们又忽然醒悟，做过一番对照。他们喋喋不休地谈论各种计划，出版《现代人》，准备创办一份农民杂志。还举办了"工作20年"展览会，设法谋求到一张出国护照。[1]

然而，就是身处同样岁月中的另一些人，结果却把他们视为受压迫的、爱抱怨和哭诉的人。整整几十年来宁愿孤独的人们突然变得像孩子害怕阴暗房间那样害怕孤独，并握住偶然来访者的手，抓住他们在场的时机，唯恐自己仍旧孤单一人。这种状况的目击者都不愿相信自己的所见所闻。已从生活中获得并非所有人都能得到的如此之多证实的人们，他们对各种现象的评判，就好像他们还从未开始生活，也没有过往的经验和根据。

但是谁能理解并相信，任何一个年份的普希金——比如说1936年的普希金，都会突然间让1836年的普希金认出自己。这样的时刻将会来临，此时，一些早已远离他人心灵的反应会突然融入一颗重生的、变得开阔的心灵，去回应那颗还活着、跳动着、思考着并愿意活着的主要心脏的搏动。一直在加剧的心脏跳动不匀，终于变得跳动更快，以至忽然均匀起来，并同那颗主要心脏的搏动相一致，从此就开始同它合拍地生活在一起。这并非一种

---

[1] 普希金出版《现代人》杂志的计划，直到1836年，即去世前的最后一年才得以实现。与普希金的经历相类似的情况，拓展了人们关于"诗人的最后一年"一代又一代地复现这一规律性的理解。

隐喻。这是可以体验到的。这是一种热血沸腾、实实在在，虽说暂时还没有为它命名的年纪。这是一种非凡的青春，它以显而易见的欢欣撕裂了先前生活的连续性，以至因为年纪未被命名和进行比较的必要性，并由于自己的轮廓分明而和死亡最相似。它虽和死亡相似，但完全不是死亡，绝对不是死亡，只要，只要人们并不希望两者完全相同。

与心灵一起变化的还有回忆与创作、作品与希望、已创造的世界和还应当创造的世界。有时候人们问，他的个人生活是什么样的。现在您就能清楚地了解他的个人生活。一个巨大的、极度自相矛盾的领域在收紧、集聚并达至平衡，在其各个组成部分中突然同时战栗一下后，便开始有血有肉地生存。这个领域睁开眼睛，深深地叹着气，把暂时给它提供帮助的那种姿态的最后残余抛到一边。

如果记得这一切都是在夜间休眠，白天精力充沛，用两条腿走路并被称为人的话，那么，自然就会期待在他的行为中也有相应的现象。

一个巨大的、真实的、实际存在的城市。那里是冬季。那里天黑得很早，工作日常常是在暮色苍茫的光线下过去的。

很久很久以前的某个时期城市曾经是可怕的。必须战胜它，应当制伏它的拒不承认。从那时起，多少光阴如水般地悄然流逝。它的承认是被迫的，它的驯服已成为习惯。为了想象它在某个时期是凭借什么才能够造成激动不安的，需要进一步强化记忆。城市里灯光闪烁，人们在拿着手帕咳嗽时，把算盘拨得噼啪直响。城市为白雪所覆盖。

当这种新的、超出常态的敏感不存在时,它那令人不安的庞大芜杂就会不易觉察地从一旁飞驰而过。这就是少年的腼腆羞怯在这种新产生的脆弱面前的意义。于是,就像在童年时代,一切又重新被注意到。电灯、司机、成套的门窗和胶皮套鞋,乌云、月亮和白雪。可怕的世界。

城市由于毛皮大衣的后襟和雪橇的靠背而竖立起来,仿佛侧立于地板上的一枚银币沿着铁轨滚动,滚到远处时,温存地朝一侧倒在雾气中,那里有位穿着羊皮袄的女扳道工俯身接到了它。它继续滚动着,既变得渺小,又由于各种偶然性而向不同方向移动,待在它那里稍不注意就很容易被划伤。这是一些故意想象出来的令人不快的情况。它们是被有意识地、无中生有地吹嘘出来的。但就是吹得再过分,同不久前还被人如此得意扬扬地加以践踏的那些委屈相比,它们还完全是微不足道的。不过问题也就在于不能拿这个来比较,因为这是以往的生活中存在的现象,弃绝这种生活是令人欢欣的。但愿这种欢欣更没有波折,更合乎真实。

可是这种欢欣是不可思议和无与伦比的,而且它竟这样把人从一个极端抛向另一极端,生活还从来没有如此抛掷过什么东西。

人们在这时是多么精神沮丧。安徒生和他笔下的不幸小鸭仿佛又整个地重现出来。这时人们只是不要这样夸大其词。

不过,也许内心的声音在说假话?也许可怕的世界是正确无误的?

"请勿吸烟。""请简要地陈述事实。"难道这不是事实真相?

"是这个人？他会上吊？请放心吧。"——"他在恋爱？就这个人？哈哈哈！他只爱自己。"

一个巨大的、真实的、实际存在的城市。那里是冬季。那里寒气逼人。发出刺耳呼啸声的零下 20 摄氏度的寒冷空气，如同挂在木桩上的柳条编制品那样横贯马路。城市中一切都为烟雾所笼罩，一切都滚到一边，不知去向。但是，当人们如此欢欣时，难道会如此忧伤？这样不就是第二次诞生吗？这样不就是死亡吗？

## 15

公民身份证登记处未设真实性测试仪，真诚也不能用 X 射线来透视。为了让登记有效，除了外来登记员的手必须可靠可信之外，什么也不需要。这样，人们对此就没有疑义，也不会有任何议论。

他将亲笔写下临终前的呈文，嘱咐把自己的宝贵财富毫无争议地贡献给世界，并迅速地、不做任何改动地予以执行，以此来测定和透视自己的真诚，于是周围的人就将开始议论、疑惑和对照。

他们把她和她的前任做比较，而她却仅仅可以和他一人相比，和他的全部过往经历相比。他们揣测着他的情感，但不知道不仅可以持续地爱，哪怕是永远地爱，而即使并非永远地爱，也可以在已逝岁月的全部总和中去爱。

可是"天才"和"美女"两个词早就开始变得一样庸俗。两者身上有多少相似之处！

她从童年时代起活动就受限制。她长得美，且对此早有所知。那个她唯一可以与其完全亲密无间的人，就是所谓上帝的世界，她不能和别人并行一步，是由于不愿让他们伤心或让自己伤心。

她作为一名少女走出大门。她有什么样的意图？她已收到存局待取的信。她只让两三位女友知道自己的秘密。这一切她都有了，于是可以设想：她要出去约会。

她走出大门。她希望晚间注意到她，空中有颗心为她而抽紧，群星很快就理解她。她希望树木和栅栏及大地上的万物所享有的那种并非在头脑中，而是在一定范围内的知名度。但是，假若有人认定她有这样的心愿，那么她会哈哈大笑，以作为回应。对此她什么也未想过。她在世界上还有一位远房兄弟，那是一个极为平常的人，比她本人更多地了解她，对她也是极为负责的。她合情合理地热爱健全的大自然，但并未意识到自己从来也没有放弃和宇宙协调相处的心愿。

春季，一个春日的晚间，坐在各家小铺中的老太婆们，低矮的栅栏，丛生的白柳。低度葡萄酒般绿色的黯淡的天空，尘土，故乡，干巴巴的彼此交谈的话音。碎木片般干巴的声音和尖刺般扎进其中的一片油滑而热辣的平静。

一个人沿着大道迎面走来，他就是自然会遇见的那个人。她在欣喜中反复强调，自己出来就为了见他一人。她说对了一部分。谁不有点儿像尘土、故乡、平静的春日晚间？她已忘记为什么要出门，但是她的双腿会记得。他和她继续前进。两人结伴而行，越往前走，遇到的人就越多。正因为她全身心地爱着同行者，所以双腿没少让她难过。不过双腿还是继续带着她往前走，两人彼此之间勉强能跟得上。这时道路出乎意料地变得稍微宽一些，而行人则好像更少了，可以喘口气、环顾四周了。但往往就在这时候，她那远房兄弟也会经由自己的路线来到这里，于是他们便会相遇，这样一来，无论发生什么事情，反正都一样，一句最完美的"我就是你"反正都会以世间一切可以想见的关系把他们联系起来，并骄傲地、青春犹在般地、疲倦地把一枚侧面像奖章固定在另一侧面像上。

## 16

4月初正赶上莫斯科处于倒春寒的白雪滞留时节。7号开始第二次化雪，而到14号马雅可夫斯基开枪自杀时，大家都还没有习惯春季复苏的新景象。

我得知不幸事件后，就叫上奥莉加·西尔洛娃赶到出事地点。不知什么东西暗中提示我，这一令人震惊的事件将给她指明摆脱个人悲痛的出路。[1]

中午11点至12点之间，由枪声引发的波动范围仍然在向四周扩展。这一消息不停摇动着电话机，使大家变得面色苍白，催动他们急速奔向卢比扬卡胡同，经过院落进入楼房，在那里，从

---

[1] 奥·格·西尔洛娃（彼得罗夫斯卡娅，1903—1988）：诗人，翻译家。这里指她的丈夫弗·亚·西尔洛夫（1901—1930）前不久被枪决一事给她造成的悲痛。

市区赶来的人们和楼中住户已沿着楼梯站满，为死者哭泣和惋惜，仿佛被事件的压力冲撞和推挤到墙边。最先告诉我不幸消息的雅·切尔尼亚克[1]和罗马金[2]走到我近旁。叶尼娅[3]和他们一起来了。看见她时，我的面颊开始抽搐。她流着泪对我说话，让我往楼上跑。可就在这时候，有人已用担架把遗体从楼上抬下来，死者的身体和头部完全被盖住。大家都急忙往下跑，在大门口挤得水泄不通，所以当我们挤到那里时，救护车已开到大门外。我们跟在车后慢慢走向根德里科夫胡同。

街市上，生活照常运行，无动于衷，似乎不应当称其为"生活"。铺着沥青的院落所抱有的同情，这些悲剧的经常参与者，都已留在了身后。

软弱无力的春天的气息沿着橡胶似的泥泞徘徊游荡，仿佛在咿呀学语、蹒跚学步。公鸡和孩子们一样都在故意声张地宣示自己的存在。他们的声音在早春时节也能奇怪地传来，虽然市区各种事务的噪声还一直喋喋不休。

电车缓缓地爬上了什维弗山坡。那里有一个地方，先是右侧的人行道，然后是左侧的人行道，如此靠近车厢窗户，以至你抓住安全带时，就会不由自主地俯瞰莫斯科，好像俯身去扶一位滑倒的老太婆，因为她突然间四肢落地，闷闷不乐地把钟表匠和鞋匠全部赶走，再提起一些屋顶和钟楼并重新排列，又突然站起来拍拍衣襟，催促电车沿着平坦而丝毫不引人注目的路线行驶。

---

[1] 雅·扎·切尔尼亚克（1895—1955）：文学史家。
[2] 尼·米·罗马金（1903—1987）：画家。
[3] 鲍·帕斯捷尔纳克的第一任妻子名为叶甫盖尼娅，叶尼娅是她的小名。

她这一次的行动是开枪自杀事件中的一个如此明显的片段，也即和他本质中的某一重要方面如此相像，以至我全身颤抖，《云》[1]中那一阵有名的电话铃声在我心中自行响起，仿佛是谁在我身边高声发出的。我站在过道中西尔洛娃的近旁，俯身向她提示那八行诗：

我还感到，"我"对我而言很渺小……

但是嘴唇却像手套中的手指那样并拢，我激动得连一个词也说不出来。

根德里科夫胡同终点的大门边上停着两辆空汽车。一群好奇者围在车旁。

穿堂和餐厅中，戴着帽子或没戴帽子的人们有的站着，有的坐着。他则继续躺着，好像还在自己的书房里。前厅中通向莉莉娅房间的门开着，阿谢耶夫立在门边，脑袋紧靠门框，声泪俱下。房内深处，基尔萨诺夫站在窗户旁，把头缩到肩上，微微战栗，无声痛哭。

悲伤的潮湿雾气在这里也往往被忧心忡忡的低语所阻断，正如追悼结束时，在果酱般稠密的祈祷之后，人们低声说出的最初话语那样干巴巴的，以至似乎是从地板之下传来的声音，并发出老鼠的气味。在一个这样的间隙，一位把木工凿子插到皮筒靴边上的扫院人小心翼翼地走进房间，卸下冬季用的窗框，慢慢地、

---

[1] 指马雅可夫斯基的长诗《穿裤子的云》。本节最后所引的诗行就是《穿裤子的云》中的诗句。——译注

无声无息地打开窗户。在院子里脱掉外衣还会冷得浑身发抖,所以麻雀和小孩们都以不知何故的叫喊让自己振奋起来。

大家在遗体告别后踮脚走出来时,不知谁轻声问道,是否给莉莉娅拍过电报。列·亚·格林克鲁格[1]回答说:已经拍了。叶尼娅在注意到列·亚·格林克鲁格在经受大祸临头的可怕重负时的勇气之后,把我拉到一边。她哭泣起来。我紧紧地握住她的手。

无限世界虚幻的冷漠朝着窗户散发过来。沿着天幕,仿佛在大地和海洋之间,灰色的树木成排地站立,守护着边界。我注视着热望胚芽初露的树枝,竭力想象着它们身后那个遥远的、不太可信的城市伦敦,电报就是拍到那儿去的。[2]那里想必很快就有人大叫一声,向这边伸出手,随即晕过去。我的喉咙哽咽得说不出话来。我决定再度转回他的书房,这一次是要完全尽情地痛哭一场。

他侧着身子躺在一条盖到下巴的床单下,面朝墙壁,显得阴沉而高大,仿佛休眠似的半张开嘴。他高傲地转过身背对所有人,甚至在已躺倒时,甚至在这一睡梦状态也固执地想要冲向某个地方,藏到某个地方。他的面容仿佛已返回到他自称为"22岁的美男子"[3]的那个时期,因为死神已让他那几乎从来也没有落入其掌中的面部表情变得僵硬。这本是人们用以开始生活而不是结束生命的表情。他生过气,也愤怒过。

---

[1] 列·亚·格林克鲁格(1899—1965):莉·尤·勃里克的朋友,电影工作者。
[2] 这个时期莉·尤·勃里克住在伦敦她母亲家中。
[3] "22岁的美男子":马雅可夫斯基长诗《穿裤子的云》中的诗句。

但就在这时门厅里有了动静。死者的妹妹奥莉加·弗拉基米罗夫娜避开已在聚集的人群中无声表达忧伤的母亲和姐姐,独自来到这个住所中。她的出现急切而带着吵嚷声。她的声音已先于她进入室内。她单独一人顺着楼梯往上走时,似乎在和什么人高声说话,其实显然是对哥哥说的。随后她本人来到了,好像越过垃圾似的从大家身旁走到兄长房门前,举起两手轻轻击掌,停在那儿。"沃洛佳!"她对着整个楼房叫喊。瞬间一闪而过。"他不说话!"她又声音更大地叫喊起来。"他不说话,不应声。沃洛佳,沃洛佳!!这多可怕!"[1]

眼看她就要倒下,有人扶住她,急忙上前帮她恢复知觉。她刚苏醒,就急不可待地走近遗体,坐到兄长腿旁,匆忙重启她那未得到回应的对话。我早就想大哭一场,这时才失声痛哭起来。

在事发地点是不能这样哭泣的,在那里,悲剧的趋群性迅速挤走了作为事实的开枪自杀的新闻。沥青铺面的院落在那里散发出硝酸钾般的把在劫难逃加以神化的臭味,也即城市中虚构的宿命论的臭味,这种宿命论是建立在猿猴的模仿性之上的,它把生活想象为顺从地记载下来的无数强烈印象的链条。那里也有人号啕大哭,但不过是因为遭受震惊的喉咙随着无理性的通灵术,在重复着居民楼、消防梯、手枪套和所有因绝望而恶心、因死人而呕吐的那些事物的痉挛。

妹妹是第一个按自己的心愿和选择方式为兄长哭泣的,仿佛为伟大人物哭泣一样,而人们也仿照她的哭诉词,有如在管风琴

---

[1] 马雅可夫斯基的名字叫弗拉基米尔,沃洛佳、沃洛季奇卡都是他的爱称或小名。

141

轰鸣声的伴奏下那样放开嗓子哭起来。

她还是没有停止哭喊。"为他们准备好澡堂！"[1]马雅可夫斯基本人的声音愤愤地响起，很奇怪地适应了妹妹的女低音。"再笑一阵。我们都哈哈大笑了，都被唤起了。——而他这是在干什么？——你为什么就不到我们这里来呢，沃洛佳？"她拖长声音抽噎着，但又马上控制住自己，竭力坐得离他更近。"你记得吗，记得吗，沃洛季奇卡？"——她几乎像突然要提醒一个活人那样，开始朗诵：

> 我还感到，"我"对我而言很渺小，
> 不知什么人倔强地要从我身上脱逃。
> 喂！
> 您是哪一位？是妈妈吗？
> 妈妈！您的儿子病得厉害。
> 妈妈！他心中遭遇了火灾。
> 请告诉姐妹们，柳达和奥莉娅[2]，
> 现在他已经不知如何是好。

## 17

晚间我再去那里时，他已躺在灵柩中。一天来挤满房间的人们，已为另一批赶趟似的人所替换。四周相当安静。几乎已无人

---

[1] 马雅可夫斯基的讽刺喜剧《澡堂》(1929)中的台词。——译注
[2] 奥莉加的小名。——译注

再哭。

我忽然想象到，他那如今已完全流逝而去的一生就在楼底，就在窗下。它以类似于厨师街的一条栽种着树木的宁静街道的景观从这个窗户向一旁退去。站立在墙边街道上的首先是我们的国家，也即我们的穿行于时代并已永远为时代所接纳的、前所未有的、难以想象的国家。这个国家就矗立在大地上，可以呼唤她，握住她的手。在她那可以感触到的非寻常特征中，有着某种和已逝者相似的东西。两者之间的联系如此无可置疑，以至可能会觉得他们俩是孪生兄弟。

于是我也由此而并非必要地想到，这个人对于本国国籍而言，说实在的，乃是唯一的公民。其余人也斗争过，牺牲过生命，进行过创造，或者也忍耐过、困惑过，不过他们同样都是那个已逝时代的土著居民，和时代亲如一家的同乡，虽然他们也是各有千秋。只有在这个人身上，时代的新现象才犹如一种气候融化在他的血液中。他整个的人都由于时代的还有半数未实现的奇异性而令人惊异。我开始回想他的个性特征，他在很多方面完全特殊的独立性。这一切都可以用应对各种状况的熟练技巧来解释，这些状况虽然是指我们时代而言，却还未产生自己轰动一时的影响。他从童年时代起就受到未来的过分宠爱，这未来相当早就已为他所掌握，而且看来是没费多大劲就掌握的。

1931 年

# 后 记[1]

假若您还健在，我今天就会给您写这封信。现在我刚刚完成为纪念您而写的《保护证书》，而昨天晚上全苏对外文化交流协会[2]又请我为关涉您个人的事务到那里去过。为了在您去世后出版您的书信集，德国方面有人索要您在其中曾拥抱和祝福我的便信。当时我没有回复那封信。我曾相信即将和您相见。不过，替代我出国的却是夫人和儿子。

搁下像您的文字这样的馈赠，不做出回应，并非轻而易举之事。但是我担心，在我已满意于和您的信件往来后，似乎可能一直滞留在走近您的中途。所以我应当去看望您。在此之前，我曾发誓不再以书信方式和您联系。当我设身处地地从您的角度看问题（因为我的不回应可能让您惊讶），并想到茨维塔耶娃在和您通信时，我得以平静下来，因为虽然我无法取代茨维塔耶娃，茨维塔耶娃却可以代替我。

那时我已有家室。我不可饶恕地开始去做自己没有足够条件

---

[1] 这篇后记首次单独发表于1961年1月24日《俄罗斯思想报》（巴黎）。中译文根据俄文版11卷本《帕斯捷尔纳克全集》第3卷"早期文稿"中所收的原文译出。
[2] 1925—1958年存在的苏联文化团体。——译注

应对的事情，把另一条生命引诱到这种尝试中，还和她一起为第三条生命打下了基础。

微笑曾使这位年轻女画家的下巴变得像小圆面包那样圆润，让她红光满面，眼睛发亮。她那时好像总是为了避开阳光照射而眯缝起眼睛，如同一般近视者那样柔和地眯着眼，或许胸部还未臻丰满。当微笑蔓延到她那开朗而好看的额头，在介于椭圆和正圆之间的富有弹性的面部越来越荡漾开来时，她便令人想到意大利文艺复兴时代的艺术品。因微笑而容光焕发的她很像吉兰达约[1]的一幅女性肖像画。于是你就希望沉浸于她的面容中。因为她总是为了美而需要这样的容光焕发，所以她也就为了引起爱慕而需要幸福。

有人会说，所有人的面容都是这样的。这是没有根据的。——我就了解另一些人的情况。我知道有这样一副面容，它在悲伤和欢乐中都同样扎人和刺眼，你越是经常在另一种美已黯然失色的处境中碰见它，它就越显得美丽动人。

这位女性会因为她的聪明才智或者向高处腾飞，或者朝低处跌落；她那令人震惊的魅力都没有任何变化，而她在大地上无论需要什么，都比大地对她本人的需求少得多，因为这就是女性特征本身，是从采石场整个地提取出来的一块未经敲打的粗糙石块般的创造者的骄傲。由于外貌总是最有力地决定女性思维方式和性格的规律，所以这种女性的生活，无论其实质、人格还是激情，都不取决于某种光照，她也就不像前一位女性那样害怕、伤心、难过。

---

[1] 多米尼科·吉兰达约（1449—1494）：意大利文艺复兴时期佛罗伦萨的画家。——译注

那时我就是这样生活的,并属于一个家庭。——那一天我记得多么清楚。我的妻子不在家。她到高等绘画工作坊去了,晚上才会回来。前厅中摆着一张从早晨起就未收拾干净的桌子,我坐在桌前,若有所思地从一只平底锅里盛起炸土豆。窗外少得屈指可数的雪花还没有决定是否演变为一场降雪,在飘落时往往有所耽搁,似乎对什么东西信心不足。但是冬季里春天般的白昼显然令人惊异,仿佛镶嵌在来回移动的灰色的、带有流苏的画框中。

这时有人从外边按响门铃,我打开门,就见到递过来一封国外来信。这是我父亲的来信。我专心致志地看起信来。

那天早晨我第一次读完了《终结之诗》。有人曾偶然地把这部长诗的一种莫斯科手抄本转送给我,毫无疑问,长诗的作者于我而言具有多重意义,许多信息曾在我们彼此之间传递或正处于传送途中。但是这部长诗,正如稍后我才收见的《捕鼠者》那样,在这一天之前我还一无所知。这样,从早晨读完《终结之诗》后,我仿佛还沉浸在它那充满悲剧力量的朦胧烟雾中。现在,当我激动地捧读家父的来信,得知您恰逢50岁诞辰、他为您接受这一祝福并回信而高兴时,我突然间在当时自己还有些不解的附言中意外发现,我已怎样为您所知。我随即从桌旁离开,站起身来。这是那一天中的第二次震撼。我走到窗前,忍不住哭起来。

即便有人告诉我,他们正在天上阅读我的作品,我也不会比那一刻更惊讶。在我对您为期20多年的崇拜中,我不仅从未想象到会有这样的机遇,而且事先就排除了这种可能性,可是现在它却打破了我关于自己的生命及其进程的那些观念。命运弧线的不同端点总是年复一年地越来越彼此分离,永远不可能相交,可是我却眼看着它们在一瞬间彼此靠拢。而且这是在什么时候！在最不适当的一天中的最不适当的时刻！[1]

院落中尚未转暗、谈兴正浓的2月末的黄昏已经临近。我生平第一次想到，您是这样一个人，我可以写信告诉您，您在我的生活中起到了非凡的巨大作用。这样的想法此前我从未有过。现在它突然被纳入我的意识中。我立即就给您写了一封信。

眼下我似乎害怕再看一下我已不记得的那封信。对您说您是一个什么样的人，那是人世间最轻松的话题。但是，如果我要谈起自己，也即谈谈我们的时代，那么，我未必胜任这一不成熟的话题。

我未必能恰如其分地为您讲述一切革命中那些永恒的最初岁月，在那些时日，德穆兰[2]们会跳上桌子，用为空气而干杯的方式来激发行人。我是那些时日的见证者。现实就像一个私生女，衣冠不整地从闸门后边跑出来，让彻头彻尾不合法的、没有嫁妆的整个自我同合法性历史对立起来。我看见了大地上的那个仿佛认不出自己的夏季，那就像启示录中那样完全天然的、史前的时节。我留下了一本关于那个夏季的诗集。[3]我在其中表现的那一切，可据以认识那场最不同寻常和难以捉摸的革命。

1961年

---

[1] 作者的父亲写信的日期是1926年3月17日，作者收到此信应当在此后不久。作者所谓"最不适当"，大约和他当时在创作探索中出现的困惑相关。下文所说的"2月末"，指的应是俄历2月末。——译注
[2] 卡米尔·德穆兰（1760—1794）：法国记者，后成为社会活动家、政治家，曾在法国大革命期间扮演重要角色。——译注
[3] 这里指作者的诗集《我的姐妹——生活》（1922），它的副标题是"1917年夏季"。——译注

# 人事与世情：自传体随笔

## 幼小年华

### 1

在写于20年代的自传试作《保护证书》中,我曾梳理造就了我的生活境况。遗憾的是,那本书毁于那些年中没有必要的装腔作势这种通病。在目前这篇随笔中,虽然我努力回避旧调重弹,仍难免会有些许复笔。

### 2

俄历1890年1月29日,我出生于莫斯科军械胡同里的神学院对面雷仁家的房子里。[1]难以解释的是,秋天里奶奶领着我在神学院公园里溜达的情景,至今历历在目。堆积着无数落叶的松软小路,一片片池塘,人工堆筑而成的小山,神学院油漆过的拒马桩,课间大休息时吵嚷喧闹的神学生们的游戏和打斗,都还留

---

[1] 事实上,帕斯捷尔纳克诞生于韦杰涅耶夫家的房子里(莫斯科特维尔驿站第二大道2号),现在那栋房屋上挂着他的纪念牌。他全家是在1891年秋季搬到雷仁家的房子(未保留下来)中去的。

存在记忆中。

神学院大门正对面,矗立着一栋两层的石头房子,它带有一个供马车夫使用的院落,我们家就在这栋房子的大门上方,在它那拱形门顶之上。

# 3

幼小年代的感受是由惊恐与欣喜等多种因素构成的。这些具有童话般色彩的因素来源于两个必然主宰并组合起一切的核心形象。其中的形象之一是马车市场上轻便马车行[1]中的熊标本,形象之二是一个身材魁梧的好心肠的人——背部微驼、头发蓬乱、声音低沉的出版商彼·彼·孔恰洛夫斯基,他的家庭和挂满他家各个房间的谢罗夫、弗鲁别里、我父亲及瓦斯涅佐夫兄弟的铅笔画、钢笔画与水墨画。[2]

几条特维尔驿站大道、特鲁巴街区、彩色胡同一带,是最让人疑虑重重的。常常有人抓住手把你推开。有的事无须知道,有的话不应听见。但是保姆和奶妈们耐不住孤单,于是形形色色的一伙人就把我们团团围住。中午时分,骑在马上的宪兵们在兹纳

---

[1] 轻便马车行"叶奇金父子"紧靠着现在的"埃尔米塔日"剧院。
[2] 彼得·彼得罗维奇·孔恰洛夫斯基(1839—1904):俄国期刊工作者,出版商,"伊·尼·库什涅廖夫与KO"印刷股份公司股东。《莱蒙托夫作品纪念画集》(1891)就是根据他的建议出版的。这本画集由列·奥·帕斯捷尔纳克任美术编辑,瓦·亚·谢罗夫(1865—1911)、米·亚·弗鲁别里(1856—1910)、维·米·瓦斯涅佐夫(1848—1926)和阿·米·瓦斯涅佐夫(1856—1933)兄弟等其他画家,都有画作收入其中。

缅卡兵营开阔的练兵场上进行操练。

由于和乞丐们及女香客们的这类交往，跟受鄙视者及其所经历的圈子接近，还有附近林荫道上的歇斯底里发作，我过早地经受了对女性的一种终生难忘、担心害怕而惴惴不安的怜悯；我还更多地经受了对于父母的一种不能忍受的恻隐之心，既然双亲都会先我而逝，那么为着让他们免于地狱之苦，我就应当完成某一空前高尚、尚无先例的事情。

钢琴家罗扎莉娅·伊西多罗夫娜·帕斯捷尔纳克（1868—1939）

## 4

三岁那年，我们家搬到米亚斯尼克街邮政总局对面绘画、雕塑和建筑学校中的一套公家住宅里。[1] 这套房子在学校内院的侧翼，位于主楼之外。

古朴而漂亮的主楼在许多方面都是引人注目的。1812年的大火饶过了它。约一个世纪前，在叶卡捷琳娜时代，这栋楼房曾为共济会的一个分会提供了避难所。米亚斯尼克街和尤什科夫胡同拐

---

[1] 绘画、雕塑和建筑学校的楼房建于18世纪末，1844年拨给该学校专用。

角边上的弧形转弯处，尾端是一个带立柱的半圆形阳台。阳台相当大的平面就像壁龛那样嵌入墙中，与学校的礼堂相通。从阳台上可以望穿米亚斯尼克街通向远处、抵达几个火车站的延伸部分。

1894年，这栋楼房的居民曾从这个阳台上观看君主亚历山大三世的迁灵仪式，而两年之后，又从这里看到了尼古拉二世登基时举行加冕庆典的某些场景。

学生和老师们都站在那里。母亲抱着我，身处阳台栏杆旁边的人中间。她脚下可见数不清的人分列两旁。这无数人脚底下撒着沙子的冷漠街道在等待中一动不动。军人们奔忙不停，高声发出让众人都能听到的命令，但是，这声音却没有传到上方阳台上观众们的耳中。排成队的士兵们把市民推到人行道边缘，寂静仿佛屏住了他们的呼吸，完全吞噬了周边的声响，宛如沙地吸干了水一样。钟声凄清而悠长地回荡。人头攒动，好似海水般从远处滚滚而来，又像汹涌而过的浪潮持续颠簸颤动。莫斯科脱下了帽子，画着十字。在四面八方响起的葬仪声中，出现了望不尽的游行队列的先导，接着是军人和东正教神职人员，披着黑纱、头戴饰缨的马匹，豪华非凡的灵车，身穿罕见的另一时代制服的司仪和典礼官。迁灵的行列络绎不绝，每栋楼房的正面都拖挂着一条条黑纱，被包上黑色，一面面志哀的旗帜默然低垂。

这所学校未能摆脱讲排场的风气。它是归宫廷事务部管辖的。谢尔盖·亚历山德罗维奇亲王作为它的监护人，常常莅临学校的各种典礼和展览会。亲王身材修长。在他出席戈里岑和亚昆奇科夫家的晚会时，家父和谢罗夫往往拿帽子遮挡画册，为他绘制漫画。

# 5

学校的院子里,面对通往古树参天的小花园的便门,在诸多院内建筑物、仓房和板棚中间,一栋侧楼傲然耸立。楼底的地下室里给学生们提供热早点。楼道上充满生煎包和炸肉饼的散不尽的油烟。二层楼梯平台上有一扇门通往我们家的住所。学校的文书住在更高的一层。

50年后,绝对是不久以前,在晚近的苏维埃时代,我在尼·谢·罗季奥诺夫的《列·尼·托尔斯泰生活与创作中的莫斯科》[1]一书中,在涉及1894年的第125页,读到了这样的文字:

> 11月23日[2],托尔斯泰携女儿们前往绘画、雕塑和建筑学校,拜访身为校长的画家列·奥·帕斯捷尔纳克,出席了音乐会,参加音乐会的有帕斯捷尔纳克夫人、音乐学院教授兼小提琴乐师伊·沃·格尔日马利[3]和大提琴乐师布兰杜科夫[4]。

这儿写得全都不错,只有个小小的误差。时任校长的是利沃

---

[1] 尼·谢·罗季奥诺夫(1889—1960)的《列·尼·托尔斯泰生活与创作中的莫斯科》一书,1948年由莫斯科工人出版社出版。——译注
[2] 这里指的是俄历,公历为12月5日。
[3] 伊·沃·格尔日马利(1844—1915):小提琴乐师,教育家,从1874年起担任莫斯科音乐学院教授。
[4] 阿·安·布兰杜科夫(1856—1930):大提琴乐师、音乐指挥和教育家。

夫公爵[1]，而不是我父亲。

由罗季奥诺夫描述的那个夜晚，我一直记忆犹新。夜半时分，我为一种先前从未如此体验过的甜蜜而隐秘的折磨所惊醒。我因惊吓和忧伤而又哭又叫。但是音乐盖过了我的眼泪，只是当惊醒我的三重奏乐章演奏结束时，人们才听见我的哭闹。我本来躺在把房间一分为二的帷幔后面，这时帷幔已拉开。母亲走过来，朝我俯下身，很快就让我安静下来。大约是有人把我带去见客人了，或者有可能我透过已敞开的房门看到了客厅。客厅中烟雾缭绕。一支支蜡烛睫毛闪动，似乎是烟雾刺激了蜡烛的眼睛。烛光明亮地照耀着小提琴和大提琴漆过的红色面板。三角钢琴漆黑发亮。男士们的常礼服同样是一抹黑色。女士们的双肩从连衣裙中露出，犹如从花篮里露出来的欢度命名日的鲜花。两三位老者的白发和阵阵烟圈融成一片。其中有一位是我后来相识并经常遇见的。这就是画家尼·尼·盖依[2]。另一位老者的形象，则贯穿于我的整个生命，就像在大多数人身上发生过的那样，这特别是因为家父为他的作品画过插图，到他那里去过，读过他的书，以至他的精神渗透到我们全家的生活中。这就是列夫·尼古拉耶维奇[3]。

我究竟为什么曾这样哭泣，为什么这样念念不忘我的痛苦？我已习惯了家中钢琴的乐音，我母亲的钢琴演奏精巧纯熟。我感

---

[1] 阿·叶·利沃夫（1850—1917）从1894年起担任莫斯科绘画、雕塑和建筑学校学监，从1896年起担任该校校长。
[2] 尼·尼·盖依（1831—1894）：俄罗斯画家。
[3] 俄罗斯伟大作家托尔斯泰（1828—1910）的名字和父称。

到钢琴之声是音乐本身的一种不可分割的固有属性。各种弦乐器的音色，特别是室内乐队的弦乐，却是我所不习惯的，往往还引起我惊慌不安，好像真是从外边传进通风小窗来的呼救声和不幸的消息。

那年冬季似乎有两位先辈辞世——安东·鲁宾斯坦和柴可夫斯基相继作古。[1] 晚会上演奏的大概就是后者的三重奏名曲。

这个夜晚宛如一条分界线横贯在我记忆缺失的幼小年代和后来的童年岁月之间。从那时起，我的记忆力开始发挥作用，意识开始运转，此后就像成年人那样，再也没有出现过明显的中断和迷乱。

# 6

春天里，"巡回展览派"的画展在学校的大厅里开幕。展品在冬季就已从彼得堡运送过来。有人把装在箱子中的画作放到板棚里，那一排板棚在我们家的楼后延伸，对着我们家窗户。复活节前不久，这些箱子被搬到院子中，在板棚门前的露天处被打开。学校的职员们给箱子一一拆封，将装裱在厚重画框中的画作从木箱底部或顶部取出，然后每两人抬着一幅画，穿过院子，把它们搬进展厅。我们凑在窗台边，如饥似渴地注视着这些人。列宾、米亚索耶多夫、马柯夫斯基、苏里科夫和波连诺夫等人最著名的油画，当今各大画廊和国家收藏的全部绘画的足足一半，就这样从我们眼前一一掠过。

---

[1] 安东·鲁宾斯坦于1894年11月19日谢世，柴可夫斯基逝世于1893年10月25日。

画家列·奥·帕斯捷尔纳克
（1862—1945）

与家父亲近的几位画家和他本人，只是在一开始参加过巡回展览派的画展，而且为期不长。没过多久，谢罗夫、列维坦、柯洛文、弗鲁别里、伊万诺夫和我父亲以及其他几位画家，组建了较年轻的团体"俄罗斯画家联盟"[1]。

90年代末，在意大利几乎度过一生的雕塑艺术家帕维尔·特鲁别茨科伊来到莫斯科。[2] 学校提供给他一处带有顶光的新型工作室，它接建在我们家的一侧外墙上，于是就遮挡了我们家厨房的窗户。先前窗户是朝着院子的，现在它则通向特鲁别茨科伊的雕塑工作室。我们从厨房中观看他的雕塑作品，他的造型工罗贝基的工作，也观看他的那些模特儿，包括为他摆姿势的小孩和芭蕾舞女演员，以及从高大工作室的宽敞大门自由出入的双套马车和骑马的哥萨克们。

把家父为托尔斯泰的《复活》所画的出色插图寄往彼得堡的相关事务，也是在那间厨房里进行的。这部长篇小说最后的加工润色稿，曾一章接一章地在彼得堡出版商马尔克斯的《田地》期

---

[1] 俄罗斯画家联盟存在于1903—1923年。这里的伊万诺夫指谢·瓦·伊万诺夫（1864—1910）。

[2] 帕·彼·特鲁别茨科伊（1866—1938）：俄国雕塑艺术家，著名作品有《列·尼·托尔斯泰雕像》（1899）、《骑马的亚历山大三世纪念碑》（1909）等。他是在意大利出生和去世的，仅在1897—1906年居住于俄国。

刊上连载。画插图的工作忙而不乱。我还记得父亲的匆忙。每期杂志都按时出版，从不延误。插图必须赶在每期杂志出刊前完成。

托尔斯泰一度拖延校对，在校样上改了又改。这样就产生了一种危险：为当初的文本所画的插图不吻合于后来改定的内容。但是家父的素描都是在作家获取自己观察结果的地方——在法庭、关押解送犯人的监狱、乡村和铁道上画成的。生动的细节储备和现实主义思维的相似性免除了插图背离作品的危险。

画家列·奥·帕斯捷尔纳克为列夫·托尔斯泰小说《复活》画的插图

由于需要赶时间，插图都是搭顺路列车寄送的。尼古拉耶夫铁路特别快车乘务组参与了这一重要事务。乘务员身穿铁路制服大衣站在厨房门前等候，如同站在月台上就要开动的列车车厢门边一般，那副模样曾刺激了儿童的想象力。

炉灶上熬着水胶。人们在匆忙中擦净画稿，用固定剂把它晾干，接着把它贴在纸板上，包起来系扎好。再用火漆封上准备停当的邮包，最后交给乘务员。

# 斯克里亚宾

## 1

我生命中的前两个十年彼此之间截然有别。在19世纪90年代，莫斯科还保留着童话般偏远地区风景如画的古朴风貌，带有第三罗马或壮士歌中都城的传奇特征，以及它那驰名于世的无数大小教堂[1]的全部壮丽辉煌。旧时的风俗习惯还很有影响。每逢秋季，在通向学校院子中的尤什科夫胡同，在被视为养马业保护神的弗洛尔和拉夫尔教堂的院落，往往为马举行祝圣仪式，马匹和牵马来祝圣的马车夫与司马员，挤满了直到学校大门口的整条胡同，那情景就像在马市上一样。

随着新世纪的来临，好似魔杖一挥，我童年记忆中的一切都发生了变化。第一世界各大都市的商业大潮席卷了莫斯科。人们遵循企业主们迅速增加利润的原则，狂热地开始建造用于租赁承包的高楼大厦。所有街道上都高耸起在不知不觉中兴建的砖砌巨物，上接云天。在和这些高楼大厦一起追赶彼得堡时，莫斯科为俄

---

[1] 无数大小教堂：原文为"сорок сороков"，本意为每个教区约有40座教堂，而莫斯科约有40个教区；喻指莫斯科教堂之多。——译注

罗斯新艺术——年轻的、现代性的、新颖鲜活的大都市艺术奠定了基础。

## 2

20世纪第一个十年的狂热与激情也在学校里得到了反映。官方拨款已不够学校的开销。校方委托几位精明的生意人去筹措资金，以便追加预算。业已决定在学校地皮上建造供房屋租赁使用的多层住宅，而在学校地盘内，在原先那个花园的地段，也建起了一个供出租的玻璃展览馆。90年代末，开始拆除院子中的侧楼和板棚。在花草树木被连根掘起的花园内，开挖出深深的基坑。基坑中积满了水。那里就像在池塘中一样，漂浮着淹死的老鼠，青蛙则从地面跳入坑里，一下子钻进水中。我们家住的侧楼也已指定要拆掉。

冬天里，校方拿主楼中的两三间教室和讲堂为我们安排了新住所。1901年，我们就搬过去了。因为这套住所是由几个房间改造而成的，其中有一间为圆形，而另一间则是更为奇异的样式；在这一处我们度过十年之久的新住房中，有一间储藏室和一只挨着半月形小平台的浴盆，一个椭圆形厨房和一间餐厅，餐厅的一端呈半圆形延伸进厨房。门后总是传来学校多间工作室和走廊上已减弱的嘈杂声，而在最边上和教室毗邻的那个房间中，则可以听见恰普林教授[1]在建筑班教室里讲授供暖设备安装

---

[1] 弗·米·恰普林（1859—1931）：俄国供暖与通风设备及卫生设施专家。

程序。

前几年还在旧住所中的时候，为我上学前教育课的有时是母亲，有时是某一位聘请来的家庭教师。有段时间还准备让我进入彼得保罗古典中学，于是我便学完了德语初等教学大纲规定的全部课程。

在我怀着感激之情忆起的各位师长中，我要提到我的启蒙老师叶卡捷琳娜·伊万诺夫娜·博拉滕斯卡娅[1]，一位少儿作家，为青少年从英语移译文学作品的译者。她教我认字读书和算术基础知识，从字母开始教我学法语，还教我怎样坐端正，怎样手握钢笔。有人送我到她租下的带有家具的住宅中去上课。房间里光线幽暗，从底部到顶端都排满了书籍。这里整洁而严谨，散发着煮沸的牛奶和热咖啡的气味。用镶有花边的窗帘遮挡的窗外，飞舞着脏兮兮的、奶油般灰蒙蒙的雪花，让人觉得像是编结的环扣。飞雪吸引了我，因此我在回答用法语和我对话的叶卡捷琳娜·伊万诺夫娜时，往往牛头不对马嘴。下课时，叶卡捷琳娜·伊万诺夫娜用上衣里子擦净笔尖，等到有人来接我时才准许我离开。

我在1901年考上了莫斯科第五中学二年级，这所学校在万诺夫斯基[2]改革后仍然是一所古典中学，除了引入自然科学和其他新课程之外，还在教学大纲中保留了古希腊文的科目。

---

[1] 叶·伊·博拉滕斯卡娅（1852—1921）：俄国女作家、翻译家。
[2] 彼·谢·万诺夫斯基（1822—1904）：俄国将军，曾任军机大臣，1901—1902年任国民教育部部长，推行教学改革，以广泛引入自然科学的统一的七年制中学替代了先前的实科学校和古典中学，同时保留了拉丁文和古希腊文教学。

# 3

1903年春天，家父在小雅罗斯拉韦茨附近的奥博连斯克租下了一栋别墅，它靠着布良斯克铁路线，即现在的基辅铁路线。斯克里亚宾是我们家的邻居。当时，我们全家还没有和斯克里亚宾一家人相识。

两栋别墅坐落在沿着树林边缘伸展的丘岗上，彼此之间相隔较远。我们照例一大早就来到别墅中。阳光零零碎碎地洒落在低垂于房顶的树叶上。大家卸下并拆开帆布包，从中取出铺盖、食品、炊具和水桶。我跑到了树林里。

那天早上处处充满天意和神明的力量！阳光从四面八方渗透于整个清晨，林间树影婆婆，时而这样，时而那样，一直在修整自己的帽状顶盖，鸟儿以总是出人意料的啾啾声在高低疏密有致的树枝上婉转歌唱，你在任何时段对这样的啼鸣都不会习惯，它始而冲动嘹亮，继而渐渐减弱，那种热烈而密集的执拗劲头，好似向远方延伸的密林中的树木。与此同样完美无瑕的是，犹如阳光与阴影在林中彼此交替，犹如鸟儿在树枝间穿梭飞越和啼啭鸣唱，毗邻别墅中有人谱写的以钢琴进行表达的《第三交响曲》和《神圣之诗》的片段与乐章，也在林中播扬回旋。

这是什么样的音乐啊，上帝！交响曲有如一座遭遇炮火的城堡，连续不停地坍塌与坠落，整个都是从摧枯拉朽和断壁残垣中建构与衍生的。整部交响曲充满经过极度锤炼的崭新内涵，恰如呈现出勃勃生机与清新空气的树林，这片树林身披的是1903年而非1803年春天的绿叶——不是这样吗？正像这片树林中没有哪一片叶子是用皱纹纸或漆过的铁皮制成的一样，这部交响曲中没有任何伪装深奥、相当浮华的"如同贝多芬""如同格林卡""如同伊万·伊万诺维奇""如同玛丽亚·阿列克谢耶夫娜公爵夫人"笔下那样的东西，谱写出来的乐句以一种悲剧力量庄重地对所有公认老朽和宏大呆板之作报以一哂，既大胆到几近疯狂，又有一种与生俱来的调皮和自由自在的稚拙，好比堕落的小天使。

不难想象，这部乐曲的谱写者当然懂得自己是个什么样的人，工作之后也总是清醒明澈和宁静休闲的，就像摆脱自己的事务后在第七天安然休憩的上帝。他正是这样的人。

他和家父经常一起在穿越那一地区的华沙公路上散步。有时我也陪伴着他们。斯克里亚宾喜欢在跑过一段路后，似乎是借助于惯性力量再连蹦带跳地继续跑几步，好像一块投掷出去弹蹦不停的石片沿着水面滑动，只是用力稍显不足，否则他就会飞离地面，在空中奔驰。他总是在培养自己可以变得高尚的各种放松方式，以及止于过激、不致成为累赘的运动。应当将他那迷人的优雅和高贵的气质归为这类现象，他以这种气质在交往中避免严肃性，竭力显出一副无足轻重和略知皮毛的模样。在奥博连斯克散步时，他那与众不同的见解更是令人惊异。

他和我父亲就生命、艺术、善与恶的问题展开争论，责难托尔斯泰，宣传超人思想、非道德主义和尼采哲学。但是有一个方面他们是彼此一致的——对于技艺的本质与使命的看法。在其余所有问题上，他们的观点都有分歧。

那时我已12岁。他们俩争论的内容有一半我不理解。然而，

**斯克里亚宾**
（1871—1915）

斯克里亚宾却以其清新鲜活的精神令我折服。我发狂般地爱上了他。我并未领会其见解的实质，却是站在他一边的。很快他就去了瑞士，在那里度过六年。

那年秋季，我的一桩不幸事故延误了我们全家返回城里。父亲有意绘制画作《夜牧》。画中描摹博恰罗夫镇的姑娘们身披落日余晖，骑马全速奔驰，把马群驱赶到我们所在的丘岗下那一片多水洼的草场上。有一次，我紧跟在她们后面，在越过一条宽阔的溪流时从疾驰的马上摔下来，一条腿被折断，这条腿后来好了，但短了一些，所以后来每逢征兵时，我都得以免除服役。[1]

在奥博连斯克度夏之前，我已能在钢琴上稍稍弹奏一阵，还可马马虎虎地选择自己中意的乐曲。现在，处于我对斯克里亚宾抱有的崇拜之情的影响下，我对于即兴演奏和谱写乐曲的向往变得极为强烈。从这年秋天起，我把随后整个中学时代的六年时间投入作曲理论的基础研究中，起初是在当时人品最为高尚的音乐

---

[1] 参见作者的《现在我坐在打开的窗前……》（1913）一文。——译注

理论家和批评家尤·德·恩格尔[1]的关照下，后来则是在列·莫·格里埃尔[2]教授的指导下学习。

谁也不曾怀疑我的未来。我的命运已然决定，道路选择无误。人们预言我将成为音乐家，看在音乐的分上宽恕我的一切，宽恕我对自己远远不如的老一辈人的种种不知感恩的轻慢态度，宽恕我的固执、不服从、漫不经心和怪异行为。甚至在学校中，在希腊语或数学课堂上，当我把乐谱本摊在课桌上，忙于解答赋格曲和对位法的习题时，大家都为我遮掩；当我当场受到责问，像个木头疙瘩似的站着，不知道怎么回答时，全班同学都袒护我，老师们也就放过了我的一切。虽然如此，我还是放弃了音乐。

我是在有理由兴高采烈、周围所有人都在祝贺我时放弃音乐的。我的上帝和偶像携带《狂喜之诗》和他的最新作品从瑞士归来。莫斯科庆祝了他的胜利与回归。在他获得成功的极盛时期，我冒昧地去拜访他，为他演奏了自己的作品。他的接待出乎我的意料。斯克里亚宾听了我的演奏，给予我支持、鼓舞和祝贺。

但是谁也不知道我隐蔽的不幸，即便我把它说出来，也没有谁会相信我。我在谱曲方面顺利进展的同时，在音乐艺术实践中却毫无才气。我勉强能弹钢琴，但甚至识谱也不够敏捷，几乎是一个音节一个音节地读的。没有任何轻松感的音乐新思维和落后于它的技术支撑两者之间的这种脱节，把本来可以成为快乐源泉的大自然的馈赠，变成了我经常为之痛苦并终于无法忍受的对象。

---

[1] 尤·德·恩格尔（1868—1927）：作曲家，音乐批评家。
[2] 列·莫·格里埃尔（1874—1956）：作曲家，教育家，基辅音乐学院院长。

怎么可能有这样的彼此抵触？它的根源在于某种不应有的、会招致报复的、不能容许的年少气盛，以及初学者对于一切似乎可以得到和可以实现的东西所抱的虚无主义蔑视。我藐视所有非创造性的、充满匠气的东西，敢于想象自己能对这些东西加以辨别。我认为，在真正的生活中，一切都应当是上苍先行决定的奇迹，没有任何预谋性的、蓄意为之的东西，不允许任何一意孤行。

这是斯克里亚宾影响的另一面，而在其余方面他对我的影响则是决定性的。他的自我中心主义只有在他那种情况下才是颇为适当而无可指责的。他那被按儿童方式曲解的诸多见解的种子，已落入必有收获的土壤。

我本来从小就倾向于神秘主义和迷信，充满对于命中注定之事的向往。大约从罗季奥诺夫之夜[1]开始，我就相信崇高的英雄主义世界的存在，应当欣喜万分地为其服务，哪怕它会带来痛苦。在六岁、七岁、八岁的时候，我有多少次濒于自杀！

我猜疑自己周围有各种各样的奥秘与骗局。没有什么荒谬的事情我不会信以为真。有时，在只有那辰光才会想出这种荒唐事的人生初期，也许是凭着对于更早些时候有人给我穿上最漂亮的无袖女长衫的记忆，我仿佛觉得自己在早先某个时候曾是个小姑娘，并感到应当恢复这种更迷人、更美好的本性，于是便把腰带勒紧，一直勒到就要昏厥。有时我想象，我并非自己父母的亲生儿子，而是由他们捡来并收养的义子。

---

[1] 参见本篇随笔中"幼小年华"一章第5节。——译注

我在音乐上的不幸，也归咎于一些非直接性的、自欺欺人的原因，包括以偶然事件占卜，等候上苍的提示与旨意。我不具备绝对辨音力，缺乏给一个随便挑出的音符测定音高的能力，也没有在我的工作中完全无用的本领。缺少这种特长让我感到忧伤与自卑，我把这种缺失视为我在音乐上的追求不受命运与天意眷顾的佐证。在一连串这样的打击下，我垂头丧气，心灰意懒。

我就这样强迫自己脱离了我为之付出六年辛劳、希望和担忧的心爱的音乐世界，就像和最珍贵的事物告别一样。在一段时间内，我还保留着在钢琴上即兴弹奏的习惯，当然还是能看出熟练的技巧逐渐丢失。不过后来我决定采用对自己更生硬的克制方式，不再触摸钢琴，不再去音乐会，也回避同音乐家们相见。

# 4

斯克里亚宾关于超人的议论是俄罗斯古已有之的对于异乎寻常性的一种向往。是的，不仅音乐应当成为超音乐，以便能具有某种意义，而且世界上的一切事物都应当超越自身，以便成为自己。人和人的活动都应当包含无限性的元素，这种无限性赋予现象以确定性和独特性。

由于目前我在音乐方面的落伍状态，我和音乐的联系已不复存在乃至完全损坏，我关于斯克里亚宾的回忆，关于这位我曾赖以为生和吸收养分的须臾不可离之粮的音乐家的回忆，只限于他活动的中期，也即大约从他创作《第三奏鸣曲》到《第五奏鸣曲》

那段时期[1]。

斯克里亚宾的《普罗米修斯》[2]和他后期一系列作品的和声结构的光芒，我觉得只是他天才的佐证，而不是为心灵所需要的日常生活营养，不过我并不需要这些佐证，因为即便没有这些佐证我也已折服于他。

英年早逝的安德烈·别雷、赫列勃尼科夫及其他一些人，在去世前都曾深入探寻新的表现手法，想象一种新的语言，触及和摸索过它的音节、元音和辅音。[3]

我从来没有理解这一类探寻。在我看来，只有当内容充溢于艺术家的心胸，没有给他提供思考的余暇，他在匆忙中以旧的语言说出新的话语，而且还没有分辨清楚这些语言是旧的还是新的，这时才会产生最惊人的发现。

在音乐领域，肖邦就是这样以莫扎特和菲尔德[4]的旧语言倾诉出令人惊羡的新旋律，以至这种旋律成为音乐艺术的第二开端。

斯克里亚宾在自己的音乐园地中，也是这样几乎从一开始就以前人的方法从根本上重建了音乐的体验。在第8号作品练习曲或第11号作品前奏曲中，一切都已经是现代的，整个儿充满了音乐可以达到的与外部世界，与当时周围人们的生活、思考和感

---

[1] 指从斯克里亚宾创作《第三奏鸣曲》的1897年到创作《第五奏鸣曲》的1907年那一时期。——译注
[2] 斯克里亚宾的单部交响诗《普罗米修斯》（1909—1910），又名《火之诗》。
[3] 指安德烈·别雷的《无声嗫嚅》(*Глоссолалия*)、赫列勃尼科夫的《老师与学生》(*Учитель и ученик*)和《词的分解》(*Разложение слова*)等著述。——译注
[4] 菲尔德（1782—1837）：爱尔兰著名钢琴家、作曲家。——译注

受以及衣食住行等各方面的内在的和谐一致。

　　这些作品的旋律一经演奏，您的眼泪马上就会开始流淌，从眼角流过面颊，流向嘴角。旋律和眼泪彼此交织，沿着您的神经直接流入心房，您的啜泣不是由于感到悲伤，而是因为它如此准确无误而敏锐透彻地洞察了您的途程。

　　旋律的流动中有时会闯入以另一种更高昂的女声和另一种更朴实的对话声调构成的应对或答辩。这是意外发生的争执，是一瞬间就得到调解的纠纷。随后，令人震惊的天然性音符便驶入作品，那种天然性可让创作中的全部问题得到解决。

　　艺术中充满众所周知的事物和普遍的真理。虽然所有人都可以坦然地利用它们，人所共知的规则却闲置已久，无人问津。众所周知的真理应当能遭逢罕见的、百年一遇的、笑脸相迎的命运，也只有在那时它才能得到运用。斯克里亚宾就有这样的幸运。正如陀思妥耶夫斯基不只是一位小说家，勃洛克不只是一位诗人那样，斯克里亚宾也不只是一位作曲家，而且是俄罗斯文化值得永远祝贺的根据，是这种文化的盛况与节庆的化身。

# 20世纪第一个十年

## 1

作为对"10月17日宣言"[1]颁布后大学生运动的报复,在猎品市场一带恣意横行的一群败类对多所高等院校、综合性大学和技术学校施行攻击。绘画学校也面临着遭受袭击的危险。根据校长的指令,在正门楼梯的各个平台上都准备了成堆的鹅卵石和拧上消火栓的水龙带,为的是反击暴虐者。

游行示威者从沿街行进的队伍中拐进绘画学校,在大礼堂中举行集会,占据了几间校舍,走上阳台,从那上边向留在街道上的人们发表演说。绘画学校的学生们也加入了战斗组织,学校本身的纠察队整夜守护在校舍大楼里。

在家父的画稿集里留有几幅速写:扑向人群的龙骑兵举枪射击一位正在阳台上演讲的女宣传员。[2]她被打伤了,但仍在进行

---

[1] 1905年10月17日,沙皇颁布《关于改善国家制度》的宣言,宣布公民自由和建立立法性的国家杜马。

[2] 这幅铅笔画稿及其他几幅画稿,后来一直陈列在莫斯科市郊佩列杰尔金诺作者住所的小客厅。

演说，同时扶住阳台上的圆柱，为的是不致跌倒。

1905年年底，高尔基来到整个为罢工浪潮所席卷的莫斯科。正值严寒的夜晚。陷入黑暗中的莫斯科为一堆堆篝火所照亮。流弹在市区横飞，不时发出阵阵尖叫，哥萨克骑兵巡逻队沿着无声无息的、行人未曾涉足的、圣洁的雪地狂奔。

我父亲曾与高尔基相见，为的是商谈《鞭笞》和《炼狱之火》，以及高尔基邀请他参与其中的其他几家政治讽刺刊物的事务。[1]

大约在那时或稍晚，我在和父母一起于柏林度过一年之后，有生以来第一次涉猎勃洛克的诗行。我不记得那是什么诗了，是《柳枝》还是献给奥列宁娜·德·阿尔海姆的《儿童的……》[2]，或者是某一首关于革命中的城市之诗，但是留在我记忆中的印象是如此清晰，以至我能够复现它，拿笔把它写下来。

## 2

在通常的、流传最广的词义上，究竟什么是文学？这是富有表现力的宇宙，公共领域，严谨而流畅的表述方式和可敬的人物构成的世界，这些人物在青年时代注视过人生，而在达到一定的知名度以后则转向抽象思维、老调重弹和审慎从事。在这个非自

---

[1] 作者的父亲列·奥·帕斯捷尔纳克（1862—1945）曾在《不同年代的札记》（1943）一书中忆及自己与高尔基会面的情景。
[2] 这里指勃洛克献给歌唱家玛·阿·奥列宁娜·德·阿尔海姆（1869—1970）的诗作《一间昏暗的、淡绿色的／儿童的房间……》（1903）。——译注

然性业已得到确立并仅仅因此而未被觉察的王国中,有人开始言说了,但并非出于对优雅语言文字的倾慕,而是因为他有某种感受并希望表达出来,这就造成急剧变化的印象,仿佛门扉一一敞开,在外部运转的生活喧哗声侵入其中,好像不是某人通报在城市中发生的事件,而是城市本身经由人之口表现自我。勃洛克也就是如此。他那孤独的、童稚般纯真无瑕的语言,他的所有活动的力量也是如此。

报刊纸面上往往含有一些新闻。看起来,新闻自己未经许可就占用了一个印张,但是,谁也没有写过、没有编过诗歌。仿佛不是关于微风和水洼、路灯和星星的诗篇布满了报刊的篇页,而是路灯和水洼自己沿着杂志的版面驱赶着自己吹起的鳞波,本身也在报刊上留下湿润的、影响极大的印痕。

## 3

我和我的部分同龄人与勃洛克一起经历并度过了自己的青年时代,下文还将谈到这些同龄人。勃洛克拥有成为一位伟大诗人所应有的一切——热情、柔和和洞察力,自己的世界映像,自己独特的、改变所有关系的天赋,自己经受住的、不宜觉察的、浸入自身的命运。我拟讲述这些品质和诸多其他特征的一个方面,这些品性可能对我产生了最深刻的影响,所以在我看来最重要的就是——勃洛克的急切灵动,他那游移巡视般的专注,那敏捷自如的观察。

小窗中灯光摇晃。
半明半暗中有个小丑——
独自一人在入口台阶旁
和黑暗悄声低语。[1]

暴风雪沿着街道飞舞,
摇曳飘扬,盘旋成卷,
不知谁向我伸出手,
也不知谁露着笑脸。[2]

那儿有人在挥手,借光挑逗。
就这样在冬夜里朝着门前,
谁的身影刚显出一幅轮廓,
面容瞬间就消失不见。[3]

  没有名词的形容词,没有主语的谓语,掩藏躲闪,激动不安,轻捷闪现的形象,时断时续——这种语体多么适合时代精神,这精神是蕴蓄的、隐秘的,刚从地下冒出般含而不露的,以阴谋家的语言表达的,其主要人物是都市,主要事件发生于街道。
  这些特征已渗透到勃洛克的整个生命中,渗透到他基本的、

---

[1] 引自勃洛克的《美妇人诗集》(1902)。
[2] 引自勃洛克的组诗《以火光与黑暗的名义起誓》(1907)。
[3] 引自勃洛克的组诗《可怕的世界》(1909—1916)中的《时钟疾走,岁月匆匆,年华消逝……》(1910)一诗。

勃洛克
(1880—1921)

大多数作品中，渗透到"人面鸟"（алконост）出版社出版的勃洛克作品第2卷里，其中包括他的《可怕的世界》《最后一日》《欺骗》《纪事》《传说》《集会》和《陌生女郎》，以及《在露珠闪现之上的雾霭中》《在酒馆、小巷和拐弯处》和《少女在教堂的唱诗班里歌咏》等诗篇。

现实生活的特征有如气流，被勃洛克式敏感的旋风卷入他的各部诗集中。甚至那些最悠远的、可能呈现出神秘主义、可以称之为"神性的"作品也是如此。这也不是玄而又玄的想象，而是散布于他的全部诗作中的宗教日常生活的一桩桩现实，东正教求祷的一个个片段，圣餐礼前的祈祷，做礼拜时听过无数次的滚瓜烂熟的追荐亡灵的圣诗。

勃洛克诗歌中的城市，他的故事和履历的主要角色，就是这种现实的综合世界，它的灵魂与体现者。

这座城市，勃洛克笔下的这个彼得堡，是新近时代的各位艺术家所描绘的诸多彼得堡中最具现实性的俄国都市。它绝无差别地同样存在于生活与想象中，充满每日每时以戏剧性冲突和忧虑不安养育着诗歌的散文，而在它的街头回响的则是使诗歌语言变得清新的、普遍使用的日常俗语。

同时，这座城市的形象是由一些经过如此神经质之手挑选、受到如此崇高精神鼓舞的特征所构成的，以至它整个变成了极为罕见的内心世界引人注目的呈现。

## 4

我有机会幸运地结识了生活于莫斯科的许多老一辈诗人——勃留索夫、安德烈·别雷、霍达谢维奇、维亚切斯拉夫·伊万诺夫和巴尔特鲁沙伊蒂斯等。我第一次见到勃洛克，是在他最后一次来莫斯科之际，在综合技术博物馆的走廊或楼梯上，那天晚上他在博物馆报告厅中朗诵诗歌。[1] 勃洛克对我和蔼可亲，说他已听到人们谈论过我的优点，又抱怨自己不舒服，请我把和他的会晤延期到他健康状况好转之后。

这一晚他在三个地方朗读了自己的诗作：在综合技术博物馆、报刊之家和但丁·阿利吉耶里诗社，诗社中聚集着他最热烈的崇拜者，在那里，他朗诵了自己的《意大利诗行》。

马雅可夫斯基也出席了综合技术博物馆的晚会。在晚会中途，

---

[1] 勃洛克曾于1921年5月3日、5日和9日在莫斯科综合技术博物馆，5月7日在报刊之家和意大利诗社朗诵自己的诗作。（俄文版《帕斯捷尔纳克全集》第3卷所加的这条注释，说明帕斯捷尔纳克此处的记述有误。——译注）

他对我说，有人准备在报刊之家摆出批评家清廉正直的姿态让勃洛克当众出丑，严厉斥责他，起哄闹事。他建议我和他一起去那里，及时防止预谋在先的卑鄙行为。

我们退出勃洛克诗歌晚会，步行前往第二个晚会，而勃洛克则是有人开车送他过去的。当我们抵达报刊之家所在地尼基塔林荫道时，这里的晚会已结束，勃洛克也已去了意大利语言文学爱好者协会。我们所担心的闹剧此时已经发生。勃洛克在报刊之家朗诵之后，有人对他讲了一大堆荒唐话，同时无所顾忌地当面指责他已过时，心灵已死灭。[1] 对此，他平静地表示同意。这番话是在他真的去世前几个月所说的。

# 5

在我们当初敢想敢为的那些年中，只有阿谢耶夫和茨维塔耶娃两人掌握了成熟的、完全定型的诗歌文体。包括我在内的其他人的那种被捧得很高的独创性，是由于各方面造诣不深和备受约束而产生的，不过这些不足并未妨碍我们创作、发表作品和翻译。那时我的一些令人感到压抑的笨拙文字中，最薄弱的是我翻译的本·琼生的剧作《炼金术士》和歌德的长诗《秘密》[2]。在勃洛

---

[1] 勃洛克在报刊之家朗诵自己的诗作时，莫斯科无产阶级文化协会文学分部负责人亚·菲·斯特鲁韦曾当场发言，对勃洛克进行批判。

[2] 这两部作品是帕斯捷尔纳克应教育人民委员部戏剧分部（TEO）和世界文学出版社之约，于1918—1919年翻译的。
歌德的长诗《秘密》（1784—1785）未能完成。按诗人原先的构思，这部长诗应由3000节八行诗构成，但后来只写出了含有14节八行诗的"献词"和44节八行诗的正文片段。帕斯捷尔纳克翻译的《秘密》，也就是歌德这部长诗的遗稿。——译注

克为世界文学出版社而写、收进其最后一卷文集的其他一些评论文章中，就包括对拙译的评说。[1] 他的评价不无轻慢，具有毁灭性，却颇为公正，令人信服。不过，我在罗列详情细节方面已经冒进，还是应当返回一度被搁置而中断的叙述，注目于早已远逝的20世纪第一个十年中的那些岁月。

## 6

在中学三四年级读书时，我曾拿着在尼古拉耶夫铁路彼得堡货运站任站长的舅舅给我的一张免费车票，独自一人跑到彼得堡去度圣诞节假期。我整天沿着这座永恒之城的街道徘徊游荡，好像是在迈动双腿，贪婪地放眼阅读一部完美的石头巨著，晚间则泡在科米萨尔热夫斯卡娅剧院里。我曾被最新文学所俘获，痴迷于安德烈·别雷、汉姆生[2]和普舍贝谢夫斯基[3]。

关于旅行的更多、更实在的认识，我是在1906年随全家人一起去柏林期间获得的。那时我第一次到了国外。

一切都不同于往常，一切都是异样的。你仿佛不是在生活，而是在梦中，似乎在参加杜撰的、对于任何人而言都不是必要的戏剧演出。你谁也不认识，谁也管不着你。列车上每个包间都有

---

[1] 勃洛克作为世界文学出版社的审稿专家之一，曾为帕斯捷尔纳克翻译的歌德长诗《秘密》的译本写过一篇《献词》，此文被载入该出版社出版的《秘密》俄译本。
[2] 克努特·汉姆生（1859—1952）：挪威小说家、戏剧家和诗人，1920年诺贝尔文学奖获得者。
[3] 斯坦尼斯拉夫·费利克斯·普舍贝谢夫斯基（1868—1927）：波兰作家。

列·奥·帕斯捷尔纳克为
高尔基画的肖像（1906）

一扇单独的小门，沿着整个车厢板壁排成一长列，时而打开，时而砰的一声关上。高悬在这座特大城市的街道、水渠、赛马厩和后院上方的环形立交桥，延伸着四条轨道。列车在奔驰，交替赶超，或并行不悖，或分道扬镳。桥下街道两边的灯光彼此交织，相互辉映，二三层楼的灯光与高架桥平齐，车站小吃部中装饰着彩灯的自动售货机，不时抛出雪茄烟、甜品和挂糖扁桃仁。我很快就习惯了柏林，沿着它那数不清的街道和大得无边的公园游逛，模仿柏林口音说德语，呼吸火车烟雾、煤气灯和啤酒馆油烟的组合气体，聆听瓦格纳的音乐。

柏林满是俄国人。作曲家列比科夫为相识者演奏他的《新年枞树》[1]，把音乐艺术分为三个时期：贝多芬之前的动物音乐，下一个时期的人类音乐，他本人去世后的未来音乐。

高尔基也曾在柏林小住。家父为他画过肖像。安德列耶

---

[1]《新年枞树》：俄罗斯作曲家、教育家列比科夫（1866—1920）根据安徒生的童话《卖火柴的小女孩》和陀思妥耶夫斯基的短篇小说《与基督共度圣诞晚会的小男孩》而创作的歌剧。

娃[1]不喜欢这幅画,因为画面上的高尔基颧骨突出,显得棱角分明。她说:"您还不了解他。他是哥特风格的人。"那时人们都是这样表述的。

## 7

大概是在这趟旅行之后返回莫斯科时,那个时代的另一位伟大抒情诗人进入我的生活,这就是当时刚有一定声望、如今已成为世界所公认的德语诗人莱内·马利亚·里尔克。

1900年,他曾去过亚斯纳亚·波利亚纳,拜访托尔斯泰,同时和我父亲结识并有书信往来,还曾到克林市附近的扎维多沃镇做客,在农民诗人德罗仁[2]那里度过了一个夏季。

在这已远逝的岁月中,里尔克曾把自己的几本早年诗集赠给我父亲,并附上温馨的题词。在我所描述的那些年里的一个冬日,有两本诗集延迟很久才传入我手中。他的诗令我大为惊奇,超过了我初读勃洛克诗作时所感到的惊讶:语气坚定,不拖泥带水,端庄郑重,言辞有着直接的承担。

## 8

在我们这儿,人们还完全不了解里尔克。以俄语译出其诗

---

[1] 玛丽娅·费奥多罗夫娜·安德列耶娃(1868—1953):俄罗斯演员,高尔基的第二个妻子。
[2] 斯·德·德罗仁(1848—1930):俄罗斯诗人。1900年7月,里尔克曾前往特维尔省尼佐夫卡乡村地区拜会这位诗人。

作的为数不多的尝试都不成功。这不是译者们的过错。他们习惯于再现原诗的意义，而不是表达的语调，而这里的全部问题就在于语调。

1913年，维尔哈伦到过莫斯科。我父亲也曾为他作画。[1] 有时父亲叫我过去吸引作画对象的注意力，为的是不让模特儿的面部表情显得僵硬和板滞。有一次，我

里尔克（1875—1926）

就是这样分散历史学家瓦·奥·克柳切夫斯基的注意力的。现在我又必须如此吸引维尔哈伦的注意力。我先以合情合理的赞美说起他本人，然后又胆怯地询问他是否在某个时候听说过里尔克。我未预料到维尔哈伦认识他。摆好姿势的人面貌为之一新。对于家父来说，没有比这更好的状态了。里尔克这个名字比我的全部话语都更让模特儿活跃起来。维尔哈伦说："这是欧洲最优秀的诗人，也是我敬爱的结义兄弟。"

在勃洛克笔下，散文是他的诗歌赖以产生的源泉。他没有把

---

[1] 1913年12月，比利时诗人维尔哈伦（1855—1916）曾应勃留索夫的邀请访问莫斯科，12月7日在自由美学协会作关于诗歌的报告。列·奥·帕斯捷尔纳克为维尔哈伦画有好几幅肖像画，诗人认为其中最好的是自己朗诵诗歌时的那一幅画。

散文引入自己表现方法的结构中。对于里尔克来说，他的诗歌的语言与风格和现代长篇小说家们（托尔斯泰、福楼拜、普鲁斯特和斯堪的纳维亚地区的作家们）生动形象、注重心理描写的手法是不可分离的。

可是，无论我怎样梳理和描述里尔克的独特性，我还是不能让人们理解他；为了这一理解的目的，我特意为本章翻译了他的两首诗，现引证如下。

# 9

## 读　书

我读得入迷了。我已读了很久。
从雨水拍打窗户的那一瞬间。
因为整个地沉浸于阅读，
我并未感觉到阴雨连绵。
我逐字逐句地细读，仿佛
凝视沉思的皱纹，钟表不断
固定着时间，抑或已倒转。
我似乎突然看见，鲜红的颜色：
落日、夕阳、余晖，在书页中布满。
当字行宛如一串项链扯断，
字母便任意向周围四散。
我知道，太阳告别花园时，

一定会再一次回望，
从紧裹晚霞的栅栏后边。
种种迹象仿佛表明已是夜间。
路边的树木彼此偎依，
人们也聚成各自的小圈
悄悄议论，这时每个音节
都比黄金珍贵，经受评鉴。
如果我的眼光离开书本，
举目凝视窗外，便可见
一切亲密无间，彼此相连，
切近而符合我的心愿。
但要更深地体验昏暗，
还要让双眼适应无边夜色，
还会看到小于大地的周边
已然超越自身，
辽阔而逼近云天，
小镇边缘最远的星星
恰似教区尽头小屋的灯盏。

## 观　　察

树干以树皮的皱褶
对我诉说着风暴狂澜，
可我在这经常的漂泊中

在这出乎意料的阴雨天,
无法听见流浪的音讯,
没有朋友和姐妹,形只影单。

阴雨天急切冲撞,穿过小树林,
穿过房舍和栅栏,
又逢生命常青的大自然,
无论岁月,无论日常用品,
还是远方赞美诗般的空间。

比照生活,我们的争论何等微小,
反对我们的一切何等强悍。
我们要达到一百倍的成熟,
就要屈服于大自然的压力
——它一直都在自由运转。

我们所有的胜利都微不足道,
我们的成功损害我们的尊严。
非凡而空前的壮举
总是把另一些勇士呼唤。

旧约中的天使就是如此
寻觅到的对手实力可观。
他紧抱竞技者,仿佛抱着竖琴,

竞技者的每一根筋
都是供天使拨奏的琴弦,
要让他弹出交锋的礼赞。

那位被天使战胜的竞技者,
他是无辜的,但并不感到自满,
在意识清醒和活力四射时
退出了这一场鏖战。
他不再去谋求胜利。
只守候着更高的起点,
以自身壮大给予他回报,
将不断战胜他视若等闲。

## 10

　　大约从1907年起,出版社雨后春笋般地开始出现,经常举行令人耳目一新的音乐会,"艺术世界""金羊毛""红方块J""驴尾巴""蓝玫瑰"等画展一个接一个地举办。与索莫夫、萨普诺夫、苏杰伊金、克雷莫夫、拉里翁诺夫、冈察罗娃等俄国人姓名一起闪现的,有博纳尔[1]、维亚尔[2]等法国人的名字。在"金羊毛"画展上,挂着遮光窗帘的展厅里,如同在温室中那样,从摆放在

---

[1] 皮埃尔·博纳尔(1867—1947):法国画家、版画家,后印象派先锋派代表画家之一。——译注
[2] 让-爱德华·维亚尔(1868—1940):法国画家、装饰艺术家和版画家。——译注

四周的风信子花盆中散发出泥土的芳香，可以看到马蒂斯[1]和罗丹寄给画展的作品。年青一代都追随这些流派。

在拉兹古里亚伊地区一栋新建楼房的院落中，保留着将军房主的一处木结构旧宅。住在阁楼上的主人之子、诗人和画家尤利安·帕夫洛维奇·阿尼西莫夫，在那里聚集了一些和他见解相同的年轻人。他的肺部不太健康，在国外度过了好几个冬季。春秋两季天气好的时候，熟人们便在他那里聚会。他们诵读作品，弹奏乐器，绘画，发议论，品尝点心，饮用兑了朗姆酒的茶。我在这里结识了许多人。

主人是位才华横溢、审美能力颇高的人物，博学多识，受过系统教育，能像讲俄语一样流利运用好几种外语，他本人在某种程度上就是诗的化身，这种程度形成了业余爱好的着迷状态，但是凭借这种程度，却难以另外再成为可以由此培养出大师的强有力的创造性个性和典型。我们有着相似的兴趣和一致爱戴的人。我也非常喜欢他本人。

常来这里的还有现已去世的谢尔盖·尼古拉耶维奇·杜雷林，当时他是以谢尔盖·拉耶夫斯基为笔名写作的。正是他吸引我从音乐转向文学的，出于自己的善意，他能从我的初期试作中找到某些值得注意的方面。他生活贫困，靠给人上课来赡养母亲和姨妈，而他那充满激情的直率和狂热的信念，则令人觉得他如同传说中所刻画的别林斯基形象。

在这里，我早已认识的大学同学康·格·洛克斯，第一次把

---

[1] 亨利·马蒂斯（1869—1954）：法国画家、雕塑家、版画家，野兽派创始人和主要代表人物。——译注

186

因诺肯季·安年斯基的诗歌介绍给我，这是由于他断定，在我的习作和徘徊寻路与这位那时我还不知道的优秀诗人之间，存在某些相似性特征。

这个小组有自己的名称。大家给它起名为"谢尔达尔达"（Сердарда），但其含义却谁也不知道。这个词仿佛是小组成员之一、诗人和男低音歌手阿尔卡季·古里耶夫[1]有一次在伏尔加河上听来的。他听到这个词是在两艘轮船于码头附近相遇的夜间忙乱中，当时一艘船就要靠近另一艘，后到的那艘船上的旅客们带着行李穿过较早停泊在码头上的轮船内部，和其中的旅客及行李物品混在一起。

古里耶夫是萨拉托夫人。他拥有洪亮而柔和的嗓音，能优美而纯熟地表达所唱歌曲的戏剧与声乐的精微之处。正如所有自学成才者那样，他也同样以连续不断的滑稽逗乐和故显笨拙时流露出来的深邃真实的天赋而令人惊叹。他那非凡的诗篇预示了未来马雅可夫斯基的狂放无羁的真挚和叶赛宁生动鲜活地传达给读者的清新意象。这是一位具备全部基本素质的歌剧和戏剧表演艺术家，有着自己的、奥斯特罗夫斯基不止一次描述过的那类演员的特质。

他有一个大脑门的、洋葱头般圆圆的脑袋，鼻子偏小，从前额到后脑勺的整个头部都显出将来谢顶的迹象。他全身都在活动，富有表情。他既不做手势，也不挥手，但是，当他站着议论什么或朗诵时，上身也会微微摇晃，以躯体语言进行表达。他有时低

---

[1] 阿尔卡季·伊万诺维奇·古里耶夫（1881—1944）：俄罗斯诗人和歌唱家。

下头，身体后仰，两腿分开，似乎是在踏拍跳舞的音乐中被人突然碰上。他稍有些酗酒，在狂饮时开始相信自己的杜撰。在自己的表演临近结束时，他往往做出自己的脚后跟被粘在地板上、怎么也动弹不得的样子，还要人相信好像是魔鬼抓住了他的一只脚。

许多诗人和艺术家都曾造访"谢尔达尔达"，如为勃洛克的诗篇《柳枝》谱曲的鲍·鲍·克拉辛[1]；后来成为我的早期试作之合作者的谢尔盖·博布罗夫，他出现在拉兹古里亚伊之前，就有传言说他似乎是新生的俄罗斯的兰波；缪斯革武斯出版社的出版商亚·梅·科热巴特金；特意前来莫斯科的《阿波罗》出版者谢尔盖·马科夫斯基；等等。[2]

我自己是以音乐家的旧有身份加入"谢尔达尔达"的，大家来聚会时，我就在晚会开始之际以钢琴即兴演奏来描摹每位来宾。

短暂的春夜匆匆逝去。清晨的寒气吹进打开的小窗。寒风的吹拂掀起窗帘的下摆，轻轻拂动着即将燃尽的烛火，把放在桌上的纸页吹得簌簌作响。客人和主人，空荡荡的远方和灰蒙蒙的天空，房间和楼梯，全都犯困了。我们四散而去，沿着由于阒无人迹而显得宽阔而漫长的街道，追赶着望不断的清污水车上发出隆隆响声的木桶。"一群人头马。"——不知是谁以那时的语言这样说道。

---

[1] 鲍·鲍·克拉辛（1884—1936）：俄国作曲家，民族志学家，革命活动家。
[2] 亚·梅·科热巴特金（1884—1942）：俄国文学家，缪斯革武斯出版社（1909—1917）和阿尔基奥涅（1909—1923）出版社的出版商。谢尔盖·马科夫斯基（1877—1962）：象征主义刊物《阿波罗》（1909—1918）的出版者。

## 11

围绕缪斯革忒斯出版社形成了一个类似于研究院的团体。安德烈·别雷、斯捷蓬、拉钦斯基鲍里斯·萨多夫斯基、埃米利·梅特纳、申罗克、彼得罗夫斯基、埃利斯和尼伦德尔等,和那些有思想共鸣的年轻人一起,研究诗歌格律问题、德国浪漫主义的历史、俄国抒情诗、歌德与理查德·瓦格纳的美学、波德莱尔与法国象征主义者,以及古希腊的前苏格拉底哲学。

安德烈·别雷是所有这些创举的灵魂,那个岁月里这个圈子中无可置疑的权威,一流诗人,更是散文体《交响曲》、长篇小说《银鸽》和《彼得堡》的令人倾倒的作者,这些散文作品完全改变了革命前同时代人的审美趣味,苏联时代初期的散文创作也是由此而产生的。

安德烈·别雷拥有天才的全部特征,他未曾被日常生活的妨碍、家庭和亲人的不理解引入常轨,这种不理解曾导致毫无担当的消遣作乐,把生机勃勃的力量变成徒劳无益的破坏力。但这种崇高精神追求过剩的缺憾并未降低他的尊严,反而唤起人们的同情,给他的魅力增添了一种经受着痛苦的特征。

他曾主持俄国古典诗学抑扬格的实践研究课程,和听众们一起以统计学方法对抑扬格的节奏类型和变异进行统计与整理。我没有去上过这个小组的课,因为如同现在一样,我总是认为语言的音乐完全不是声学现象,不在于单独选取出来的元音和辅音的

安德烈·别雷
(1880—1934)

和谐悦耳,而在于言辞的意义及其声响的相互关系。[1]

缪斯革忒斯出版社的年轻人有时不是聚集在本社办事机构中,而是在别的地方。雕塑艺术家克拉赫特[2]的位于普雷斯尼亚街的工作坊就是这样一个聚会地点。

工作坊的上面一层是住人的,看上去就像吊在它上方的一张没有用屏风遮挡的高板床;在下面一层,古希腊罗马雕像的模塑品、石膏面像和主人自己的作品都披上了常春藤和其他装饰性绿草,呈现出一片白色。

---

[1] 安德烈·别雷在他的回忆录《两次革命之间》(1934)中,把帕斯捷尔纳克列为当时去听作家、哲学家费·奥·斯捷蓬(1884—1958)的哲学讲座的大学生之一。
[2] 康·费·克拉赫特(1868—1919):俄国雕塑家,他是比利时著名雕塑家和风景画家康斯坦丁·麦尼埃(1831—1905)的学生。

晚秋时节的某一天[1]，我在工作坊里作了一个题为《象征主义与永恒》的报告。小组中一部分人坐在下层，另一部分人则躺在阁楼的地板上，从楼板边缘伸出头，在那上面听报告。

报告形成的基础，是考虑到我们的感受具有主体性，确认我们在自然界所感觉到的声音与色彩，同另一种客观存在的声波与光波的振动起伏相吻合。贯穿于报告的思想，即认为这种主体性不是个别人的特性，而是世代相传的、超个人的性能，这是人类世界的、人类共有的主体性。我在报告中曾设想，每一位行将就木的个人都会留下一份这种不朽的、世代相传的主体性，那是他在生前就拥有的，并以此参与了人类生存的历史。报告的主要目的是提出一种假设，推想心灵的这一极度主观而又具有全人类性的角落或一部分，有可能就是艺术自古以来的运转范围和主要内容。除此之外，虽然艺术家和大家一样，当然也会消亡，但他所体验到的生存幸福却是永恒的，在他谢世后几个世纪，其他人还可能以某种接近其个性、与其血肉相连的方式重新体验他的原初感觉。

报告以《象征主义与永恒》为题，是因为其中肯定了任何艺术的象征性和假定性实质，正如可以在最一般的意义上谈论代数的象征性那样。

这篇报告产生了影响。大家议论纷纷。我很晚才从工作坊返回。在家中我得知，托尔斯泰由亚斯纳亚·波利亚纳出走后，途中因病滞留，于阿斯塔波沃车站去世；我父亲已接到通知他过去

---

[1] 帕斯捷尔纳克作这篇报告的时间，其实是1913年2月10日。——译注

的电报。我们很快就收拾停当，前往帕维列茨基火车站赶乘夜班车。

## 12

那时到市外去，出行感比现在更明显，乡村地区和城市的区别比当今时代大得多。平坦的、因稀疏的村落而稍稍显出生机的休耕地和秋播地的原野，养育着规模有限的城市俄罗斯并为她付出辛劳的、适于耕作的乡村俄罗斯的千万顷土地，从清晨起就扑入车厢的窗口，且一整天都没有退避。最初的寒潮已给大地披上银装，白桦树还未凋落的金叶沿着田垄给大地装上了边饰，这寒流的银白和白桦的金黄以朴素的装饰覆盖着大地，仿佛是给它神圣而安详的古典风范镶上的金银叶片。

翻耕过的和休耕的田地在车厢窗外飞逝，却不知道就在附近不太远的某个地方，大地上的最后一位勇士已离世而去，他就其家族门第而言可以说是大地的主宰，而就其深谙人世精微之处的智力经验而言，则可以说是天之骄子中的骄子，显贵中的显贵；然而，出于对土地的眷恋和面对土地时的愧疚之心，他却像庄稼人一样着衣束腰，扶犁耕地。

## 13

想必这已是众所周知，有人要为托尔斯泰画像，而后来跟随梅尔库罗夫一起来的造型工还将从逝者头部拓制面模，因此让前来与逝者永诀的人们都离开房间。我们进去时，那里已腾空。只见从远处的一个角落里，泪流满面的索菲娅·安德列耶夫娜迎着我父亲急匆匆地走过来，抓住他的双手，抽抽搭搭、断断续续地噙泪说道："哎呀，列昂尼德·奥西波维奇，我遭受了什么样的痛苦！您要知道，我是多么爱他！"随后她开始讲述托尔斯泰出走时，她试图自杀，并已投入水中，结果有人从池塘里把差一点就丧命的她拉了上来。

房间里平躺着如同厄尔布鲁斯山一样的山峰，而她就是这座山峰上的一块巨大的独立岩石。半空中的雷雨云占据了房间，而她就是这片乌云中独立的闪电。她并不知道自己拥有山岩和闪电般沉默的权利，有权以神秘莫测的行为折服众人，不加入世界上最缺乏托尔斯泰主义的同托尔斯泰主义者的纷争，不接受同这帮人之间的无足轻重的论战。

她一边进行自我辩护，一边呼吁我父亲证明她是靠着忠诚和理念认识而超越论敌的，也会比那些人更好地保护逝者免受损害。我曾想，上帝，怎么会让一个人陷入这样的状况，更别说托尔斯泰的妻子了。

这确实是奇怪的。现代人把决斗视为一种已过时的陈规旧俗而予以否定，却以普希金的决斗与死亡为题材写过大型作品。[1] 不幸的普希金！他本应与谢格廖夫联姻，这就会使后来的普希金生平与创作研究一切顺理成章。他或许可以活到我们的时代，可以写出《奥涅金》的若干续篇，可以完成五部《波尔塔瓦》而不

---

[1] 这里指俄国文学史研究者帕·叶·谢格廖夫（1877—1931）写的《普希金的决斗与死亡》（1916）一书。——译注

列·奥·帕斯捷尔纳克为晚年的列夫·托尔斯泰画的肖像（1902）

是一部。不过我总觉得，如果设想普希金比需要纳塔莉娅·尼古拉耶夫娜[1]更需要我们的理解，那么我就不再理解普希金了。

## 14

但是，平躺在角落里的并非一座山峰，而是一位满脸皱纹的矮小老人，托尔斯泰作品中的老者之一，他描写过几十位这样的老者，把他们分置于自己作品的篇页中。这个地方四周插满了低矮的小枞树。西沉的落日四束倾斜的光线穿过房间，以十字窗格的巨大暗影和许多绘制成枞针形的细小稚气的十字架，为这个停放着遗体的角落画十字祝福。

---

[1] 纳塔莉娅·尼古拉耶夫娜·冈察洛娃（1812—1863）：普希金的妻子。

阿斯塔波沃车站所在的小镇，那一天成为世界新闻业扰攘沸腾的聚集地。站内的小吃部生意火爆，服务员穿梭般张罗不歇，唯恐来不及满足需求，跑动着分送烤熟的带血牛排。啤酒流水般地不停流淌。

托尔斯泰的儿子伊里亚和安德烈·利沃维奇兄弟已在车站里。谢尔盖·利沃维奇也乘火车到达，这趟车要把托尔斯泰的遗体运送到亚斯纳亚·波利亚纳。

唱着《永志不忘》之歌的大学生和年轻人穿过车站的院子和花园，把安放着遗体的棺椁搬到月台上靠近列车开到的地方，再把它放到货车车厢中。站台上的人群纷纷脱帽哀悼，歌声再度响起时，列车缓缓地朝着图拉方向驶去。

托尔斯泰已安息——这在某种程度上是自然的，正如一个朝圣者在路旁安息那样。这条路靠近那个时代俄罗斯的通行车道，他笔下的男女主人公将继续沿着这些车道奔波前行和盘旋徘徊，面向车窗注视着这个在路旁躺卧的微不足道的车站，但并不知晓那双终生注视着他们、以目光拥抱过他们、让他们永世长存的眼睛，已在这里永远合上。

## 15

如果要从每位作家身上提取一种品质，例如可以说到莱蒙托夫的激情洋溢，丘特切夫的广博丰富，契诃夫的盎然诗意，果戈理的清新炫目，陀思妥耶夫斯基的想象力度——那么关于托尔斯泰，假若只限于一种特征，可以怎样说呢？

这位道德家，平等思想的提倡者，那种囊括所有人、绝无姑息和例外的严明法纪的宣传者,与任何人都有所不同的是一种难以置信的独创性。

他在整个一生中,在任何时候都拥有在某一瞬间断然终结时、在详尽无遗的显著轮廓中看见现象的能力,就像我们只有在罕见的场合,在童年时代,或者是在一切得以更新的幸福高潮中,或者是在重大精神胜利的庆典中所能展望的那样。

为了拥有这样的洞察力,我们的眼睛应当瞄准激情。正是激情才能以自己的迸发照亮观察目标,增加它的能见度。

托尔斯泰经常具有这样的激情,即创造性直观的激情。正是在这种激情的光照下,他把原初的新鲜感视为一切,以新的眼光观照,好像是第一次看到那样。他所见现象的真实性和我们的习惯如此不同,以至可能会让我们觉得奇怪。但是托尔斯泰并不寻求这种奇异性,不把追踪这种奇特性作为目的,更没有把它作为一种写作方法赋予自己的作品。[1]

---

[1] 帕斯捷尔纳克曾对维克多·什克洛夫斯基发明的"奇异化"(остранение,又译"反常化""陌生化")概念以及对他的阐释提出质疑,不赞同什克洛夫斯基认为托尔斯泰长于运用"奇异化"手法的观点。

## 第一次世界大战之前

### 1

1912年，我在国外度过春夏两季，共达半年之久。国内学校放假的时间，正值西方学校的夏季学期。我曾在德国马尔堡市的一所古风犹存的大学里度过这样的一学期。

在这所大学中，罗蒙诺索夫曾听过数学家和哲学家克里斯蒂安·沃尔夫的课。在他之前一个半世纪，乔尔丹诺·布鲁诺[1]在返回祖国、被宗教裁判所烧死于罗马之前，曾在这里讲授他的《新天文学概论》。

马尔堡是一座建于中世纪的小城。那时它共有29000名居民，而大学生就占了一半。小城优美如画，紧靠着一座山，从山上开采的石头，用来建造房屋和教堂，城堡和学校。整个城市隐没在一座座枝叶茂密、夜色般幽暗的花园里。

我身上只剩下积攒下来准备在德国生活和学习用的一点钱。我就拿这笔未花完的余款去了意大利。我看见了仿佛是用被大海

---

[1] 乔尔丹诺·布鲁诺（1548—1600）：文艺复兴时期意大利思想家、自然科学家、哲学家和文学家。——译注

抛到岸边来的透明小石子砌成的威尼斯，它呈现出一片玫瑰色和海蓝宝石般的绿色；还造访了浓荫掩映、密集紧凑而匀称秀丽的佛罗伦萨，它活活是从但丁的三行连环韵诗中提取出来的。不过我的钱已不够再去罗马一游。

一年后，我从莫斯科大学毕业。在这期间，我得到了留校任教的年轻史学家曼苏罗夫[1]的帮助。他提供给我一整套备考资料，他自己在一年前就是凭着这套资料通过国家考试的。教授丰富的私人藏书已超越考试的要求，其中除了一般的参考书之外，还含有古代经典文献方面的详细指南和一些论及各类问题的学术专著。我好不容易才请出租马车运回这批财富。

曼苏罗夫是年轻的特鲁别茨科伊[2]和德米特里·萨马林的亲戚和朋友。我在第五中学学习期间就认识了他们俩，平时他们都在家中自学，每年来参加附加考试。

特鲁别茨科伊家的老一辈——大学生尼古拉·特鲁别茨科伊的父亲和叔叔[3]，一位是法学总论教授，另一位是大学校长和著名的哲学家。两人都是身材魁梧的大块头，总是穿着没有腰身的常礼服，大象似的费劲地登上讲台，以低沉的、贵族式不纯正的

---

[1] 谢·帕·曼苏罗夫（1890—1929）：俄国教会史家，是帕斯捷尔纳克的中学同年级同学，后来考入莫斯科大学；革命后与帕·弗洛连斯基一起在谢尔盖"圣三一"修道院保卫文化遗产委员会工作，从1926年起担任韦列亚地区杜布罗维察修道院教堂神甫。
[2] 尼·谢·特鲁别茨科伊（1890—1938）：俄国语言学家，莫斯科语言学小组的参加者，后来又是布拉格语言学小组的组织者，欧亚主义思想家之一。
[3] 即谢·尼·特鲁别茨科伊（1862—1905）和叶·尼·特鲁别茨科伊（1863—1920）兄弟。

恳求性语调和苦口婆心般的嗓音,讲授各自的精彩课程。

这三位年轻人就像形影不离的三人组常在校园里穿行,他们出身门第相当,都是身材高大、富有才华的青年,时而双眉紧锁,但声音洪亮,也颇有名望。

这个圈子中的人都崇敬马尔堡哲学流派。特鲁别茨科伊曾写过论及这一学派的文章,并把一些最有天赋的学生送到那里深造。在我之前就去过那里的德米特里·萨马林,已成为这座小城的自己人和马尔堡的爱恋者。我就是遵循他的劝告到那里去的。

德米特里·萨马林出身于驰名的斯拉夫派家庭,现在的佩列杰尔金诺作家村和佩列杰尔金诺儿童结核病疗养院就坐落在以往他家的领地上。哲学、辩证法和黑格尔学说融化在他的血液中,并为他所继承。他博而不专,漫不经心,大约也不完全正常。当他处于不正常状态时,往往会以一些奇怪的行为令人惊讶,因此他是难以相处的,在集体宿舍里大家也不能容忍。这不能归咎于和他相处不融洽的亲人,他老是和他们闹别扭。

国内战争期间他曾多年流落于西伯利亚,新经济政策开始实行时从那里回到莫斯科,变得十分简朴而非常明白事理。他因挨饿而浮肿,归途中身上生了许多虱子。因贫困而精疲力竭的亲人们关心照顾他,可是为时已晚。不久后他就患上伤寒,而当传染病消退时,他却已撒手人寰。

我不知道曼苏罗夫后来的命运如何,而著名的语文学家尼古拉·特鲁别茨科伊则已驰名世界,不久前逝世于维也纳。

## 2

国家考试结束后的那个夏季[1],我是在莫洛吉别墅父母身边度过的。别墅靠近莫斯科—库尔斯克铁路沿线的斯托尔博瓦亚车站。

据传说,当年拿破仑的先头部队进逼时,我方后撤军队中的哥萨克们曾在这所房子里开枪击退敌人。在和公墓融为一体的公园深处,这些哥萨克的坟墓已是杂草丛生,满目萧条。

别墅内的各个房间和它们的高度相比显得狭窄,但是窗户高大。桌上的煤油灯给四周绛紫色的墙壁角落和天花板投去大尺寸的暗影。

小河在公园附近蜿蜒流淌,似乎整个处于多条急转弯的水沟中。在一个深渊上方,一棵高大的老白桦树已坠下一半,眼看就要倾倒,却还在继续生长。

老白桦树杂乱的绿色枝条看上去就像是一个悬挂在水面上方的空中凉亭。树枝结结实实地彼此缠绕,可以在那上面坐下或半倚半躺。我在这里为自己设立了一个工作角。我阅读丘特切夫,生平第一次并非作为罕见的例外,而是经常不断地写诗,正如有人从事绘画或作曲那样。

在这已流逝的两三个夏季,在这片古树的浓荫下,我写完了自己的第一本诗集。

诗集的名称《云中双子星座》充满奢望而愚蠢,来源于对宇

---

[1] 即1913年夏季。

宙论的深奥难解的模仿，当时象征主义者的书名和他们许多出版社的名称都有这样的特点。

写下这些诗篇，一再删改，或恢复划掉的词句，这一切都出自一种深层需求，并使我感受到无可比拟的、激动得流泪的极大满足。

我致力于避免浪漫主义的故作姿态和额外附加的趣味性。我不需要在舞台上大声朗诵诗歌，让从事脑力劳动的人们唯恐避之莫及，愤愤不已："何等蜕化！何等野蛮！"我也无须端庄持重的雅致，那会让人感到无聊得要命，而朗诵之余教授太太们还会在六七位仰慕者圈子里说道："请允许我握一下你诚恳的手。"我更没有达到舞蹈或歌唱式的节奏明晰，由于这种节奏的作用，即便几乎没有词语的参与，人们也会自行开始手舞足蹈。无论对于什么，我都既不表现，也不反映，既不再现，也不描绘。

后来，有人为了不必要地拉近我和马雅可夫斯基的关系，认为在我身上有雄辩家和语调运用的特长。[1]这是不对的。我并不比任何会说话的人更具有这些特长。

事实完全相反，我一直牵挂和关注的是诗的内涵，我始终梦想着让诗歌自身包含某种内容，让它包含崭新的思想或崭新的画面。希望诗歌以自己的全部独创性镌刻在书中，从书页中以自己的全部缄默和乌黑暗淡的印制色调展开诉说。

比如说，我曾写过《威尼斯》或《火车站》等诗。一座水上城市矗立在我眼前，它的圆形和8字形倒影在水面上浮游和

---

[1] 尼·阿谢耶夫和维·什克洛夫斯基曾先后撰文表达过这样的见解。——译注

增多，就像泡在茶水中的面包干那样膨胀。还可见远处，在铁路和站台的末端，整个高耸于一片云烟中的与铁路告别的地平线。列车消失于地平线之外，这地平线含蕴着人们相互关系的完整历史，含蕴着一次次相逢与送别及其前前后后的无数事件。

我本来也无须从自身、从读者那里、从艺术理论中求得任何东西。我要做的只是在一首诗中含有威尼斯城市，而在另一首诗中则可见布列斯特车站，也即现今的白俄罗斯—波罗的海车站。在题为《火车站》的诗篇中，博布罗夫喜欢的诗行是："往往，在连阴雨和枕木的调节中，／西边就变得更开阔。"在我们和阿谢耶夫以及另外几位初学写作者的团体中，有一个以共同出资方式建立的同人出版社。由于曾在《俄国档案》服务而熟知印刷事务的博布罗夫，亲自和我们一起印制书刊，出版我们的作品。他推出了我的《云中双子星座》，诗集中附有阿谢耶夫的一篇友善的序言。

诗人巴尔特鲁沙伊蒂斯的妻子玛丽娅·伊万诺夫娜说过："您未来某个时候会为出版一本不成熟的小册子而遗憾。"她说得不错。后来我一再为此而懊悔。

# 3

1914年炎热的夏季，旱情持续，有日全食发生。我在奥卡河畔巴尔特鲁沙伊蒂斯家大庄园的别墅中度夏，这座庄园位于阿列克辛市附近。我和他们家的儿子一起温习功课，还为那时兴建的一家小剧院[1]翻译德国作家克莱斯特的喜剧《破瓮记》，巴尔特鲁沙伊蒂斯时任这家小剧院的文学指导。

文艺界很多人士都到这座庄园中来过，如诗人维亚切斯拉夫·伊万诺夫、画家乌里扬诺夫[2]、作家穆拉托夫的妻子，等等。在离此地不远的塔鲁萨，巴尔蒙特为同一家小剧院移译了迦梨陀娑的《沙恭达罗》。

7月间我回到莫斯科，去了征兵委员会，准备应征入伍，却得到了一张免服兵役证，由于童年时代摔伤后一只腿被截短而终身免服兵役，于是我带着免役证又返回奥卡河畔巴尔特鲁沙伊蒂斯家中。

在这之后不久，就有了这样一个晚间。沿着奥卡河在水中芦苇间弥漫的雾霭，久久飘荡着似乎在演奏波尔卡舞曲和进行曲的军乐，这乐声从下而上，越来越近。然后，一艘不大的拖轮拖着三条驳船从岬角后边驶出。大概有人从拖轮上看见了山上的庄园，并决定停靠。轮船拐弯后横穿河面，把驳船拖到庄园所在地岸边。船上有为数众多的近卫军部队士兵。他们下船后，在山下点上了篝火。有人邀请军官们到山上庄园里就餐和过夜。第二天早晨，他们都乘船离岸而去。[3] 这是预先进行战斗动员的一个组成部分。战争已开始。

---

[1] 小剧院：建立于1914年，位于莫斯科特维尔林荫道23号，1950年关闭。——译注
[2] 尼·帕·乌里扬诺夫（1875—1949）：俄罗斯画家，瓦·亚·谢罗夫（1865—1911）的学生。——译注
[3] 帕斯捷尔纳克的这段经历后来被写入他的《一部中篇小说的三章》（1922）中。——译注

# 4

那些年里我曾在富商莫里茨·菲利普家中做过两段时间的家教——其中有一年左右的间隔,成为他们家的儿子瓦尔特的家庭教师,那是一个既招人喜欢又容易依恋人的孩子。

夏天里,在莫斯科发生针对德国的骚动期间,埃内姆、弗莱恩等几家最大的商行均被捣毁,其中也包括菲利普公司及其办事机构和他家的独幢住宅。

破坏活动是在经警察同意后按计划进行的。[1] 触动的只是老板们的财产,而不包括职员的家什用品。在持续发生的混乱中,他们保住了我的床单被褥、衣服和其他东西,但是我的书籍和手稿却被弄得乱七八糟,不复存在。

在后来较为平静的状态中,我也遗失了很多东西。我不喜欢自己1940年之前的语体风格,对马雅可夫斯基的一半作品持否定态度,叶赛宁的作品我也不是全都中意。那个时期文学形式的普遍衰落,思想的贫乏,杂乱无章而不规范的文体,都让我感到格格不入。我没有为失去一些有缺陷和不完善的作品而伤感。但是,即便是完全从另一个视角来看,我也从来没有为丢失的东西而难过。

生活中的失落往往比获取更有必要。"一粒种子如果不死,也就不会发芽。"[2] 应当不知疲倦地生活,应当向前看,吸收有机的储备来滋养自己,这种储备是遗忘和记忆共同培育而成的。

---

[1] 指1915年5月28日在莫斯科发生的针对德国商户的破坏活动。——译注
[2] 语出《新约·约翰福音》(12:24)。

安娜·阿赫玛托娃
（1889—1966）

  我在不同时期由于各种不同原因而丢失的文稿有：《象征主义与永恒》报告的文本；未来主义时期的几篇文章；为孩子们写的散文体童话；两部长诗；在诗集《越过壁垒》和《我的姐妹——生活》之间的过渡性诗稿笔记簿；写在一叠多张纸页上的一部长篇小说的草稿，其开头部分经加工润色后已作为中篇小说《柳维尔斯的童年》发表；斯温伯恩的《玛丽亚·斯图亚特》三部曲之一的一部完整悲剧的译稿[1]。

  菲利普一家从被彻底破坏、一半被烧毁的房子里搬到一套租下的住宅中。这里也有给我的单人房间。我至今记忆犹新：秋阳西沉，它的缕缕光线纵横交错地布满了房间和我正在翻阅的书本。傍晚在书中归结为两种形态。一种是以柔和的玫瑰色平躺在书页上的暮霭，另一种则是留痕于书中的诗歌的内涵与灵魂。我羡慕

---

[1] 指帕斯捷尔纳克翻译的查尔斯·阿尔杰农·斯温伯恩的悲剧《沙特拉尔》。

作者，她能以如此朴实无华的方式保存带入书中的现实掠影。这大约是阿赫玛托娃的一本早期诗集——《车前草》。[1]

## 5

那些年中，在菲利普家任教的间歇期，我曾前往乌拉尔地区和卡马河流域。我在彼尔姆省北部的弗谢沃洛德－维利瓦[2]度过了一个冬季，据在自己的回忆录中描写过这些地区的亚·尼·吉洪诺夫[3]证实，契诃夫和列维坦在某个时期也曾造访这一带。我还曾在卡马河畔静山镇的乌什科夫化工厂度过了另一个冬天。

在工厂办事处，我曾在兵役股工作过一段时间，让好几个乡村的适龄应征人员免于服役，他们都是在工厂报名登记的，为国防建设而工作。

冬季里，工厂以古旧的方式与外界进行联系。邮件是从坐落于250俄里之外的喀山用三驾马车运过来的，就像《上尉的女儿》所描写的那个时代。我有一次就跟车走过了这条冬天的道路。

1917年3月间，工厂里的人们都得知彼得堡爆发了革命，我也就回到莫斯科。

---

[1] 阿赫玛托娃的诗集《车前草》出版于1921年。根据帕斯捷尔纳克此作的上下文，可以确定这里所说的是阿赫玛托娃的另一本诗集《黄昏》（1912）。——原书编者注

[2] 弗谢沃洛德－维利瓦：俄国著名商人、艺术赞助者萨·季·莫罗佐夫（1862—1905）的遗孀季·格·列兹瓦娅（1867—1947）的田庄和工厂所在地。

[3] 亚·尼·吉洪诺夫（1880—1956）：俄罗斯作家，出版家，他在回忆录《时代与人物》中曾描写过这个地区及其相关人物。

我本应在伊热夫工厂找到并带上早些时候出差到那里的工程师兹巴尔斯基[1]——一位优秀人士,听从他的安排,并和他一起赶路。

从静山镇出发,是坐着滑木上装有带篷坐厢的马拉雪橇赶路的,从傍晚到夜间,再到第二天的部分时间,都在不停歇地行进。我穿着三件长袍,隐没在干草中,一整天都乘着雪橇行驶,弄得筋疲力尽,也失去了行动自由。我时而躺下昏睡,时而坐着打盹,时睡时醒,眼睛时闭时睁。

我看见了一条林中道路,寒冷夜空中的星星。一座座小山似的高高的雪堆让狭窄的通行小径变得弯弯曲曲。雪橇上坐厢的顶部常常撞到低垂的冷杉下部的树枝,洒下片片白霜,在落地的霜花上沙沙地滑过,同时随身带走另一些寒霜。洁白的雪野映现着闪烁的星光,把道路照得通亮。森林深处树木密集的地方,发出亮光的层层白雪犹如插在林中点燃的蜡烛,让人担心害怕。

纵列套上的三匹马前后彼此紧跟,拉着雪橇飞驰,时而这一匹歪到一边,时而另一匹走出队列。车夫时时刻刻竭力让三匹马走齐,每当带篷坐厢歪斜时,他就从那上边跳下来,与其并排奔跑,用肩膀顶住坐厢,不让它倒下。

我再度昏昏欲睡,失去了那一刻时间仍在流逝的概念,直到猛一冲撞和停止前行时才突然醒来。

森林里的一个驿站和关于绿林好汉的童话中所描写的完全相同。小木屋里灯光闪亮,茶炊烧得沸沸扬扬,时钟嘀嗒作响。赶

---

[1] 鲍·伊·兹巴尔斯基(1885—1954):俄罗斯生物化学家。帕斯捷尔纳克曾在短篇小说《无爱》(未完成,1918)中描写过和他相处的情景。

带篷雪橇过来的车夫临时脱去外衣,驱散寒气,为了不惊动正在睡觉的人们,可能还和正在隔板后面为他做夜宵的驿站长妻子低声说话,就像夜间常有的情形那样;这时,新换的车夫正在擦嘴,裹紧长袍,然后走进严寒中,套上又一辆三驾马拉雪橇。

于是又一番全力飞驶,滑木发出咝咝声,再次打盹和做梦。然后,到了第二天,在工厂烟囱林立的边远地方,又见到茫茫雪野、冰封的大河和一条铁路线。

## 6

博布罗夫对我温暖如春,我觉得受之有愧。他毫不松懈地注视着我的未来主义纯正性,保护我免受各种有害影响。他认为老一代诗人的同情就是这样的影响。他刚刚发现他们关注我的迹象,就好像担心他们的温情会让我陷入学院派影响之下似的,想尽各种办法急忙破坏稍稍显露出来的联系。由于他的青睐,我未能停止和诸派诗人的论争。

我曾和阿尼西莫夫夫妇——尤里安和他夫人薇拉·斯坦涅维奇[1]友好相处。可是当博布罗夫同他们俩决裂时,我却不由自主地只得参与其中。[2]

维亚切斯拉夫·伊万诺夫在赠予我的一本书上签上了令人感

---

[1] 薇拉·奥斯卡诺夫娜·斯坦涅维奇(1890—1967):俄罗斯女诗人,翻译家。
[2] 1914年1月,阿谢耶夫、博布罗夫和帕斯捷尔纳克宣布关闭"抒情诗歌"出版社,该社刚刚在阿尼西莫夫夫妇提供的资金支持下出版了第一批诗集。阿尼西莫夫的气恼首先向帕斯捷尔纳克发泄出来,甚至差一点引起决斗。

动的题词。博布罗夫在勃留索夫他们那个圈子里嘲笑这一题词,造成似乎是我怂恿他去讥讽的印象。维亚切斯拉夫·伊万诺夫随即和我断交。

《同时代人》杂志刊发了我翻译的克莱斯特的喜剧《破瓮记》。[1] 译文不成熟,令人不感兴趣。我应当为它得以发表而对该刊深鞠一躬。除此之外,我还应当感激编辑部,为的是某位编辑修改了译稿,使其色调更鲜明,效果更佳。

但是,在各左翼艺术流派的青年人中间,正义感、谦虚谨慎和感激之情是没有价值的,并被认为是多愁善感、萎靡不振的征兆。这些人已习惯于目中无人,趾高气扬,放肆无礼,不过,无论我对此怎样厌恶,我还是违背自己的意愿去敷衍各方人士,为的是免于跌失在同行朋友们的各种不同意见中。

喜剧译文的校样发生了一点问题。校样被延误,上面还留有排字车间写的与译文没有联系的、不相干的附言。

应当为博布罗夫一辩,他本人对此事一无所知,在当时的情况下,他确实不知道事情已搞砸了。他说,在校样上胡写乱画,如此不成体统,也没有嘱托谁来对原译稿做理应有之的文字润色,因此应当就此埋怨高尔基;据他所知,高尔基不挂名地参与主持该刊的工作。于是我就这样办了。不过我却没有感谢《同时代人》编辑部,而是在一封通篇言辞做作、傲慢无礼的愚蠢信件中,向高尔基抱怨编辑部对我的关注和给予我的礼遇。若干年之

---

[1]《同时代人》杂志是由尼·尼·苏汉诺夫(1882—1940)等编辑出版的,高尔基也参与该刊的工作。帕斯捷尔纳克翻译的克莱斯特的《破瓮记》发表于该刊1915年第5期。

后才发现，我这是在向高尔基抱怨高尔基。喜剧译文是遵照他的吩咐发表的，也是经过他亲手修改润色的。

最后，我和马雅可夫斯基的结识也是从两个彼此敌对的未来主义小组的辩论性会晤开始的，他属于其中的一个小组，而我属于另一小组。按组织者的设想，想必会发生某种争吵，但是一开始对话，双方都发现我们是彼此理解的，于是口角便未再发生。

# 7

我不会再去描述我和马雅可夫斯基的关系。我们俩之间从来都不是亲密无间的。人们夸大了他对我的赞扬，曲解了他对我作品的看法。

他不喜欢《1905年》和《施密特中尉》，认为写这两部长诗是错误的。他所中意的是《越过壁垒》和《我的姐妹——生活》两本诗集。

我也不再列举我和他从相遇到分手的故事。我将力所能及地对马雅可夫斯基及其意义做出一种总体评述。自然，这种评述难免带有主观色彩和倾向性。

# 8

让我们从主要的方面谈起吧。我们不了解自杀之前出现的心灵撕裂。拷刑架上的肉体受刑时时刻刻都会使人失去知觉，残酷折磨造成的痛苦如此厉害，以至受刑者由于本身无法忍受而自行濒临绝境。但是，遭受刽子手摧残的人即使在疼痛得不省人事时，也还没有被消灭，在自己生命接近终点时仍存活着，他的过往经历仍属于他，他仍旧拥有自己的记忆，而如果他愿意，还可以利用这些记忆，这些记忆将会在死神莅临前给他以帮助。

人们在产生自杀之念时，往往认为自己已无可救药，回避过去的经历，宣称自己是个失败者，而自己的记忆则是不起作用的。这些记忆已不能维持人的存活，不能拯救和支持他。内心生活的连续性被破坏，个性到此终结。有人最终自戕或许不是出于对已经做出的决定一表忠心，而是由于无法忍受这种不知应隶属于谁的忧伤，这种受难者缺席的苦痛，这种不能以继续生存来填补的空洞的期待。

我觉得马雅可夫斯基的自杀似乎是由于孤傲，由于他指摘过自己或周围人身上的某种他的自尊心所无法容忍的东西。叶赛宁自缢身亡，要用他没有细想后果来解释，他在心灵深处还以为——说不定，或许这还不是结束，弄得不好，还真没准头。玛琳娜·茨维塔耶娃整个一生都在以写作来抵挡日常生活琐事的缠绕，而当她感到这好像是一种不能容许的奢侈，为了儿子她应当暂时牺牲引人入胜的激情，并清醒地环顾四周时，她才发现不是通过创作就可以忽略的、呆板不动的、很不习惯的、固守陋习的混乱，于是她在惊恐中急忙躲避，却不知道去哪儿可以摆脱恐惧，只得匆忙地藏匿于死亡，把头伸进绞索，就像伸到枕头下边那样。我觉得帕奥洛·亚什维利仿佛因为 1937 年希加廖夫[1] 勾当所编织的

---

[1] 希加廖夫：陀思妥耶夫斯基的长篇小说《群魔》中的一个人物形象。

魔法，已经是对什么也不理解，而当他在夜间一瞧熟睡的女儿时，则想到再也不配望着她了，于是次日早晨便前往几位同伴那里，用双筒猎枪的霰弹击碎了自己的脑袋。我还感到，法捷耶夫好像还是带着他能够据以穿过所有巧妙编织的政治阴谋的那种负罪的微笑，在开枪之前的最后时刻，不知是否会以这样的话语与自己告别："那么，一切就这样结束了。别了，萨沙！"[1]

然而他们全都经受过难以描述的煎熬，痛苦到了忧伤感已成为心灵病症的程度。除了他们的才华和栩栩如生的记忆，我们也要体贴入微地向他们所蒙受的苦难鞠躬致敬。

# 9

这样一来，1914年夏季在阿尔巴特街的那一家咖啡馆中，两个文学小组想必就要发生争吵。我们这一方来的是我和博布罗夫，他们那一方预计要来的则是特列季亚科夫和舍尔舍涅维奇。[2] 但是他们俩又带来了马雅可夫斯基。

结果出乎意料，这个年轻人的模样，当年我在第五中学读书时就留有印象，他是比我低两届的学生；在交响乐大厅的侧厅里幕间休息时，我也曾偶尔看见他。

在咖啡馆相会前不久，马雅可夫斯基的一位未来的盲目崇拜

---

[1] 作家法捷耶夫名为亚历山大，"萨沙"是爱称。——译注
[2] 瓦·加·舍尔舍涅维奇（1893—1942）：俄罗斯诗人，早先接近未来主义，后来成为意象主义的奠基人之一和主要理论家。这里提到的和他一起出席会晤的另一位诗人，并非特列季亚科夫，而是康·阿·博利沙科夫（1895—1938）。

者[1]把诗人已发表的某一新作拿给我看过。当时，此人不仅不理解自己未来的上帝，而且带着嘲笑和愤怒向我出示这篇已刊出的新作，好像这显然是一篇毫无才气的荒谬之作。可是我对这些诗却喜爱至极。这是他初期的一些最卓越的试作，后来都载入诗集《浑厚如哼》中。

眼下，在咖啡馆里，我对作者的好感不亚于对他诗歌的喜爱。坐在我对面的这位英俊的年轻人神情阴郁，有着教堂大辅祭似的低沉嗓音和拳击手般的拳头，谈吐滔滔不绝，妙趣横生，可以说是一个介于亚历山大·格林[2]笔下的神话英雄和西班牙斗牛士之间的角色。

一下子便可看透，如果说英俊而俏皮、多才多艺或才气过人还不是他的主要特征，那么，他身上主要的品性则是钢铁般的内在自制力，某些高贵的遗风或坚定性以及责任感，由于这种责任感，他不允许自己成为不那么英俊、不那么俏皮，也不那么有才干的另一种人。

他的果敢坚决和他那用五指弄得蓬乱的浓密长发，立刻就让我想起陀思妥耶夫斯基笔下年轻的地下恐怖分子和年龄较小的外省人物的混成形象。

外省并非总是落后于首都的，因为这对它本身有害。有时候，在若干主要中心衰落的时期，一些偏远的角落往往会因在那

---

[1] 指尼·尼·阿谢耶夫（1889—1963）。
[2] 亚历山大·格林（1880—1932）：苏联作家，写有长篇小说《灿烂的世界》（1923）和《穷途末路》（1930）等，其中篇小说《红帆》（1923）是同名芭蕾舞剧和电影的蓝本。

里保留下来的乐善好施的古风而获得拯救。马雅可夫斯基就是这样从他诞生的偏僻的高加索林区把一种信念带入探戈舞和旱冰场的，这种信念在荒远闭塞的地区仍旧根深蒂固，认定俄国的启蒙只能是革命的启蒙。

这位年轻人以自己故意做出的艺术家的不修边幅，奇迹般地补充了他那天然的外在品性，并在性情和体态上都故意装出一副粗鲁无礼和漫不经心的样子，彰显名士派的叛逆特征，以这样的风格尽情表演。

## 10

我很爱读马雅可夫斯基的早期抒情诗。在那时故作姿态的背景下，这些诗篇的那种凝重、冷峻和控诉的严肃性，都是如此不同凡响。这是技艺精湛地雕琢而成的诗，不可一世，魔性十足，同时又使人感到绝对在劫难逃，行将沉没，几乎是正在发出呼救声。

> 时间，我祈求你——失明的神像画师，
> 往神龛里胡乱涂上我时代畸形人的面影！
> 我孤独，如同一个快瞎的人
> 剩下的那最后一只眼睛……[1]

时间听从他的吩咐，完成了他请求的事情。他的面影被画进时代的神龛。但是，要看清和猜透这一点，需要拥有什么样的才能！

---

[1] 引自马雅可夫斯基的《我！》第4诗，引文略有出入。

或者他会说：

> 你们是否懂得，我为什么如此平静，
> 以嘲笑的风暴在托盘中放上灵魂，
> 把它作为一份午餐
> 送给正在流逝的光阴……[1]

不能脱开与圣餐歌的平行观照。

> 愿凡人的肉体都保持沉默，
> 以恐惧和颤抖站立，
> 本身不要考虑尘世；
> 因为万王之王和领主之主前来献祭，
> 将作为食物赐给信徒。[2]

对于古典作家而言，重要的是赞美诗和祈祷文的意义，如普希金在《遁世的神甫》中转述了叶夫列姆·西林的话语，而阿列克谢·托尔斯泰则以诗歌形式改写了达马斯金的挽歌；[3] 勃洛克、

---

[1] 引自马雅可夫斯基的《弗拉基米尔·马雅可夫斯基：悲剧》的"序幕"，引文略有出入。
[2] 引自教堂做礼拜时吟唱的《受难周星期六圣餐歌》。
[3] 普希金在《遁世的神甫与贞洁的妻子……》(1836) 一诗中转述了4世纪基督教诗人叶夫列姆·西林的祈祷文；阿·康·托尔斯泰 (1817—1875) 在他的长诗《约翰·达马斯金》中转述了13世纪希腊圣徒约翰·达马斯金的行传。

马雅可夫斯基和叶赛宁与他们不同，对于他们来说，珍贵的是教堂唱经和诵诗片段的字面意义，这就好比活跃的日常生活片段，就像街道、房屋和口语中的任何词语一样。

古代创作中的这些富藏为马雅可夫斯基的长诗提示了一种讽刺性模拟的结构。在他笔下，有许多或隐蔽或凸显的与教规理念相类似的东西。这些地方要求宏阔的规模，需要强有力的表现手法，同时也培养了诗人的胆略。

难能可贵的是，马雅可夫斯基和叶赛宁都没有绕过从童年时代起就知晓并记住的东西，而是把它们提升到的耳熟能详的层面，利用了蕴藏于其中的美，从未弃之不顾。

## 11

当我对马雅可夫斯基更加熟悉的时候，我发现我和他之间有着许多未曾预料到的诗歌技艺方面的彼此吻合、相同的形象构成和近似的韵律。我喜欢他诗歌的变化之美和进展的顺畅。我不再需要比他更好的榜样。为了不照抄他的诗句，不成为他的模仿者，我开始抑制自己那些和他彼此呼应的思维定式，按压那种在我笔下可能有些虚假的英雄主义音调，以及对艺术效果的追求。这就收缩了我的表现手法并使之得以净化。

马雅可夫斯基并不缺少友邻。他在诗歌领域从不孤独，不是置身于旷野中。在革命前的诗歌舞台上，他的竞争者是伊戈尔·谢维里亚宁；在民众革命的竞技场和人们的心目中，他的竞争者则是谢尔盖·叶赛宁。

谢维里亚宁一度控制了多个演播厅，用舞台演员的行业术语说，他总是能使听众爆满。他用法国歌剧中广受欢迎的两三种曲调抑扬顿挫地朗诵自己的诗歌，这样做既没有陷入庸俗，也没有亵渎听觉，令人生厌。

他的浅狭、俗气而平庸的新词和他那令人羡慕的纯真、滔滔不绝的自由发音法结合在一起，造成了一种独特而奇异的格调，代表了诗坛上屠格涅夫遗风在旧调重弹的遮掩下迟缓的出现。

俄罗斯大地从柯里佐夫时代起，就从未产生过任何比谢尔盖·叶赛宁更土生土长、更浑然天成、更适宜和更具血缘关系的诗人。他把自己和无与伦比的自由洒脱一起献给了时代，但并没有以民粹主义的过分操心使这份献礼成为累赘。与此同时，叶赛宁是一个生机勃勃、活跃异常而技艺精湛的歌手，我们且追随着普希金，把这种精湛技艺称为最高形式的莫扎特因素、莫扎特原质。

叶赛宁就像看待一篇童话那样看待自己的生活。他像伊万王子那样骑着大灰狼飞越海洋，像抓住一只火鸟那样揪住伊莎多拉·邓肯[1]不放。他也以童话的方式写他的诗歌，时而像玩牌那样摆词语卦，时而蘸着心血把它们写下。他的诗歌中最宝贵的是故乡大自然的意象，那是他以令人震惊的新鲜感传达出来的俄罗斯中部梁赞地区覆盖着森林的大自然，他在童年时代就获得了这一馈赠。与叶赛宁相比，马雅可夫斯基的才干更为滞重与粗犷，

---

[1] 伊莎多拉·邓肯（1877—1927）：美国舞蹈家，现代舞的创始人，世界上第一位光着脚在舞台上表演的艺术家。

谢尔盖·叶赛宁
(1895—1925)

但也许更加深刻与开阔。叶赛宁诗歌中大自然的地位,在马雅可夫斯基笔下为现代大都市的迷宫所占据,一个现代人的孤独灵魂在这里误入歧途,在道德上陷入困境,他描绘了这一灵魂的满腔热血和难以想象的悲剧性状况。

## 12

正如我已说过的那样,人们夸大了我和马雅可夫斯基之间的彼此亲近。在我们的分歧已尖锐化的时候,有一次在阿尔谢夫家里,我曾对他做过一些解释,他以其惯有的阴沉的幽默这样界定我们的不同:"那倒没什么。我们俩确实是各不相同的。你喜爱天空中的闪电,而我则中意于电熨斗中的电光。"

我不理解他进行宣传鼓动的热心,不理解他自己和同伴们对社会意识的竭力介入，他的团伙习气和帮派情结，以及对当前迫切问题某种呼声的依附。

我也不理解以他为首的杂志《列夫》，不理解该刊的各位参与人员和它所捍卫的思想体系。在这个由一批否定者构成的小组中，谢尔盖·特列季亚科夫是唯一一位合乎情理而真诚正直的人，他总是把自己的否定性意见引向自然而然的结论。特列季亚科夫和柏拉图一样认为，在年轻的社会主义国家，或者说在这样的国家刚刚诞生的时期，艺术无论如何都是没有地位的。事实上，在"列夫派"中盛行的那种经由与时代相适应的修改而遭到破坏的、非创造性的、匠气十足的半吊子艺术，是不值得人们去关注和劳神的，它也很容易被抛弃。

除开诗人去世前完成的那部不朽的文献性诗作《放开喉咙歌唱》，从《宗教滑稽剧》开始的晚期的马雅可夫斯基，是我所理解不了的。这些拙劣的押韵套话，这种华而不实、内容空泛的诗句，这些矫揉造作、混乱不堪、毫无趣味地陈述出来的老生常谈和尽人皆知的道理，都不能为我所接受。在我看来，这是一个不像样的，也不存在的马雅可夫斯基。令人惊讶的是，这个不像样的马雅可夫斯基竟然开始被认为是革命的。

但是出于某种误会，有人认为我们彼此是朋友，如叶赛宁在对意象主义不满意的时期，就曾请我做调解，让他结识马雅可夫斯基，看来他认为我最适合帮他达到这一目的。

虽然我对马雅可夫斯基是以"您"相称，而对叶赛宁则是以

"你"相称，可是我与后者相会的时机却较少。这些会面屈指可数，且每次都是以狂怒行为而收场。有时我们痛哭流涕，发誓要彼此忠贞不贰；有时我们会纠缠不休，打得流血，要由旁人用力把我们拉开拽走。

## 13

在马雅可夫斯基生命的最后岁月，当无论谁的诗歌——不管是他本人的诗还是任何别人的诗歌都不复存在时，当叶赛宁已自缢身亡，简言之，当文学已停顿，就连《静静的顿河》的源头，皮里尼亚克和巴别尔、费定和弗谢沃洛德·伊万诺夫创作活动的源头——都被视为诗歌之际，在这些岁月中，阿谢耶夫，一位聪明睿智、才华横溢、内心自由、不为任何事物所迷惑的优秀同志，由于是志同道合的朋友和主要支柱而同他最为亲近。

那时我和马雅可夫斯基已完全疏远。我与他断绝关系是基于如下理由：虽然我已声明退出《列夫》撰稿人序列，不再属于他们那个圈子，但是我的名字仍然被印在该刊参与者的名单中。我给马雅可夫斯基写了一封不顾情面的信，那封信想必触怒了他。

还是在较早的年代，当我还处于他那如火的热情、内在的力量和巨大的创作特权与才能的魅力作用之下，而他也给予我回报式的热诚时，我曾在诗集《我的姐妹——生活》上写下给他的赠辞，其中包括这样的诗行：

　　您忙于我国的收支平衡，

国民经济最高委员会的场场悲剧,
您曾像飞翔的荷兰人那样
在任何诗歌领域高处歌唱!

我知道您的方式并非做作,
但是以您这样真诚的方式,
怎么能够把您列入
这类养老院的编制之中?[1]

## 14

有两种关于时代的说法曾一度存在。其一是说生活已开始变得更美好,更令人欢欣鼓舞;其二是说马雅可夫斯基过去是、现在仍然是我们时代最优秀、最有才华的诗人。[2]针对第二种说法,我个人曾写信感谢这句话的发明者,因为这一说法让我摆脱了30年代中期作家代表大会期间我开始受到的对我个人价值的夸大之言。[3]我热爱自己的生活并对它感到满意。我不需要给它以

---

[1] 这本写有赠辞的诗集没有保存下来。这里引用的是帕斯捷尔纳克《致马雅可夫斯基》(1922)一诗的第一、四两节(全诗为四节)。——译注
[2] 这两种说法均属于斯大林。前一说法是斯大林在党的第17次代表大会上首次提到的;后一说法出自1935年12月斯大林在已故诗人马雅可夫斯基生前最亲近的女友莉莉娅·勃里克的一封信上所做的批示。
[3] 帕斯捷尔纳克致斯大林的这封信写于1935年12月底,后被收入俄文版《帕斯捷尔纳克全集》第9卷(2005)。"对我个人价值的夸大之言",指的是布哈林在全苏第一次作家代表大会上曾称帕斯捷尔纳克为"我们时代的最卓越的诗歌大师之一",认为他的那些看起来是最远离当前现实的、独创性的诗歌,具有不可忽视的意义。——译注

额外的镀金。我从不想过那种一览无余、引人注目的生活，也不想过那种处于展览橱窗镜面反光中的生活。

马雅可夫斯基的作品开始得到强制性的推广，正如叶卡捷琳娜时代马铃薯的命运那样。[1]这是他的第二次夭折。对此他是无辜的。

---

[1] 叶卡捷琳娜女皇统治时期曾下令推广马铃薯；19世纪40年代，在尼古拉一世统治时期则进一步开始强制性地推广，因此赫尔岑在《往事与随想》中将其称为"马铃薯恐怖"。

## 《我的姐妹——生活》[1]

### 1

列宁,他从隐蔽的境外出人意料地出现;他那令人激奋的言辞;他那引人注目的率真,严格的要求和一往无前的精神;他面对汹涌澎湃的民众自发性时所体现出来的没有先例的胆略;为了刻不容缓地创造新的、前所未有的世界,他的酝酿和准备并不顾及什么,甚至不顾还在进行、没有结束的战争;他的毫不妥协和斩钉截铁,和他那颠覆性的嘲笑式揭露的机敏俏皮结合在一起,往往能给意见相反者以致命一击,使对手折服,甚至引起敌人的钦佩。

### 2

不同时代和不同民族的伟大革命,无论怎样彼此有别,如果

---

[1] 本章是帕斯捷尔纳克根据其诗集的编选者尼·瓦·班尼科夫的建议补写的,本拟放置于第4章和第5章之间,内容主要是表达对于革命的态度。但后来相关出版计划因故未能实现,这篇补写的一章也一直未能发表。中译文系根据俄文版11卷本《帕斯捷尔纳克全集》第3卷"早期文稿"中所收的原文译出,并按作者当初的构思编排。——译注

回顾一下，都会发现在其背后有一个共同的东西把它们联结起来。所有这些革命都是历史的特殊现象或异常现象，在人类编年史上是罕见的，并要求人类付出达到极限的、足以致命的力量，所以它们不能常常重演。

## 3

列宁是这种最为罕见、最值得注意的事件的灵魂与良心，是伟大的俄罗斯风暴的代表人物与声音，这场风暴是独一无二、非同寻常的。他以自己天才的热情，毫不犹豫地承担起世间所无的流血牺牲和摧枯拉朽的责任，无所畏惧地向民众发出号召，呼吁民众去实现他那深藏于心、朝夕思慕的夙愿，让大海波涛汹涌，风暴带着他的祝福急遽掠过。

## 4

经受过旧政权和物质钱财施加的种种凌辱这种苦难磨炼的人们，把革命理解为自身愤怒的爆发，理解为自己对长时期以来所受绳索般勒紧的种种侮辱的严酷报应。

然而，远离现实的沉思者，主要是来自知识分子群体的人们，没有遭受过把民众弄得筋疲力尽的痛苦，在这种情况下，如果他们同情革命，那就会透过在战争年代占主导地位的、继承与复兴斯拉夫派爱国主义哲学的三棱镜来审视革命。

他们不会把二月革命和十月革命对立起来，看成两个彼此相反的现象，在他们的观念中，这两次重大变革已融合为伟大俄国革命的一个不可分割的整体，这场革命已使俄罗斯在世界各民族中名垂千古，而在各民族的心目中，它也是从整个俄罗斯历尽艰辛而精神圣洁的过往历史中自然而然地生发出来的。

## 5

四十年匆匆流逝。从这遥远的过去和悠悠往昔中，已不再传来开阔的天幕下不分昼夜地聚集在夏季广场上的人群交流协商的声音，如同在古代的市民大会上那样。但是我在这样的距离中，还能继续看到这些聚会，好像是无声的场景或停止动作的活跃画面。

无数猛醒与警觉起来的心灵曾彼此注视，聚集成群，熙熙攘攘，恰如古代所谓的"会同"，开始喃喃自语地思索。来自民众中的人们寻求安慰，交谈起最重要的事情，如人为什么活着，以什么样的方式才能建立起唯一可以想见的应有的生活。

他们那富有感染力的共同性的高涨抹去了人与大自然之间的界限。在这名垂史册的1917年夏天，在两次革命之间的那个时期，道路、树木和群星也好像同人们一起参加集会和高谈阔论。空气中从上到下充满了成千上万的人们火热的灵感，看上去就像一位有先见之明的热情高涨的著名人物。

## 6

现在我觉得，人类在长期平静无波的时代进程中，在靠不住的安宁、完全违背良心和屈服于谎言的日常生活外表下，也许永远蕴藏着更多的崇高精神需求的储备，怀有关于另一种更英勇无畏、更纯洁的生活的理想，却并不知晓自己的意愿，也不去做什么猜测。

但是对于社会稳定性的动摇心理是存在的，相当多的无论什么天灾人祸或战争的失败，都损害着日常生活运转的牢靠性，这种运转看起来好像是取消不掉和永世长存的，它好像是隐秘的精神地层的光辉柱石奇迹般地钻出地表。

人们的智力在不断增长，既为自己感到惊讶，又不能认清自己——他们原本就是古代的壮士。在大街上遇见的好像都是不知姓名的过路人，但不管怎样，他们就是整个人类的见证人和表达者。这种每日每时的对每一步骤进行观察而形成的，同时也就成为历史的感觉，这种具有永恒性的、降临大地的、到处映入眼帘的情感，这种童话般的思绪，我当时曾在出于个人缘由而写就的抒情诗集《我的姐妹——生活》中尝试进行传达。

## 三诗人身影

### 1

1917年7月,由于勃留索夫的建议,爱伦堡找到了我。于是我便结识了这位聪颖的作家,这个人的性情和我截然不同,精力充沛,心胸开阔。

那时已开始涌起一波回归大潮,政治流亡者、在异邦土地上遭遇战争并被隔离居留的人们,等等,纷纷返回国内。安德烈·别雷从瑞士回国。爱伦堡也已归来。

爱伦堡把茨维塔耶娃的诗作拿给我看,对她称赞不已。在革命初年,我曾出席一次联合晚会,聆听了她以及其他几位诗人的诗歌朗诵。[1] 在战时共产主义时期[2]的一个冬天,有一次我曾受人之托去过她那里,说过一些无足轻重的话,也听到她的一些琐

---

[1] 1920年冬,茨维塔耶娃曾在莫斯科作家协会朗诵过她的长诗《少女王》。
[2] 指1918—1921年这一时期。当时,俄罗斯苏维埃政府为粉碎帝国主义发动的反苏战争而采取一系列特殊的社会经济政策,包括实行战时总动员、农产品征购制度、全部工商业国有化和义务劳动制等。这些政策在1921年后逐步为新经济政策所代替。——译注

玛琳娜·茨维塔耶娃
（1892—1941）

屑的应答。[1]茨维塔耶娃还没有为我所理解。

我的听觉在那时已因周围占据上风的花腔怪调和对一切习惯用语的破除而受到损害。所有合乎新规的话语对我都不起作用。我已忘记话语本身往往就能包含和意味着什么，除了有人硬贴在它上面的那些小玩意之外。

茨维塔耶娃的诗歌和谐悦耳，意蕴明朗清晰，臻于完美而并无缺陷，这一切恰恰成了我的接受阻障，妨碍我理解其诗的实质。我在所有这些方面所寻求的并不是实质，而是与此无关的敏锐性。

我曾长期低估茨维塔耶娃，正如由于不同原因而低估了巴格利茨基[2]、赫列勃尼科夫、曼德尔什塔姆和古米廖夫等许多诗人那样。

我已说过，在不善于通情达理地进行表达、将笨口拙舌看成美

---

[1] 1921年秋，帕斯捷尔纳克曾把爱伦堡的一封信转交给茨维塔耶娃。
[2] 爱·格·巴格利茨基（1895—1934）：俄罗斯诗人，翻译家，剧作家。

德、无意间却显示出独创性的年轻诗人中，只有阿谢耶夫和茨维塔耶娃两人曾富有人情味地表述，以标准语言和古典风格进行创作。

可是突然间，两位诗人都不再发挥自己的才能。阿谢耶夫为赫列勃尼科夫的示范之作所诱惑。茨维塔耶娃那里发生了为她所特有的内在转变。不过，还是那个原先的、继承传统的茨维塔耶娃在蜕变之前就征服了我。

## 2

她的诗需要潜心阅读。当我这样读过以后，我不禁为展现在我面前的无比纯洁与力量而拍案叫绝。周围无论何处也不曾有过类似的诗作。我将简化自己的议论。即便我尽情表达，也是问心无愧。除了安年斯基、勃洛克和略予限定的安德烈·别雷之外，早期的茨维塔耶娃正是其余所有象征主义者及其总和可望而不可即的诗人。在那里，在他们的文字创作还在虚构的刻板模式和缺乏生命力的陈旧语词世界无力挣扎的场合，茨维塔耶娃已轻捷地穿行于现今创作的艰难险阻之上，并以无与伦比的技艺光华表明她可以毫不费力地担负起创作使命。

1922年春天，当她已身处国外时，我在莫斯科购得了她的一本薄薄的诗集《里程标》。茨维塔耶娃诗歌形式的抒情威力一下子就使我折服了。她呕心沥血锤炼而成的这种形式不是脆弱的，而是浓缩和凝练的，不至于让人在诵读个别诗行时气喘吁吁，充满不间断的节奏，整个诗篇以各个诗段的发展一气呵成。

这些独特性中含有一种让我感到亲切的东西，这也许是因为我们所经受的影响是共同的，或者性格形成的动因彼此一致，家庭和音乐的作用甚为相似，出发点、目标和偏爱也大致相同。

我给茨维塔耶娃写了一封信寄往布拉格，信中充满欣喜与惊叹，因为我忽略她是如此之久，而和她相识又是如此滞后。她随即回信给我。我们俩之间开始通信，特别是在20年代中期，书信来往更加频繁，当时她的诗集《手艺》业已问世，她那气势磅礴、思维开阔、璀璨夺目、新颖不凡的长诗《终结之诗》《山岳之诗》《捕鼠者》，在莫斯科的书单上已是广为人知。我们就此结下了友谊。

1935年夏季，我曾前往巴黎参加反法西斯代表大会，那时我不知所措，由于几近一年的失眠症而陷入精神病的边缘。在那里，我认识了茨维塔耶娃的儿子、女儿和丈夫——我就像爱兄弟那样爱上了这个令人倾倒、机敏而刚毅的人。

茨维塔耶娃的家人都坚决要求她返回俄罗斯。这部分地表露出他们对故国的怀念和对共产主义及苏联的好感，部分地是由于考虑到茨维塔耶娃在巴黎日子不好过，由于没有读者的回应而会在空虚中销声匿迹。

茨维塔耶娃曾问我对于这件事是怎么想的。我对此事没有确定的意见。我不知道可以给她出个什么主意，只是过于担心她和她那出众的一家人在国内将很为困难和不安。这个家庭的全方位悲剧不可估量地超出了我的担忧。[1]

---

[1] 茨维塔耶娃的丈夫谢·雅·艾弗隆和她女儿于1939年秋季被捕，她本人于1941年8月31日自杀，她的儿子格·谢·艾弗隆1944年夏天在战争中牺牲。

# 3

在这篇作为"序言"的随笔的开头涉及童年时代的篇页，我提供了真实的画面和场景，描写了活生生的事件，而从中间部分起则转为概括性书写，开始以简略的评价有限制地进行陈述。这是为了紧凑而必须做的。

如果我着手于一件事接一件事、一种状况接一种状况地讲述那些意愿和兴趣把我和茨维塔耶娃联系起来的故事，我就将远远越出给自己设定的范围。我势必就要为此而专门写出整整一本书，因为那时我们曾共同经历过那么多交织着欢乐与悲剧的人世沧桑，许多事总是令人猝不及防，接踵而至，拓宽了双方的视界。

但是在这里，包括在其余几节中，我将不再讲述个人的和局部的事情，只限于很为重要的、基本的方面。

茨维塔耶娃是一位拥有积极的男子汉精神的女性，果敢坚定，斗志昂扬，豪放不羁。在生活和创作中都是急切而敏捷的，渴求般地或几乎是贪婪地奔向彻底性和确定性，在这种追求中前行甚远，遥遥领先。

除了为数不多的名篇之外，她还写有大量的在我们国内尚不为人所知的作品，写有多部大型的、激情充溢的长诗，其中一部分是以俄罗斯民间童话的风格创作的，另一部分则表现了众所周知的历史传说和神话的主题。

这些作品的出版对于祖国的诗歌来说将是一个伟大的胜利和伟大的发现，这一姗姗来迟、同时送达的馈赠，必将立即一举丰富祖国诗坛。

我想，等待着茨维塔耶娃的将是最郑重的重新审视和最广泛的赞扬。

我们俩是朋友关系。我曾保存她写给我的近百封回信。虽然正如我先前说过的那样，丢失与遗落在我的生活中曾占有某种地位，我还是不能想象会在某个时候以某种方式遗失这些小心保存的宝贵信件。对这些书信的过分细心的保管使之毁于一旦。

在战争年代我去看望疏散到外地的家人时，斯克里亚宾博物馆的一位女职员——茨维塔耶娃的热心崇拜者，也是我的知心朋友，建议我把这些书信连同我父母的信，以及高尔基和罗曼·罗兰的一些来信，都拿给她保管。她把我提到的这些信件都放到博物馆的保险柜中，唯独舍不得对茨维塔耶娃的书信放手，似乎不相信防火保险柜四壁的牢固程度。

她在市郊住了一年，每天晚上携带装着这些信件的手提箱回家过夜，次日早晨再带着箱子到市内上班。那年冬天，有一天她精疲力竭地返回自己家的别墅。在离开车站后的途中，她突然想起那只装着信件的手提箱丢在电气列车的车厢里。茨维塔耶娃的书信就这样最终走失，不翼而飞。[1]

---

[1] 这些信件于1945年11月间在阿·克鲁乔内赫复制它们的过程中遗失，斯克里亚宾博物馆的女职员一直没有决定把信件原稿留在克鲁乔内赫那里，所以每天都要来回带在身边。保存下来的有1922—1927年帕斯捷尔纳克和茨维塔耶娃的22封来往书信及另外4封信，还有几封信根据茨维塔耶娃的写作笔记复制后得以保存。

# 4

从《保护证书》发表起已流逝的几十年中,我一再想过,如果它有机会重版,我可能会补写关于高加索和两位格鲁吉亚诗人的一章。[1] 岁月匆匆,看来已无必要添加其他内容,但缺少的这一章却是唯一的遗漏。马上我要写的就是这一章。

大约在 1930 年冬季,诗人帕奥洛·亚什维利和他夫人在莫斯科看望过我。他是一位卓越、文雅的人士,知识渊博,谈吐风趣,具有欧洲人风度,仪表堂堂。

不久后,我的家庭和我的一位朋友的家庭都发生了一系列大变故,其间的纠葛与转换,给当事人造成了精神上的沉重感。[2] 我和后来成为我第二任妻子的女伴有一段时间曾无处安身。亚什维利在自己梯弗里斯[3]的家中给我们让出了栖身之所。

当时的高加索和格鲁吉亚,这个地区的一些人士,当地的民众生活,对于我而言完全是一种新发现。举目望去,处处尽显新鲜而奇异。梯弗里斯所有街道间空隙的深处,仿佛都悬挂着巨型深色石块。贫苦居民的生活从家院延伸到街上,比在北方更无所顾忌,更少遮遮掩掩,明朗清新,坦然自若。民间传说的各种象征充满了神秘主义和弥赛亚意识,因极富想象力而有利于生活,恰如在信奉天主教的波兰那样把每个人都变为诗人。社会先进人

---

[1] 帕斯捷尔纳克在1932年7月30日致帕奥洛·亚什维利的信中曾谈到自己的这一愿望。
[2] 1931年,鲍·帕斯捷尔纳克的一位朋友、音乐学院教授海因里希·古斯塔沃维奇·涅高兹(1888—1964)的妻子成为帕斯捷尔纳克的第二任妻子。
[3] 格鲁吉亚城市第比利斯的旧称。——译注

帕奥洛·亚什维利
(1894—1937)

士的高尚文化和智力生活在那个年代达到这样的程度还是罕见的。梯弗里斯设备完善的地段令人想到彼得堡,二楼的窗户格栅好似弧形花篮和竖琴,偏僻小巷也幽雅宜人。敲击出列兹金民间舞曲节奏的急促铃鼓声到处追踪行人,如影相随。牧笛及各种其他乐器发出咩咩的羊叫声。暮色开始笼罩这座南国城市,繁星满天,花园、糖果糕点店和咖啡馆芳香四溢。

## 5

帕奥洛·亚什维利是后象征主义时代的优秀诗人。他的诗歌建立于实有的天赋和关于体验的记载之上。这些诗篇与别雷、汉姆生及普鲁斯特等人的欧洲现代散文一脉相承,往往以出人意料和切中要害的观察结果而显得鲜活灵动。这是一种极具创造性的诗作。诗篇中充满富有感染力的印象，但绝无堆砌之弊。这里视野开阔，氛围宽松，动感十足，表里通透。

第一次世界大战期间，亚什维利正在巴黎索邦神学院[1]就读。他只能绕道回归自己的故乡。在挪威的一个偏僻的车站，亚什维利疏忽大意，未注意他乘的火车已开走。一对年轻的挪威乡村企业主夫妇驾着雪橇来车站取邮件，目睹了这位焦急的南方人的粗心大意及其后果。他们同情亚什维利，不知如何和他解释清楚之后，把他带到自家的农场，在那里等候一昼夜后才有的下一趟列车。

亚什维利的谈吐令人愉悦。他天生就是讲述历险故事的能手。他总会遇到可作为文艺作品素材的突发性事故。意外情况简直就黏着他，而他既有应付事故的才能，又有好运气。

他浑身上下透出遮掩不住的才华，两眼闪耀着心灵之光，双唇燃烧着激情之火。他的面容因经受过高涨的激情而受到冲击与损伤，所以他看上去比实际年龄要大些，好像是一个历尽艰辛、饱经风霜的人物。

在我们抵达的那天，他召集起自己的朋友，以及他所组织的那个文学群体的成员。当时究竟有哪些人到来，我已记不清。亚什维利家的邻居、真诚的一流抒情诗人尼古拉·纳季拉泽大概在场。还有季齐安·塔比泽和他的妻子。[2]

---

[1] 索邦神学院：欧洲最古老的大学之一，从17世纪起成为巴黎大学的别称。——译注
[2] 尼古拉·纳季拉泽（1895—1990）、季齐安·塔比泽（1895—1937）均为格鲁吉亚诗人。——译注

## 6

那个房间至今仿佛仍历历在目。我又怎能忘记它？当时，也就在那天晚上，我并不知道这里将发生什么样的惨祸，为了不让那可怕的情景支离破碎，我小心谨慎地把这个房间以及后来在其中和附近一带所发生的所有令人恐惧的事情，一起存入了心底。

为什么让我结识这两个人？怎样才能说清我们之间的关系？两人都成为我个人生活的组成部分。我在他们之间从来没有任何偏向，因为他们俩是不分伯仲的，是一对互补的朋友。他们两人的命运和茨维塔耶娃的命运一起，也许已成为我的最大忧伤。[1]

## 7

如果说亚什维利的一切都有一种外在的、离心机式的表露，那么，季齐安·塔比泽则致力于内在的方面，他的每一诗行，每一步履，都召唤人们走向自己丰富的、充满忖度和预感的心灵深处。

在他的诗歌中，主要的东西是处于他每一首诗背后的那种取之不尽的抒情潜能感，以及尚未吐露和将要倾诉的感受对于已经表达的那些体验的超越。这种未经触动的精神储备的存在，构成了其诗歌的背景和第二语境，并赋予这些诗作以一种贯穿于其间、造成其主导性悲伤之感的特殊情思。他的诗歌的灵魂同样也是他

---

[1] 帕奥洛·亚什维利和季齐安·塔比泽都于1937年去世：前者自杀身亡，后者被捕后被处决。

季齐安·塔比泽
（1895—1937）

自身的灵魂，这是一个复杂而隐秘的、整个地以善良为方向的灵魂，既能明察秋毫，又具有自我牺牲的品性。

当我想到亚什维利的时候，市区的种种场景就浮现在我的脑海中：房间，争论，公益性的演讲，亚什维利在夜晚人数众多的聚会上富有表现力的生动言说。

关于塔比泽的思念则转向大自然的领域，在想象中出现的是乡村地区，辽阔的、繁花似锦的平原，大海的浪涛。

白云悠悠，远处显现出与流云并列的群山。微笑着的诗人健壮而敦实的身影与群山融为一体。他行走时往往稍有些晃动，欢笑时则全身摇摆。只见他站了起来，侧身立在桌子边上，拿小刀敲一下高脚杯，表示希望发言。他的肩膀习惯于一边抬得比另一边高，因此看上去稍有点斜肩。

那栋房子坐落在科焦雷的一条大道拐弯的角落。道路在房屋的正面往高处延伸，随后绕过房子，再从它的后墙旁边经过。从房子里可以前后两次看见这条道路上的所有步行者和乘车者。

照别雷的中肯而风趣的见解,这是唯物主义的胜利使世间物质空缺的极盛时期。缺衣少食。周围什么也触摸不到,唯有理念。如果说我们还没有愁苦不堪,那么这应当归功于梯弗里斯的诸位朋友和高手。他们总是能弄到一些东西给我们送来,也不知道用什么方式为我们筹措到出版社的贷款。

我们聚齐时,便交流新闻,共进晚餐,你来我往地朗诵作品。凉风吹拂,宛如轻柔的手指快速拨动白杨树的背面毛茸茸的银白色叶子。空气中弥漫着南方所特有的醉人的芬芳。夜晚在高空中缓缓地翻转着自己大马车星座的整个车身,就像在轮轴上翻转任何一辆大车的前轮和车辕。行人、双轮大车和汽车沿着大道前进,从房内可以两次望见同一行人和车辆。

我们或是在格鲁吉亚军用公路上,或是在博尔若米,或是在阿巴斯图马尼逗留。也许在外出旅行、观赏美景、历险和畅饮之后,每个人都会有点事情,我就曾在巴库利纳摔倒时碰伤了眼睛,又到最独具一格的诗人列昂尼泽[1]那里做客。他与自己用来写诗的那种语言的奥秘联系最多,并因此而最少受制于译作。

至今不忘林间草地上的夜宴,美丽的女主人和他们的两个娇小迷人的女儿。次日,民间即兴演奏家带着风笛不期而至,他对桌边的所有客人一个不漏地吹奏风笛,即兴赞美,对每位客人都有恰如其分的赞辞,善于抓住偶然碰到的祝酒理由,如提议为我恢复眼伤而干杯。

---

[1] 格奥尔吉·列昂尼泽(1899—1966):格鲁吉亚诗人,青年时代曾参加过象征主义团体。——译注

我们也曾来到海滨，在科布列季，遭遇大雨和风暴，西蒙·奇科瓦尼[1]和我们住在同一家宾馆。这位未来的刻画绚丽形象的大师，当时还完全是一位年轻人。在所有的山峰轮廓和地平线上方出现了一位与我并肩同行的微笑着的诗人头像，他那非凡的天赋光华闪耀的特征，他的微笑和面容中忧郁与命运的暗影。如果现在我还要在这些篇页中再次和他话别，那么就让它作为经由他而向其余全部记忆的告别之言。

---

[1] 西蒙·奇科瓦尼（1903—1966）：格鲁吉亚诗人，曾参加过未来主义诗歌团体。——译注

## 结语一[1]

这篇作为前言的随笔到这里行将结束。但我不会就此中断，搁置还未写完的部分，恰恰在刚开始有意于写作时就打上句号。不过我也完全未打算书写多卷本、多人物的50年来的历史。

我没有把自己的述评扩展到马丁诺夫、扎鲍洛茨基、谢尔文斯基、吉洪诺夫等优秀诗人。我对西蒙诺夫和特瓦尔多夫斯基这一代为数众多的诗人也只字未提。

我是从最狭窄的生活圈子的中心写起的，有意以此来限制自己。

这里所写的内容，足以让人理解我由于生活的某种机遇而实现了向艺术的转换，理解这种转换是怎样从命运和经验中形成的。

在结语中，我还要对这本书的编者尼古拉·瓦西里耶维奇·班尼科夫[2]表达最深切的感谢。没有他的辛劳，此书就不会面世。可以说他是此书的另一作者，间接的作者。我是遵照他的建议写出这篇随笔的，也是由于他的提醒而想起并补上新译诗歌

---

[1] 本篇"结语"写于1956年春，作者生前一直未能发表。中译文根据俄文版11卷本《帕斯捷尔纳克全集》第3卷"早期文稿"中所收的原文译出。

[2] 尼·瓦·班尼科夫（1918—1996）：苏联诗人和翻译家，曾任《文学俄罗斯报》主编。1956年，他曾编选了一本帕斯捷尔纳克诗集，但此书后来未能出版。——译注

部分的。如前所述,我是以双重态度看待包括我本人和许多人在内的诗坛往事的。我没有做到从已消失的记忆中复现往事的四分之三。究竟为什么,当有人反对我时,我也不计较,而要做出另一种样子?

有这样两个原因。首先,一些职责方面的、敏锐发现的、适当的微粒常常掺杂进来,造成如此令人遗憾、令人惋惜的结果,以致埋没这些现象。

其次,不久前,我刚刚完成了附有诗歌的散文体长篇小说《日瓦戈医生》——我主要的、最重要的、唯一不感到难为情的、敢于为其承担责任的作品。散见于我生命的全部岁月而收集于这本书中的诗篇,是为这部长篇小说做准备的前阶。我也把对这些诗作的修订重版视为创作长篇小说的一种准备。

1956 年春

## 结语二

我的自传体随笔在这里即将收尾。

随后还要继续写下去也许会过于困难。遵照循序渐进的原则,接下来就必然要谈到革命事件的框架中所囊括的那些年代、环境、人物和命运。

还要谈到先前所不知晓的目标与意向、使命与功绩,新的抑制、严峻与考验的世界,这一切都是这个世界为人的个性、声誉和自尊,为人的勤劳和坚韧而布置的。

这个唯一的、没有与其相似之处的世界就这样消逝于记忆的远方,它高耸于地平线上,如同可以从田野上看见的群山,或者如同在夜色的映照下烟雾缭绕的远方的大城市。

书写这样的世界,就势必要凝神屏息,头发直竖。

以人们所熟悉的、习以为常的手法书写这样的世界,不能给读者留下任何深刻的印象,而且会比果戈理和陀思妥耶夫斯基描写彼得堡更缺乏表现力——这样写不仅毫无意义、毫无教益,也是低俗和昧着良心的。

我们离这样的理想还相当遥远。

1956 年春,
1957 年 11 月[1]

---

[1] 这篇"结语"改写于1957年11月。此时,班尼科夫编选的帕斯捷尔纳克诗集已无望出版。